北平往事

王稼句 选编

九州出版社
JIUZHOUPRESS

图书在版编目（CIP）数据

北平往事 / 王稼句选编. -- 北京：九州出版社，2023.10
　　ISBN 978-7-5225-2279-1

　　Ⅰ．①北… Ⅱ．①王… Ⅲ．①散文集－中国－当代 Ⅳ．①I267

中国国家版本馆CIP数据核字(2023)第193705号

北平往事

作　　者	王稼句　选编
责任编辑	李黎明
封面设计	吕彦秋
出版发行	九州出版社
地　　址	北京市西城区阜外大街甲35号（100037）
发行电话	（010）68992190/3/5/6
网　　址	www.jiuzhoupress.com
印　　刷	鑫艺佳利（天津）印刷有限公司
开　　本	880毫米×1230毫米　32开
印　　张	11.25
字　　数	230千字
版　　次	2023年11月第1版
印　　次	2023年11月第1次印刷
书　　号	ISBN 978-7-5225-2279-1
定　　价	88.00元

★版权所有　侵权必究★

出版说明

本书全部文章选自民国时期出版的期刊与报纸。作者各有其行文风格,各时代也有其语言习惯,为保留当时语言的原貌,我们在编辑过程中,只对文字讹误作了订正,并对助词、介词做了规范处理。请读者明鉴,特此说明。

九州出版社

二〇二三年九月

前　言

众所周知，民国肇始，奠都北京。直到一九二七年，南京国民政府成立，一九二八年统一告成，正式迁都南京，将北京改称北平，设北平特别市。但人们习惯上仍称北京，或北京、北平并用，如金受申一九三八年起在《立言画报》开辟专栏，曰"北京通"；一九四六年起在《一四七画报》开辟专栏，则曰"北平通"。一九四九年九月，中国人民政治协商会议第一届全体会议在北平举行，决定开国诸多事宜，其中之一就是定都北平，将北平改为北京。黄萍荪在是年六月曾编辑刊行《四十年来之北平》，因此也就作了修订，凡可将"北平"改为"北京"的一律作了更易，书名也改为《四十年来之北京》，于当年十二月出版。

由北京而北平，再由北平而北京，虽只一字之易，却反映了时代的变迁。关于这一时期的政治风云，诸如临时共和政府成立、"二十一条"国耻、洪宪帝制、张勋复辟、五四运动、曹锟贿选、"三一八"惨案、抗日救亡、"七七"卢沟桥事变、北平沦陷、人民解放军入城，等等，读者大都知道一点，在此就不作赘述了。至于交通格局、城市建设、名胜景观、岁时风物、日常生活等方面，这一时期也有或大或小的变化，当时的土著和寓客都作了详尽的记录，或介绍，或描述，或调查，或考论，涉及之广，可谓无微不至。在我读过的散篇中，很多是对这座古城的赞美和怀恋，就让我来做一回文抄公，抄录几段。

谢冰莹《北平之恋》说："凡是到过北平的人，没有不对她留下深刻的印象；离开北平以后，没有不常常怀念她的。北平，好像是每个人的恋人；又像是每个人的母亲，她似乎有一种不可思议的魔力在吸引着每个从外省来的游子。住在北平时还不觉得怎样，一旦离开她，便会念起她来。无论跑到什么地方，总觉得没有北平的好。"熊佛西《怀北平》说："北平真是天下最可爱的地方，什么瑞士、罗马、巴黎、柏林、伦敦、纽约，简直可以说没有资格和它比拟！……有一个外国人批评北平说，在北平住一天，你或许就想离开，因为你觉得北平的风沙讨厌；假使住了三天，你觉得北平有点可爱；假使你住上三年，你一定会忘记你的原籍而把北平当着你的故乡——一个永远你不愿离开的地方！我觉得北平的可爱，倒不一定是因为它那古老辉煌的建筑物，也不是它那恬静风雅的生活方式，例如玩玩古董，画画字画，逛逛公园，放放风筝，养养鸽子……更不是因为它那佳肴美食，例如正阳楼的涮羊肉，便宜坊的挂炉鸭，同和居的烤馒头，东兴楼的乌鱼蛋，致美斋的脍鸭条，灶温的烂肉面，砂锅居的白肉，月盛斋的酱羊肉，信远斋的酸梅汤，王致和的臭豆腐，六必居的酱菜等等……我觉得北平最可爱的是'北平人'。北平的人实在太可爱了，永远是那样的敦厚和蔼。"郁达夫《北平的四季》也说："北平的人事品物，原是无一不可爱的，就是大家觉得最要不得的北平的天候,和地理联合上一起,在我也觉得是中国各大都会中所寻不出几处来的好地。"天高气爽的秋天,自然最是适宜,他在《故都的秋》里甚至说:"秋天,这北国的秋天,若留得住的话,我愿把寿命的三分之二折去,换得一个三分之一的零头。"即使是寒冷的冬夜,也有着温馨的情调,俞平伯《陶然亭的雪》说:"我虽生长于江南,而自曾北去以后,对于第二故乡的北京也真不能无所恋恋了。尤其是在那样一个冬晚,有银花纸糊裱的顶棚和新衣裳一样縩縩的纸窗,一半已烬一半还红着,可以照人须眉的泥炉火,还有墙外边三两声的担子吆喝。"那胡同里的吆喝是足具韵味的,张恨水《市声拾趣》说:"我们在北平住久了的人,总觉得北平小贩的吆唤声,很能和环境适合,情调非常之美。如现在是冬天,我们就说冬季了。当早上的时候,黄黄的太阳,穿过院树落叶的枯条,晒在人家的粉墙上,胡同的犄角儿上,兀自堆着大大小小的残雪。这里很少行人,有两三个小学生背着书包上学,于是有辆平头车子,推着一个木火桶,上面烤了大大小小二三十个白薯,歇在胡同中间。小贩穿了件老羊毛背心儿,腰上系了条板带,两手插在背心里,喷着两条如云的白气,站在车把里叫道:'噢……热啦……烤白薯啦……又甜又粉,栗子味。'当你早上在大门外一站,感到又冷又饿的时候,你就会因这种引诱,要买他几大枚白薯吃。"这也难怪闲园鞠农会记录《燕市货声》,齐如山会写《故都市乐图考》,那荡漾在里巷街市间的吆喝声、响器声是动人心弦的。

北京的好处是说不尽的,坏处是相对好处而言的,关心世道者往往为之揭橥。如果读者想知道得更多，不妨翻翻这本《北平往事》，或许会了解得更全面、更深入一些。

本书约略分为四辑，第一辑十四篇，记述四季生活，包括饮食、衣着、娱乐、游赏、风俗诸多方面；第二辑十篇，记述城市生活空间，如住房、饭店、市场、公园、庙宇等；第三辑十篇，记述社会各阶层的生活；第四辑十八篇，记述游踪，兼及京城内外。需要说明的是，这只是大致的分类，各辑之间并无截然的分别，往往是我中有你，你中有我，只是主旨各有侧重而已。

王稼句

二〇一九年十二月五日

目　录

前　言.................................. 王稼句　　i

北京的冬天.............................. 金受申　001
冬天的补叙.............................. 金受申　014
北京的年景.............................. 金受申　020
北京的消夏.............................. 金受申　032
老北京的夏天............................ 金受申　040
北京的秋天.............................. 金受申　052
北平街头游乐............................ 金受申　069
没落的"年节"——北平新年杂写............ 果　轩　077
故都废年的景象.......................... 经　世　082
新年中之北京的小儿...................... 马二先生　086
北京味儿................................ 萧　志　090
故都的饮食.............................. 汪耐寒　096
故都秋味................................ 老　饕　098
北平生活印象............................ 倪锡英　100

北平交通琐谈	刘贻瑜	108
北平的住房	程靖宇	115
北平的公寓	徐崇寿	119
北平的饭店	热　昏	127
北京的旅店	小　五	132
北平的市场	太　白	134
北平的公园	魏兆铭	138
北平庙宇记	小　芳	142
北平的庙会	张　玄	148
北平的书摊——如此北平之一	得　中	153
谈谈北平之有闲阶级	安　之	155
故都之社会	恨　人	161
北京妇女之生活	宋化欧	165
北平的车夫	伯　上	180
北京风俗今昔之不同	吴絜庵	184
故都夜的生活	老北京	188
故都天桥巡礼	平　凡	190
北平的杂碎	了　平	193
北平琐记	边孟起	213
北京夜话	斯　人	221
壬子宫驼记	叶楚伧	233
京华纪游	陈善祎	244

燕京揽胜录	章　鉴	255
故都屐痕	张涤俗	262
游北海记	我　一	281
游南海中海记	我　一	285
总统府游记	陶亚民	290
景山游记	张晋福	294
雍和宫游记	彭　康	296
白云观游记	彭　谦	300
万生园游记	佚　名	303
游颐和园记	庄梦山	306
游颐和园记	何省疲	310
游玉泉山记	丁鸿宾	314
西山纪游	蒋维乔	317
大房山记游	蒋维乔	323
游昌平明陵记	张肇崧	332
居庸游记	苏　莘	339
后　记	王稼句	345

北京的冬天

金受申

一

北京是七八百年来，建都所在经过三个统一强大朝代，造成极神秘、极有趣味的古城。吾人小坐大酒缸，便可想象荆轲的苍凉古壮，一游土城便可想象胜元的强大雄威，北京真是可爱的啊！但是真实要了解北京，必须降一降您的尊严，去和故老遗民，专门技艺去打听问询，才能得一些真实的北京事。有一般自认为名流的（名流只是自认而已），以为要了解北京，须和名流远祖去问，因此晚明的作品便时兴起来。实在晚明作家的写北京，只是在那里作文章，不是给后来人留记录，所以任你躺在西山读《西山十记》，立志给三袁作耳孙，若不到卧佛寺也绝不能明了卧佛寺真实如何的。所以我的"北京通"，便是给北京的一切作个记录。我虽然乳毛已退，但作不出什么"名流"文章，只一个"实"字还作得到。我的目标是"记实"，我的手段是"勤问"、"勤记"，我的希望是读者勤指教，一字为师，笔者绝不敢怙恶不悛的。

北京的冬天，实在是极有趣味的，彤云漠漠，雪意正浓，屋中的"锅盔木"的白炉子熊熊升起，一杯苦茗，围炉静坐，听案头秋虫悠扬的叫着，比秋夜虫声又有不同的感系了。此次所谈北京的冬天，分"娱乐"、"人事"两方面，娱乐粗分"养秋虫"、"溜冰"、"熬鹰"、"排马"、"搭镖陀"、"放纸鸢"、"踢球"、"蹓狗"几项。人事粗分衣、食、住、行几项。不过此次（十二月十一日）中央电台的播音时间只有三十分钟，只把娱乐方面简单的讲了一点，已感时间的不够用，在讲时已对听众言明，将讲稿由《立言画刊》发表，又接几位关切读者来函，促我发表讲稿，实在我本没讲稿，只有一篇纲要，但为答读者雅意，和践听众之言起见，写了出来，但比较起来，比当日所讲的又详尽多了。

一、养秋虫

秋虫本称水虫，所以鸣鸟中"蓝靛颏"，口上（编者注：指张家口）水虫，就是振翅发声的秋虫，因其竞鸣于秋，所以都称水虫作秋虫的。秋虫一到九月，便留下虫卵而本身死去，直到明年夏间，才继续扬其清声的。但人类是能巧夺天工的，冬天能培植夏日的菜蔬，能焙熏春日的牡丹，能孵化夏秋的鸣虫，任你讨厌的北风，也抵不过人类青春腺的。冬天所养的秋虫有油葫芦、蝈蝈、蟋蟀、咂嘴等。养的方法是，秋天用沙土盛在浅盆内，放上三尾雌虫，命雌虫任意摔子，将中间长尾插入土中，便可留下虫卵。入冬以后，将这有虫卵的土浅盆喷上凉水，放在院中冻成薄冰，然后移入屋中，此屋必须有土炕，炕内炕外，全要升火，温度要有除僧帽牌洋烛外皆能熔化的高温度。此时冰浅盆一经高温度，立即融化，经过相当的短时期后，浅盆内水分，已渐烘干，然后再依法喷水冻冰，用火烘焙，往复七冻七焙，则虫卵已化为蠕蠕而动的幼虫了。在浅盆七冻七焙中间，每次用细马尾罗筛过，到最后一次时，虫卵变为绿色，虽小如芥子，但须足可以透明看见，也是很好玩的。幼虫孵成以后，油葫芦、蟋蟀放入"大河罐"中，罐高尺半，直径二尺，内垫三合土的底，然后将枯树皮沾湿后层层叠起，夹以白菜叶，任油葫芦、蟋蟀在其中自由脱壳，七日一壳，四十九日七壳完毕，再经几日生长，才能振翅发声。在每次脱壳时，必须自食其壳，不许遗下一点，否则便不能壮健发声。且在脱至三四壳时，即可以辨出雌雄，留下雄的，雌的便抛作猫的食料了。在五六壳时，即能看出此虫的好坏，是否能得到高价值，不必一定在第七壳完毕后方始辨明啊。至于蝈蝈的孵化程序、脱壳次数、脱壳情形，完全和油葫芦、蟋蟀一样的，不过比较严重些罢了。蝈蝈变成幼虫以后，不能混合的放在大河罐之内，要每个隔离开，放在高三寸、径寸半的小罐中，令它在小罐中脱三四壳，脱到第四五壳时，便另换高六寸、径二寸的高瓦汤罐中，中间用秫秸隔成上下两间。食物是羊肝拌豆嘴，放在白菜叶上，任其自由食用，但脱变时要用人严重的监护的。无论小罐、大汤罐，都没有盖，只用冷布罩上便可。脱到第六壳时完毕时，须用六根竹签，两个竹圈，做成和大汤罐相似的竹笼，四面用冷布糊好，留一端做出入口，放入将脱变完的蝈蝈，令它变第七壳,这时尤其严重,七日内蝈蝈的足钩在竹签上不许落下,否则前功尽弃了。孵化咂嘴,和蝈蝈一样手续,不过去路太少罢了。总起来说,养秋虫分孵虫供人清玩,只是营业,不是娱乐,另外便是买虫,供自己悦耳。买虫悦耳,自是易事。孵虫营利,就太难了,由升火进屋起,到扫炕结账止,费了多少心力,多少本钱,下手晚一点,必赔个不亦乐乎。从前"蛐蛐赵"、"四面陈"、"徐十"、"杂合面文子"、"小杨子",都是一生弄秋虫的人物。在油葫芦、蟋蟀、蝈蝈等虫以外,梨园行某君,会孵化螳螂,点缀新年花草。睿亲王会孵化大豆青蝴蝶,用竹筒盛起,新年放出,以博一笑,价值每蝶一只纹银一两,实在只要有花椒树虫子的,都能冬日孵化的。

二

在新年的时候,应当作一些应节的文字,但阳历新年正在隆冬,天气寒冷,一切新年的人事、风俗,都按夏历岁尾年头,所以虽然号称新年,可是还没听得腊鼓冬冬呢。阳历年相当周代建子,建子不过了一千年,仍旧改成建寅。由汉武帝直到现在,两千多年时有改变,就是因为建寅的新年的正月,天渐和暖,人在屋中闷了一冬,新年开岁时吃了一肚肉食,在正月的乡间庙会走走,骑着毛驴,吸些天地春和之气,正是其时。因此周代建子的制度行不开,那么阳历呢?也只好作为政治上的历法罢了。因此"北京通"对于这个新年,不容易有什么记述的。"北京通"既标了"北京的冬天",又标了养秋虫的几个细目，其实我所预计的，还不止于此，以后随时增入，贡献诸位。本期本要谈一谈熬鹰、排马、蹓狗等项，因为接到一位宗兄读者来函，就是金鍱先生他对于养獵狗很有心得，我拟借新年假期，去访问一下，再详细叙入，在笔者多得一些见闻，可以增强"北京通"的实力，在读者也许是乐闻的事。笔者虽不写访问记，但对社会一切常识，皆愿亲谒请教，读者如果不弃，有什么秘闻，家传的技术，只要是北京事，都是欢迎赐教的。以下归入本题，略改原定细目的次序，请读者原谅。

二、溜冰

在"北京通"要谈的溜冰，并不是像体育栏中所指导的溜冰，因为"北京通"目的在述旧的。北京过去的溜冰，可以分为宫中的溜，平民的溜，又可以分个人的溜，众人的溜。在清代盛时，每到冬天，在北海观军队在冰上竞技，看其排列行进，步伐精神。有时太后率宫人乘坐冰床，冰床形似方床，下床足按两铁条，用人拉行，跑到极快时，拉的可以坐在床上。不过宫中冰床，较外边的稍大，上支黄幄，可以避风，帝后可以乘坐，有时在冰上施放烟火，禁苑森严，灿烂辉煌，实是大观啊！上次演讲，谈到西太后看冰戏，蝶生说，西太后打冰球，也确实有点趣味。实在宫中原有打冰球的办法，不过西太后没有打罢了。据《金鳌退食笔记》说，禁中人"于冰上作掷球之戏，每队数十人，各有统领，分伍而立，以皮作球，掷于空中，俟其将堕，群起而争之，以得者为胜。或此队之人将得，而彼队之人蹴之令远，喧笑驰逐，以便捷勇敢为能。本朝用以习武，所着之履，皆有铁齿，行冰上不滑也"。高宗有御制《冰嬉赋》。这百十馀字，可以看出以往冰球的方法，和冰球的形质，以及曾经皇帝看过，都明白的写出，以上都是禁中溜冰的剪影。至于民间的溜冰，也没有冰鞋，更没有冰场，只在鞋上绑一木板，板上安两根大铁条，平民的冰鞋，便已完成，甚至穿着老头乐的毛窝，也可以冰上一逞雄姿的。以往的溜冰，不注意短跑和表演技术，虽然有时来个"苏秦背剑"、"金鸡独立"、"凤凰单展翅"的花招，但没人看得重，也没有化装表演，所最擅长的，便是长跑，有时二十八英里竞赛，顷刻便来得来回的。有些人要表演他的长跑，便脚上绑上木板，由朝阳门起码，顺着通汇河，立刻溜到通州，买上几个糖火烧，来上一罐酱豆腐，马上回京，来往合华里八十里，岂不是二十七英里的长跑？何况还是那极笨的冰鞋，又没有人工平如镜的冰场，岂不难能？前几年东直门外角楼一带护城河上，常有穿着新式冰鞋溜客，便是某校的平民溜冰。至于冰床，更有趣味，冬天的护城河、什刹海，岸旁常放着许多冰床，招揽乘客。在新年正月，坐着冰床，驰骤冰上，虽不用足溜，也很有意思。前几年，我每到正二月，常在一溜胡同广庆轩听杨云清说《水浒》，傍晚散书，由银锭桥到德胜门，坐一个来回冰床，然后地安桥喝上二两白干，也是闲适有趣的。

三、熬鹰

鹰是肉食的飞鹰，性野难驯，但经过人的训练以后，即能受人驱使，去捉兔捕鸟。以前养鹰狗，国家设有"鹰狗处"，并派世家子弟统领，备皇帝狩猎之用，所以鹰、狗特别在北京发达。人所养的鹰，大约分苍鹰、兔鹘为大鹰，鹞子为小鹰几种，至于宣和御笔所画的粉鹰，只养作欣赏用，不能捉兔，每只价值一二百元，而且不常见，只前年北京发现一只，不旋踵间即被人购去，因为不能为普遍人豢养，所以"北京通"中不来谈它，只谈一谈大鹰、小鹰而已。凡养鹰的，由鸟市购来以后，为训练野性起见，要实行"熬鹰"，在夜间不令鹰睡，经过相当时期以后，把鹰的野性去掉，便能应用驱使了。大鹰用来捉野猫——野兔，小鹰用来捉麻雀。每到秋天，田稼登场，郊原苍茫，一望无际。一般私人狩猎的，或一两个人，臂上架了大鹰，大鹰戴着帽子，到郊外以后，实行去"荡猫"——用极快的跑步，由田中奔跑，凡隐藏在田陇中的野猫，被惊出以后，极力奔跑。这时架鹰的人，扯去鹰帽，放起大鹰，直飞追上前去，姿式非常好看。只两翅一剪，便落在兔上，两爪一扣，一爪抓兔首，一爪抓兔胯，用铁翅一扇，兔已昏迷，然后两爪用力一撅，野猫——兔子已然了账，便算狩猎成功。到夕阳西下时，放鹰的人，腰间累累野猫，高唱凯歌走入万家灯火的人海中，以后不过兔皮送人，或添补皮衣，兔肉炖作兔肉脯，以快朵颐。真是乐不抵苦，所费超于所得，不过借以锻炼体格，也是一件体育上的好动作啊。有的富豪人家，以虫鱼狗马、鹰鹘骆驼为娱乐的，也养一养大鹰、小鹰，只排场十足，和大规模狩猎一样，雇有专门把式，终日训练鹰狗猴羊，排成狩猎姿式的阵列，在天气爽朗，秋高日晶的时候，准备大队出郊驰骋。在头天的时节，率领大队人马，营宿郊外——以南苑为最好，锣鼓帐篷，式样完备，小至饮食居住，寝帐网城，无一不有。次日晨光曦微的时候，已然埋锅造饭，一切齐备，然后传令出发，牵羊骑马，架鹰领猴，众星捧月般，拥护着主人，直入荒原。真不亚如出塞的盛况，只短了王昭君，又不亚如归汉的车骑，只少了蔡文姬，耗财买脸，要算到了极点了。大队人马，驰骋平郊，偶然在微黄草中，发现一只跑出的野猫，臂上的大鹰，早已飞起，但仍戴着帽，不能追兔。同时一刹那间，小鹰——鹞子已然放起，很迅疾的将大鹰的帽子抓下，小鹰责任已了，大鹰便满眼光明的直追野猫而去，野猫了账以后，大鹰责任已了。这时猴骑着羊，追上前去，将野猫抓上羊身，奏凯而还，一幕算为完结。一日之间，这样的抓兔，不过几只，本来大队人马，鸣锣响鼓，有什么野生灵不早已跑去呢？至于别的生物，一个也拿不着的，不用说打不着熊虎，连鹿也拿不着的，就是有能力打猎，又有谁给驱野兽呢？以前东三省秋围，要不由吉黑两省驱来大批的麋鹿，恐怕一个也得不着的，这也不足怪，只要读过石鼓文的，就知道千古一辙的。至于养小鹰，和养大鹰差不多，只在放鹰的时候，有一根系着鹰足的线绳，并且还必须拴在鹰的左足。看见麻雀，立刻放出，十九不能落空，抓着以后，当时飞回，人接着麻雀以后，给以死雀肉少许，以为犒劳。但不知养小鹰的人，终日仆仆，斤斤于抓麻雀，是什么用意？尤其一边放生，一边杀生，也是中国矛盾的现象啊！

以上简单的写了"溜冰"、"养鹰"两个节目，不过太过于简略，因为"北京的冬天"一个题目，不能写得太多的。

三

《北京的冬天》已然登了两期，以"北京通每题不逾三期"的往例来说，只好止于此期了。有没写完的，容另题补作，好在来日方长，腹笥中所有题目，尚够几百篇，尽有发表的机会的。达志既不怕我胡说，读者又能见谅，慢慢的往下作罢。

四、放纸鸢

纸鸢是诸位都知道的一种玩物，至于它的来源历史，我们不必来谈，与其翻《事类赋统编》，写许多无味的典故，不如记一些本地风光，倒觉有趣。放纸鸢本应在"北京的春天"中来谈，因为春天风有定向，且不刚烈，仰首太空，呼吸些新空气，大有益于人的。纸鸢的上市，至早要在阴历年底，这时正值三九，寒冷异常，谁也不肯冒冷玩纸鸢。在入春以后，大地更生，千尺长丝，引起各种物形的纸鸢，或背上风琴（亦名风筝，乃以竹做了，缚以丝弦，风吹发声，但普通北京人称纸鸢为风筝，实是错误的），发出一种清越的乐音，令人有出尘之想。或加上小锣小鼓，也借风力吹动风车，击动锣鼓，和以风琴，如瑶池雅乐横过碧天一样。也有糊纸条数丈，由下端令其上行，名曰"送菜送饭"，摇曳长虹，比春野游丝又壮观多了，现在多以电报条代用，淡绿色的窄条，是别种纸剪不出如此窄的，更是别致。还有晚间放起纸鸢，由下端系起小红灯笼，点缀高空，比星光又妩媚多了。以上是纸鸢上的附件，谈了许多，正式纸鸢，还没得谈。北京是建都所在，"玩"的人无不讲究，即纸鸢一项，已有许多花样。近年来物价飞涨，加以大街小巷都植了电灯电话线杆，对于纸鸢的放起，有了一种阻力，因之纸鸢也日趋于末路了。北京纸鸢，以形式分别种类，以尺码分别大小。大概分一人形——就是所谓沙雁，有肥沙雁、瘦沙雁，这类纸鸢的形式是"上有头，中如椭圆形，下有尾"，凡和这形式相近的，都是由沙雁衍出的。例如哪吒、锺馗、老虎、猫、蝴蝶，是正形的衍化；龙睛鱼、鲇鱼等，是变形的衍化。沙雁是纸鸢正宗，由三尺至丈四，大小不一，顶小的名"黑锅底"，用双股棉花线放，鸢渐大线渐粗，到丈二丈四，要用麻线圆绳，不然风力最大，不能受住。普通因肥沙雁易放，所以大型纸鸢，都是肥沙雁，至于瘦沙雁过六尺的都很少。二拍子形，拍子是无头无尾的一个方形，受风最大，能放沙雁的，未必能放拍子，就是这个意思。做拍子的，多半做成"八卦形"或"单双喜字形"，以前有一位李三爷，一生讲究纸鸢，对于拍子，很有心得，绝没有不平衡的毛病。三蜈蚣形，蜈蚣最难放，以许多小节联成一起，放时有一点外行，立刻就绊缠一起，不能分开，所以讲究的，要放蜈蚣，所怕放的，也是蜈蚣。以外就是杂形的纸鸢，谁都知道纸鸢提线是三根，上两根不平，或有一根长一些短一些，便要放起后打斤斗，甚至不能放起。至于两根提线的，一根提线，也各有妙用，并不因少提线而生阻碍，那就在构造上的关系了。两根提线的，多半是小孩放的猴儿、八戒，用秫秸皮作成长方形，上安一头，便算成功，从来不受成人一盼，小孩放时，也不能放起太高，但一经细心人研究，也能直入高空，和沙雁争一日之短长的。在北新桥有一个姓常的，夏天卖"屎蜣螂车",在日长人困时,一声"好肥骡子,好热车啊",倒也添了不少闲中趣,所以人称他"屎蜣螂常"。他到冬末春初,便做猴儿、八戒的小纸鸢来卖,因为研究的得法,能把三四个猴儿、八戒连起来,放入空中,每年在北新桥北摆摊,虽然规模不大,倒也很风光,于是人又称他"猴儿常"。一根提线的纸鸢,以鹰为大宗,北京做纸鸢的,大半不能做鹰,因为鹰做得不好,便不能放起,虽然也有做鹰的,放时也常有头重脚轻之弊的。北新桥北箍筲胡同口外,有一个摆小摊卖花生的名"四龙",每年做苍鹰纸鸢,在颜色方面,已较其他人所做好的多,至于放起的灵活,在北京可称第一,纸鸢专家李三爷称为"罕有杰作",不是虚誉的。四龙所做的鹰,能利用放线,和一根提线的关系,令鹰在空中打盘,远望如同真鹰一样,别家所做,是不能如此的。四龙真是聪明,又发明两个水桶形的纸鸢,放起来也很特别,把以前平面的纸鸢,已然立体化了,虽然有人创造飞机形的纸鸢,但总也没看见有人放起过的。四龙做鹰和水桶,都有一定模型,长短大小,尺寸的配合,都有比例数的,一分一毫也不许错,所以才能放得如此灵活,岂是任意造一个形,便能放起来的?至于放煮饽饽,放屁股帘,就不能算纸鸢了。于今纸鸢已日趋没落,良好的技艺,恐再过几十年,没有人能再做了。现在只梨园行的人,还有时放一放纸鸢,以外就是小孩们玩的尺寸小的纸鸢,八尺以上的,都不多见了,我认为现在很应当提倡一下放纸鸢。

五、搭镖陀

搭镖陀子是和纸鸢有密切关系的，没有放纸鸢的，就没有搭镖陀子的。搭镖陀子的目的，就是要得取纸鸢和线，放纸鸢的为要得镖陀子，和防御镖陀子，所以也在线上安下种种埋伏，准备钩心斗角，也是北京社会上一种有趣的争斗啊！搭镖陀子要距离纸鸢不远，近了以后，又不能被放纸鸢的看见，所以必须有一种障碍物，此种障碍物就是大墙了，人家的墙是不行的，以皇城墙为最合适，现在皇城已然拆去，纸鸢也日渐衰落，搭镖陀子的技术，也就失传了。镖陀子和秤砣相同，也有特制的，形如八楞六角、倭瓜瓣、蒜头各样，质有铁质、铜质和三镶铜质，在把的地方连以铜环，也有三环五环的，真是讲究的很。环上系以长绳，绳有粗细不同，但都用老弦、二弦、子弦拧成，坚韧无比，绳长十几丈，那一头拴有挽手。在距离镖陀子三分之一绳的地方，拴有钩镰刀，刀是两个倒钩，刀刃却在钩的背上，以便搭在纸鸢线上，可以割断纸鸢线。在距离挽手近处，拴有两个短棍，一称"横棍"，一称"别棍"，为的是以手用力。搭镖陀子的绳，须用赶面杖为中心，左右盘旋，形同放小鹞鹰的绳子盘法，搭时将挽手套在左手腕上，或不用挽手，用一小环，套在中指上，将盘好绳子托在左手上，右手将镖陀子抡起，最欢时由背后抡起，然后觑定目标，脱手而去，十几丈高，能过前门城楼，真算不得什么难事啊。镖陀搭在纸鸢线上，用力牵绳，以钩镰刀磨擦纸鸢线，可以令线断鸢飞，有时也可以将线牵下，用手将线得着，则线鸢皆归搭镖陀子的所有了。反过来说，放纸鸢的打算得镖陀子，预先放一极不值钱的纸鸢，线用特别坚韧的线，如应用细小线的纸鸢线，则改用二弦，在距离纸鸢近处，也拴一钩镰刀，不过刃是朝下，不像镖陀子上的钩镰刀，刃在背上的。安排既定，专等镖陀子，然后两方用力，就看各人力量了。最要紧的，搭镖陀子的绳，千万不许有一点疙疸线头，否则一遇小阻滞，绝不能抢起的。在镖陀子方面得着纸鸢，纸鸢方面得着镖陀子，一方必隔着皇城大骂，骂之不足，继之以砖头，也许弄得头破血出，真是不值。也有放纸鸢的，放起纸鸢以后，然后用瓦盆一个，底穿一小洞，拴以长绳，抢出皇城。真许打伤搭镖陀子的，反正有皇城相隔，又按往例只许相骂，只许互扔砖头，绝没有谁找谁理论的，也是从前社会中的一件怪现状。现在搭镖陀子日渐减少，甚至不可再见，记在这里，供读者想象。评剧家严格兄，是搭镖陀子老手，能左手抛上十五丈高，百不一失，人称"左手昆仑赵谱"，真是名不虚传。

"北京的冬天"的细目，还有几点，在电台上也没讲，本文也就此结束，下期有一篇秘稿，答读者雅意。

（《立言画刊》1939年第13-15期）

冬天的补叙

金受申

谈了几次"北京的冬天",自知过于简略,不能详尽的介绍,实在北京在春夏秋冬四个节令中,都有它特殊风味。北京充分表现了大陆气候,冬日严寒,草木不生,夏日炎热,挥汗成雨,就是春秋两季,也有它不同的风趣。容到来春春光明媚时,杏花初放,寒食雨意溟濛时(北京杏花准在清明时节开放),定有一些春意的作品介绍,聊当巷口糖钲,敲醒您们的午梦。

今天补谈一些冬天的事物,因为景兄孤血,看了我对纸鸢的介绍,觉得还有补充的必要,所以很热心的给我看许多纸鸢和搭镖陀子的逸闻,敬录于后,借光"北京通"的园地。实在即《北京的冬天》中,还欠许多没谈的材料——如排马、蹓狗,就还没得谈。今天所谈,除补充纸鸢和搭镖陀子以外,再谈一些北京冬日的鲜菜——王瓜、茄子、豌豆、扁豆、香椿、韭菜等物的种植来源,在夏历年关将到,肉饱酒足时,一盘假香瓜,亦足以消积热、涤尘襟了。

关于风筝之糊制,业见前文,除"猴儿常"外,尚有一姓常者,住于阜成门内观音庵,以糊沙雁、哪吒最佳。又有清真教人哈姓,在今之和平门外,至今尚世其业。而孤血姻丈王振亭家,亦以善糊风筝著名(旧住沙果胡同),孤血于诞日时,振丈特为糊一弄玉吹箫,美人作古时装,其首则剪自烟牌,彩衣皆由绘画。而跨凤之首尾翅足皆于放前临时安插,乃特觅许多孔雀毛,黏于其上,每一放起,则翠星数点,金霭一盘,所用之孔雀毛,则得自家中旧存之"气不忿"孔雀翎也。此风筝者,常放于今之和平门内(彼时只云化石桥)一大土山前,今则三四十岁之人必多曾见之者。又有高仙舫君,曩亦住于细瓦厂,曾自发明有"洋人打伞"一种,糊一碧睐卷发细腰窄裙之西洋美女,手打小伞,亦为散置者,临时现攒集之。而风筝之最巨者,其为杨文敬公(士骧)宅内之一百二十节大蜈蚣乎,此蜈蚣之头,乃为魁头式,色作灰紫,每节皆以洋布为之,而预以油蘸,故于春雨霢霂中亦能蠕动于天空。其圆径一尺,距离之空当亦为一尺,于魁头上复缀以两大接口葫芦,每一放起,嗡嗡作响,俨若抱珠尺木之龙夔夔舒卷。时杨之京寓在未英胡同,后放丢之日,则在细瓦厂之土山上,因是日狂风加以黄树,此蜈蚣闹线,在前掣线之三四人竟被悬起,其大如是。后卒以刮于树上线断而逸,飞时去向东南,后竟渺如黄鹤矣。

因风筝之竞争,乃有"搭镖陀子"者应时而起,搭镖陀子之情状,亦如前之所谈。其所用之"仔弦",铦利如刀,初用之者,往往误伤耳手等处,而兴酣耳热者,于严冬之下,有时仅仅外披皮袄内着祖衣,亦可云奋不顾身矣。"搭镖陀"者,以两处为最,一灰厂,一西三座门,时有歇后语曰:"三座门的陀子——耗上啦。"热烈之状可知。撇镖陀子者以抛出之仔弦分量为标准，有镶红旗人大个振者（名兴），能抛至七钱重，为当时之祭酒。曾在灰厂，以镖陀子搭断一大红龙睛鱼，乃以洋绉细绘金鳞，后闻之老内监李玉堂君言，的确乃慈禧后在海中所放，时只认为断线，不知外间有所谓"搭镖陀子"也。而西三座门之所以耗陀子者，以自皇城内发出之镖陀子者皆太监也，太监初无铁锡等镖陀，乃以二百挂镫钱为坠，外人因利其钱，故以镖陀而搭镖陀。其最滑稽者，因双方恶感愈来愈深，太监等乃以丝绳系尿壶，玉米棒塞其口，内中满贮溲溺，改"长绳系玉壶"而为"长绳系夜壶"，飞出撞于皇城墙上，訇然一声，壶碎尿飞，外之人头面皆染木樨香味，吃亏者甚众，于是外间遂又兴出所谓"划拉竿"。"划拉竿"者，乃于竿上缚钩，专钩自皇城内发出之镖陀。既已愈演愈凶，时任步军统领者为芬车，乃以匪徒"丈量皇城"入奏，得旨严拿。一时搭镖陀之英雄被捕者累累，自是其怪遂绝。

　　以上是孤血给我补充的材料。关于养獾狗，拟访金鑅宗兄一询，因不知门牌，尚未办到。关于排马，有陆文慎公次公子蕅浦二兄（大湘）知之甚详。蕅浦为话剧家陆熙（柏年）尊人，右都御史陈公名侃之婿，在文慎公在世（文慎公死在光绪三十四年）时养马多年。那时在北京养骡驹的，当以丰盛胡同陆宅为第一，蕅浦对于马种、马性、养马技术、排马方法、走马轶闻，知道很多，即以马尾编花辫，就已有一百二十种之多。虽曾对我谈过一些，可惜多半忘记，日内再去专诚拜谒，然后另写专文。

北京冬天气候严寒，一切夏令瓜菜，都不能生长。但人类专有爱好"缺少"的毛病，所以在冬天偏要吃鲜货，于是便有巧夺天工的工人，用人工焙出王瓜、茄子……等鲜菜蔬菜，供能役使鬼神的阔人大嚼。至于那费尽血汗的老圃，除赚些杂合面养赡父母以外，不但连直条王瓜吃不着，就是弯的王瓜也不敢往口里放的。今天谈谈熏焙鲜货的方法，给吃的诸公作参考。实在说来，冬天的鲜货，并没有什么特别滋味，也不见比夏天的瓜菜好吃，前几天在西来顺聚会，外敬锅塌香椿豆腐，很有人欣赏这个菜，其实香椿的味并不如春夏所生的香。我家种有香椿、花椒各一株，香椿由春天发芽起，随掐随生，味道特别深长。即以王瓜（黄瓜）而论，夏有夏王瓜，秋有秋王瓜，冬天洞子也有熏王瓜。比较起来，夏王瓜适宜生食，芝麻酱拌过水面，加花椒油炸高白酱油，一根生王瓜在握，豆棚树阴下一吃，自然通体清凉，但如果用来作汤，就没有秋王瓜香味醇厚了。至于冬天王瓜，嫩脆有馀，香味不足，最好加一些梨丝、金糕丝，拌作假香瓜，借一些瓜味，还好吃一些。其馀各种冬天鲜货，也不过如此。

冬天熏鲜菜用洞子，掘地四五尺，上盖阳头式的坡房，前糊窗纸，内升旺火，借着火力，造成夏天的气候。洞子分"暗火"、"明火"两种，"暗火洞子"系把洞子内砌成土炕，炕上铺土划成方畦，畦内下种，火在炕下火道内，洞子中只有温暖的空气，并没有火气。畦内种王瓜、茄子、扁豆，靠窗一方面种豌豆，靠后墙一方面种香椿。晚上外面挡上极厚的苇帘，一点冷气也进不来的，就是靠窗的豌豆，也没有受冷的危险。暗火的洞子，窗纸上涂上油，光线进来，就较比更强一点。王瓜、茄子、扁豆、豌豆，都是用籽粒来种，手续与夏天菜园子和水浇地（水浇地是旱地而用水浇，比菜园子简单一点，最适宜种芸扁豆）相同。香椿是在前岁春夏之间，预先培植下"熏秧子"的香椿树，高不过二三尺，深秋起移入洞中，因为香椿不需要强热度，所以把它排植在后墙下，既不必修理，又不占重要地盘，至于出卖时仍占大价钱，所以是一种有利的鲜货。及至春来，拆洞子时，香椿秧子的生殖力，已在冬天发泄净尽，移植在外边地上，十不活一二。暗火洞子最费煤，火力一时也不能减少，因此王瓜、茄子等，价钱要高一些，在今年煤价高涨时节，当然更要提高价钱的。没想昨天我遇见一位菜行经纪，据他说今年煤价虽然高涨，鲜货价值却没比去年上涨，原因是顾客齐心"不吃"，抵制得暗火洞子叫苦连天，甚至小饭铺做汤也加王瓜片，据说用王瓜比用豆苗并不费钱的。以外"明火洞子"，洞子的形式和暗火洞子相同，只是洞子中不用土炕，另升火炉，温度较低，所以称为"明火"。明火洞子专熏青韭一种，在洞子内地下，分成方畦，畦塍特别高有一尺，和春天风障下的"阳畦"（有人认为应作秧畦，实在却是阳畦）相同。不同的地方是，明火洞子的畦塍是中间空的，由其中可以放水，在离地近处开几个小洞，由小洞中把水流入畦中。韭菜不是用籽粒种的，是由春天下的种，生出苗来以后，一年不要割它（有人以为是籽粒种的，固然不对，有人以为是夏天韭菜割剩的菜根，也是不对的）。到中秋以后，把原有韭菜叶割去（这割去的韭菜叶，已然老的不能再吃），只留下面的根，把韭菜根子理出来

（理韭菜根子也是乡间妇女临时职业之一，和摘扁豆、捆葱、刨花生一样），密密的排在明火洞子的畦中。根下一点土也没有，只借水的力量，火的力量，把它催出苗来，和在瓶中泡花一样。等韭菜长到相当高度，然后割下有捆成小捆来卖，供来钱人吃薄饼，做馄饨、饺子馅来用。猪肉韭菜，别有佳味，比夏天的"青根嫩"，又嫩的多了，像我们拿笔杆的穷酸，也可以来个青韭十香菜卷饼，吹吹喇叭自雄的。不过洞子割韭菜非常难，因为下面没土，只是浮摆在地上的。明火洞子的青韭，只能割三磋（次），如果升火早，又赶上青韭行市大，勉强能割个第四磋，便已到了仲春之月了。至于六朝周颙所说的"春初早韭"，杜诗的"夜雨剪春韭"，那指的是"野鸡脖"、"花腰子"、"大白根"，而不是明火洞子的青韭。

北京熏焙鲜货的洞子，多半在阜成门、广安门外一带，冬天扁豆也能走外庄，营业是不错的。至于涮水仙，熏梅花、牡丹花的洞子，又多半在右安门外、草桥、凉水河、丰台一带，和冬天鲜货又不同了。

（《立言画刊》1939 年第 19 期）

北京的年景

金受申

上

"北京通"所谈的范围,以空间来说,当然以北京市为中心,凡城郊四乡,皆在其内,并不是只限城圈以内。例如,前几天达志告诉我,有人烦我写北京婚俗,这个题目必须加入四乡才有兴趣。北京婚俗是,旗人有旗人婚俗,汉人有汉人婚俗,回教有回教婚俗,宣南汉人也另有婚俗。在四乡有京东婚俗、京西婚俗,而京西又分阜成门、广安门外婚俗、圆明园婚俗,所以谈起"北京通"来,必要加入四乡。以时间来说,固然不能只记现代,清代北京状况,事物的迁变,也要记一些,但最远不得超越清代以上。以种类来说,是无所不要,不过第一对于北京古迹名胜,先不要谈,因为这种记载的书籍很多,在描写方面,也有人来作(如孤血、仲绂两兄),所以去年在《新兴报》写《故都杂缀》,便以传闻口述为主,但实在很难;第二对于政典所载的,也略去不写,例如上次作的《跳神的种种》,如把皇帝祭堂子杆子板子的仪注，都加入本文，恐怕还要增加一倍的量，我却以为有《大清会典》、《皇朝三通》具至，不用我们再来移录了。本期本拟作《清真肴馔糕点》，又以在年前只有二期，本期正赶上腊月二十三日，是俗传灶君升天之日，下期又是正值"大年三十"的除夕，所以改谈一谈"北京的年景"，聊资点缀令节。

北京自一进腊月门以后，家家忙年，街上顿现出一种繁华景象。北京街市上，除去一两区辖界不许夹道摆摊，显些冷落以外，其馀各大街马路两旁，都摆成清代"两道街"的样子，令人走过这种街面，心中自然泛出一种愉快。北京自送信的腊八粥喝过以后，有一自然的歌谣是："二十三，糖瓜粘；二十四，扫房日；二十五，推糜黍；二十六，去吊肉；二十七，宰只鸡；二十八，把面发；二十九，蒸馒首；三十晚上守一宵，大年初一扭一扭"。这虽然是小孩的歌谣，但不亚如一个新年工作秩序单，像那二十三祭灶，二十四扫房，便成了牢不可破的定章了（今年因为年前立春，且在二十四日以前，很有许多人家提前扫房，以免尘垢压过春节去）。今天所谈的北京年景，也以这个歌谣作个次序，谈一谈"祭灶"和"接神"。古人以腊鼓冬冬表示新年将到之声，北京自太平鼓失传以后，"狮子滚绣球"、"大小十八套"的鼓声，已不能再送入耳中了。（太平鼓用铁铸成圆圈，直径在一尺五到二尺五之间，圈上分铸四个大环，大环上套着四五个小环；鼓把的下端，也铸成三环套月的大环，分套小环；在圆圈上蒙以单层的牛皮、马皮、羊皮，用藤棍敲打。左执鼓，右执桴，敲时左脚在前，右脚在后，站成丁字步姿式。一面敲,一面震动鼓环,发出一种合于节奏的声调,有"狮子滚绣球"、"六十八套"、"小十八套"许多调名,音节悦耳,足以表现太平景象,和吹琉璃喇叭,纸鸢上风琴,纸糊的风车、沙雁,都是能听出新年之声的。现在太平鼓已消灭了四十年,沙雁也少有人糊制,真使我们有无限的怅望,因此记在此处,藉资回忆。)在腊八以前,大街小巷中常听到的货声是,卖菱角米的,卖小红枣的,卖新历书、月份牌的,卖年画的。过了腊八以后听到的货声,就偏重祀神的方面了,有卖供花的,卖门神挂钱的。在二十前后,有一种卖松木枝、芝麻秸的,是专为祭灶和接神所用,松木枝还可插在年饭上,芝麻秸还可以供"踩岁"之用(下面详谈)。到二十九日、三十日一两天之内,有卖活鲤鱼的,那是为除夕供"全佛",正月初二祭财神之用了。

祭灶的起源,很不易考查。至于祭灶的日子,现在通行是腊月二十三日,实在考查起来,在宋代却是二十四日,范石湖《腊月村田乐府引》上说:"腊月二十四日夜祀灶。"《梦华录》上说:"十二月二十四日交年,都人至夜以酒糟涂抹灶门,谓之醉司命。"现在用二十三日的缘故,也许是应在后夜祭,便算二十四日上午,真实缘故,是没法证明的了。北京传说,祭灶是送灶神归天,报告一家善恶,然后在除夕夜内迎回,这不过是一种神话而已。原意是在除夕前七日为"小令节",又称"交年",所以举行祭礼,在《乾淳岁时记》中有很明显的记载,因此可以知道祭灶也是"令节祀"的一种。北京祭灶的仪式很简单,在二十三日傍晚的时候,一更左右,由家中男人主祭,女人绝对不许参加，所以有"男不供月，女不祭灶"的说法。祭时将家中原有灶神，供祀案中，香烛钱粮全份，供品是关东糖、糖瓜、南糖，另外备凉水一碗，草料一楪，为灶王所乘马匹的刍秣。上香以后，只祝"好话多说，不好话少说"的简单祷词，然后用关东糖在灶口上一抹，表示将灶王尊口粘住，不致报告本宅所行恶事，甚至灶王龛的对联都写"上天言好事，回宫降吉祥"，虽属神话迷信，但能给人一种怕说恶事的猛醒。俟香烬后，将灶神和钱粮、草料一同焚化，凉水泼于地上，便算礼成。祭灶用关东糖，也可以证明在满洲跳神祭祀中也祭灶神。关东糖是糯米所制，上好佳品，是地道由满洲运来的。以前是每年冬季，满洲客商，贩用关东糖、关东烟、吉林松子等满洲土物，来京销售，到京后住在朝阳门东岳庙东"关东店"内，京市小商前往趸购，满洲客人只卖发庄，并不零星沿街叫卖。真关东糖坚硬无比，摔不能碎，吃时必须用菜刀劈开，质料很重很细，口味微酸，中间绝没有蜂窝，每块重一两、二两、四两，价格也较贵一些，近年很少运关东糖来京销售的了。现在北京通行关东糖，多半是发卖"白货醋色"的"糖房"所制，质轻中有蜂窝，远不如真的好了。糖瓜分有芝麻的、没芝麻的两种，用糖做成甜瓜形、北瓜形，中心是空的，皮厚不及五分，虽大小不同，但成交仍以分量计算，大的糖瓜有重一二斤的，不过用作幌子，买的人很少。从前糖房只做白货，近年来洋糖盛行，白货一落千丈，也改做新式糖果了。南糖原是南方所做细糖，北京仿制只老饽饽铺能做，近年也改归糖房出品了。南糖以小巧玲珑见称，种类很多，不外条、块、片几种，名称是冰糖花生仁做的厚片，名"花生酥"；长方条的，名"花生条"；雪白色的细条，名"鸡骨"；外蘸芝麻的，为"芝麻鸡骨"；内灌酥糖末，为"带馅鸡骨"；芝麻蘸的长圆条，名为"麻寸"；黑白圆块的，名"黑白芝麻饼"；外面芝麻圈中间加澄沙的，名"澄沙圈"；芝麻糖小方块上蘸红白糖，如芙蓉糕的，名"红白面麻糖"。总而言之，因形命名，没有一定，不过上面所记的却是糖商专用的名词。以外还有"炒米糖"、咖啡豆、天津豆，也加入南糖，实在是没道理的。

接神是除夕后夜迎回的灶神，在北京小康之家的旧家庭，平日龛内供的大佛是观音、关圣、财神，每日要烧散香，朔望烧高香，初二、十六祭财神也烧高香，并点酒三盅，有时还供一碟酒肴，无非豆腐干、花生米之类，可谓不掭之仪了。有大佛的家庭，在除夕日要预备"全佛"一份，全佛是三界诸神众圣，用秫秸做成架子，粘贴全佛，立在佛桌前面。再前面另设桌一张，名为接桌，以备摆供。全佛前另设一小佛架供灶神和财神像，桌前香烛全份，钱粮却须三份，一份接神，一份初二祭财神，一份送全佛。供品是猪头一个、雄鸡一只（拔去羽毛只留尾巴）、羊肉一方、素菜几盘、馒首几盘，至于活鲤鱼，只祭财神时临时取出。到四更上下时间，素馅饺子已然捏成，于是准备接神，饺子摆在供桌上，然后家长拈香行礼，家人次第行礼，香烬，焚钱粮，在院中拜喜神、财神、贵神，于时礼成。接神为新旧年分野，所以接神后，便分一家大小，叩首贺新禧。由接神起，在香炉中点"白速定香"一只，一人看守，以便接香，灯火香皆不可灭，否则不祥。次日见面仍道新禧，至初二祭财神，初六日送全佛（有在上元夜送的），以至顺星、灯节，都是新年后的事，下期补谈。

有佛堂的人家，多半预备年饭一碗，中插松枝、纸元宝花，饭上放些桂圆，绕以钱编的钱龙，无非取个吉利而已。在除夕一黑天，院中满布芝麻秸，人行其上，咯吱作声，名为"踩岁"，借岁碎音同，表示一年晦气都已踩去，也是有趣味的勾当。至家有祖先影堂主匣的，另有一番祭祀，都在下期补叙罢！

下

过节过年是个快乐事，也是烦恼事，这不须重加解释。过年的年景，范围很大，饮食、居住、服饰，只要为新年而预备的，沾一点新年气味的，都算是新年年景，所以谈起来茫无际涯。"北京通"所谈的北京年景，只重于记述旧家轶事，切于实际的事实，聊供不认识北京风俗的一种参考，但要郑重声明的，并不是系恋过去，憧憬将来。凡"北京通"中所记北京景物，特殊产品，各别风俗，都是摄影性质，只求留个影子，并不管它好坏，即或有时夸上一两句陈事某点好，也不过像一张四十年前戏装像片，虽然不是名角，也因物以稀见为贵的赞上一赞，认为少有而已，至于本身优劣，又是另一个问题了。

上次所谈《北京的年景》（上），只举了"祭灶"、"接神"，其他事故还多，今天借着除夕，再把零星琐事拉杂谈一谈，下期己卯人日出版，定当给读者拜个晚年。上次所谈的祭灶，并没考证祭灶的起源，原故是"北京通"注意的是北京事，不需要根据古书作考据,有人以为这太简略,但关于灶神的故事,我知道的很少。我以为"祀灶"是一事,"祭灶王爷"又是一事,《礼记》上有"夫爨者,老妇之祭,盛于盆,尊于瓶";《仪礼》上也有"祭饎爨、雍爨";《后汉书·阴识传》上有"黄羊祀灶"。这都是祀灶,而不是祭灶王爷,这其中需要注意的,就是北京风俗"男不供月,女不祭灶",《礼记》所记是女人祭灶,而且根本确定祭灶就是老太婆的祭灶,吴穀人祭酒"杭俗接灶诗"也是"司命归来日,神牌妇子迎",也许是风俗如此,就不可知了。上次所谈范石湖祀灶词,祀灶为求利市,《东京梦华录》所记醉司命,就是近乎祭灶王爷了。还有一个问题是,灶王爷姓字名谁?现在通行以《封神榜》所记张奎为主,据《酉阳杂俎》上所说:"灶神名隗,状如美女。又姓张,名单,字子郭,夫人字卿忌,有六女,皆名察洽。一曰灶神名壤子也。"这也是"灶王爷本姓张"的根据,也就是双座(有灶王奶奶的为双座灶王)灶王爷、灶王奶奶的来源,至于灶王的令媛,神像上是没有的。灶王还有属下,神像上也不足其数,《诺皋记》上说:"灶神以己丑日日出卯时上天,禺中下行署,此日祭得福。其属神有天帝娇孙、天帝大夫、天帝都尉、天帝长兄、硎上童子、突上紫宫君、太和君、玉池夫人等。"也可以说祭灶神的材料罢了。

北京过年,最注意的是送旧迎新,一切都在涤除旧污、刮垢磨光上用功夫。像那贴"宜春帖子"改变成写春联,一到二十日以后,通衢大道两旁,纷纷贴了"书春"、"换鹅"、"墨缘"的招贴,一般善书的朋友,都挥毫伸纸大显身手,却多半是消遣性质，不在赚钱，但也有落拓文人，希望用十日辛苦，换得三十晚上的一顿洋白面饺子的。更是多有的，是一些学书的青年，借纸学书，未尝不是一件好事啊！我在民国十三年时，曾邀同学伴卖过一回对子，三十日结账，共赚铜元三百九十枚，每人分一百三十枚，我买了一对树根花盆，至今还种着石菖蒲，作案头清供。又像扫房，擦饰件，都是求洁净的意思，北京房子的纸糊承尘——顶棚，是全国第一，一平两切（斜）式、平棚式、船篷式，都各具精妙，万字莲、牡丹花的银花纸，糊得光白悦目，历久不黑，灯亮花香，心地为之光明。一年来棚壁积有尘垢、塔灰，在新年将到时，必要打扫一下，北京扫房多半在腊月二十四日，但也有时改个日子，一般老太太们必要查查历书，一有"土王用事"，以后就不能扫舍了，所以必要提前一些。又如今年腊月十七日立春，过了立春就是明年，焉有尘垢搁过明年的，因此大部分人在今年都提前了。旧式家庭的家具的木器上，大半都有铜饰件的，一年来烟熏火燎，黑黯无光，要过新年，也必须擦个亮光。擦铜饰件的，都是先用白菜头蘸细炉灰末打个糙，然后用唐布香灰捍光，近年来擦铜水盛行，多半改用新法了。以外为点缀新年，买几件水仙花，素妆妩媚，除夕守岁时如对淡妆美人，令人魂销。红梅花、六安绿梅、迎春、蜡梅，都能粉饰年华的。爱青葱的，有天门冬、万年青、云片草（文竹），都也不坏。近年洋花传入，价格低廉，更属易办了。至于一两银子买一朵牡丹花的，既非根生，又少陪衬，手把美人，未免唐突国色。

北京家庭除夕祭祖，有的悬起纸绘祠堂，密排灵位，有的只望空虚设香供，因种种不同而异。汉人祭祖，多半做鱼肉碗菜，盛以高脚碗，颇有钟鸣鼎食之意。南方人流寓北京的，祭祖尤为隆重，大半是八碗大菜，中设火锅，按灵位设杯箸，在除夕、元旦、元夜，都将火锅煽开，随时换菜。旗族人祭祖，满蒙不同，蒙古旗人供以黄油炒黄米面，撤供时炸以香油，蘸以白糖，另有风味；满洲旗人祭祖，供核桃酥、芙蓉糕、苹果、素蜡檀香，静肃异常，除夕夜和元旦供素煮饽饽，上元夜供元宵，每日早晚焚香叩头，献供新茶。祭祖形式虽各不同，大半都是除夕夜悬影，上元夜撤供，亲朋之至近的，拜年时也必须叩谒祖先堂，不独慎终追远至意不泯，因其人敬其祖的美德，也藉此保存了。

供神的供品，除上次所记供献全佛财神的以外，例供是蜜供、红月饼（白月饼是猪油所做，不能供佛），和家做素菜。素菜是山药块、豆腐块、面筋段、粉条段，用香油炸过即成，粉条用线束其中央，炸成翻松如花，染以胭脂，尚为美观，撤供后加入炖肉中炖食，味道尚佳。家庭供佛，除大佛、灶王以外，另有张仙，相传天狗食月，有损本宅小孩，张仙用弹弓可以打去天狗，所以有小孩之家多供张仙，因之张仙龛上对联也是"打出天狗去，引进子孙来"字样。大家庭的佛柜庞大，前面下部开一圆洞，有的供土地，有的供地藏王菩萨，按照相传佛诞，另有供品，新年供品大部相同。

北京风俗，人事来往有"辞岁"、"拜年"，大臣给皇帝辞岁，"府包衣"、"府哈喇"给本府王公辞岁（府哈喇为本府属姓，虽不是包衣奴才，也有半奴的性质，相传裕瑚鲁氏原为钮祜禄氏弘毅公府哈喇,后裕瑚鲁氏子孙有仕至二品者,除夕须至大内辞岁,但本年并未进宫,皇帝询问,方禀明系弘毅公府哈喇,必须到府辞岁,所以不能进大内,皇帝于是削除裕瑚鲁氏府哈喇籍,抬入外八旗,此说不知真假,其重辞岁可知),本族晚辈给本族辞岁,有杆子板子影堂的族长家,族人应往辞岁,至亲如婿对翁岳须辞岁,即已订未结的女婿,也须给岳家辞岁。曾记幼时先叔率子侄赴各伯母家辞岁,并分担年菜,送奉各伯母,归来压岁钱扛满肩头,我虽不敢放爆竹,黄烟耗子屎也买来点缀点缀年华,于今老辈皆逝,我已见孙,除夕门庭寂然,并没来辞岁者,家族观念渐薄,真不堪回首了。元旦黎明,家中拜年后,即到各戚友家拜年,回来车中载满活计成匣,甚至过了灯节还有拜年(北京习俗有孝服的给人家拜年须在灯节后,道远事忙的亦可晚到)的,所谓"二月二,青草没驴蹄,再拜新年也不迟"的,就是这个意思。北京拜年,只要长辈或平辈年长的,都要三叩头,旗人叩头前后不作揖,汉人叩头前后全要作揖。北京城内拜年,遇本人在家,必须请坐受头,本人不在家,则"朝上磕",就是向这家客堂布置为上首的地方,虚叩三头,如在其上。北京四乡,拜年的遇主人在家,亦是向佛堂叩头(与城里关外进门拜佛的不同,此为拜人,彼为拜神),只呼:"几伯,几叔,几兄,给您叩头啦!"受头的在旁还礼如仪。城内妇女拜年,须过初六日,在初六日以前,妇女不得进人家门,谓之"忌门"。

元旦起始拜年,初二日祭财神,商家表示开市(北京商店新年歇市、开市日子不同,有初二、初六、十六的不同,连市的很少，旧俗多半在十六日），人家也要祭财神的。至初八日祭祀星神，名叫"顺星"，事先用灯花纸捻成"灯花"，用香油拌好，在黄昏后一更前后，在院中设祭桌，以北斗为目标，陈设香烛，用"灯盏碗"摆成顺字（灯盏碗系泥捏成小碗，直径寸许，深紫黝色，颇有古意，每至年残，沿街有叫卖灯盏碗的，大半为卖支锅碗松花的附业），将灯花放在其内，供品系素馅元宵，供品上齐，即燃灯花焚香叩首，香残灯亦将灭，然后由供桌起连续燃灯花，距离尺许，直送至大门外，用意在送祟，于是礼成。灯节由正月十三日起，至十七日止，各商家皆悬挂评书故事灯，供人参观，在前清各部也有挂灯的，工部灯最有名。商店旧时以饽饽铺善挂灯，有全部《三国志》、《聊斋》、《水浒》、《列国》、《红楼梦》等精致美巧的方灯。干果子铺（昔称倒装铺，今称南货店）的山西老板，善做冰灯，有麦龙灯、各式冰灯。前十年隆福寺街冰灯尚有名，近年只剩鼓楼前小门姜店一家。今年立春早，天道温和，恐不能看冰灯了。近年前门外各大布店亦竞制新灯，以广招徕，有时还能利用机关造成"鹊桥相会"的活动灯，可谓灯的革新了。我在民国十年前后，每到上元夜饭后，必邀二三好友，步行往游积水潭，冰上望月，归来后门观灯，由皇城根经宽街到隆福寺看冰灯，最使我爱看的，是东四头条火神庙的济小唐捉妖（此庙不悬灯已十五年了），最后到富有车行看烟火，往日快游，空怅前尘罢了。后门西城隍庙的火判，雄伟可观，近年因后门大街布店多放烟火，火判也很走一时幸运。关于北京上元观灯的历史，虽不必如"七煞反长安"时的热闹，也因八百年首都所在，极力求精。至于明代灯市如何是在一处？清代后"灯"、"市"如何的分开？清代时那处有什么灯？有什么关于观灯的轶闻艳事，纸短事多，不能一一备记，也许下期补写，也许敬待来年了。

(《立言画刊》1939 年第 20、21 期）

北京的消夏

金受申

"昼长无所事,买舟整游屐。十里通惠河,河水皆深碧。芦荻夹岸生,槐柳接广陌。好鸟鸣高枝,燕翻鱼腹白。苍茫远树间,楼台晚云擘。细草铺回堤,曲径通幽隙。亭榭寂无闻,苔花留烟夕。叶落僮不扫,空邀湖海客。静绿有高轩,新藤蟠百尺。野藕长疏花,雀蒲生浅泽。共坐环碧亭,水映芙蓉席。细湍激笙簧,人语出磐石。残阳挂高城,晚风催游舄。悠悠山水情,淡淡情弥适。"——录十五年前游二闸乐家花园旧作。

春季增刊中,我作了一篇《跑车跑马》,仿佛是昨天的事似的,匆匆春已跑去,夏已将半,夏季增刊征稿的信,又送到案头。编者盛情,至不能却,想来想去,仍要写北京夏天的掌故,给读者拂暑避热中,作一清凉品。如有人认为是冰镇太阳啤酒,那自然要受宠若惊;如被认为只够一分钱一碗的雪花酪,我也不敢说什么。反正能使您凉度十二重楼,一洗炎酷,笔者就算责任尽了。倘因此更对老北京的消夏方法,有一些认识,那更文不离题了。

老北京的消夏方法，无异于新北京的消夏方法，原则都是"内却烦溽，外感清凉"而已。老北京有公子调冰，佳人雪藕；新北京有拨爱吃冰麒麟，葛路喝橘子水。老北京有远踏郊原，遥泛小舟，喝野茶，听小曲，钓鱼临水；新北京有三海划船，公园品茗。虽然物质的享受不同，游赏的所在有异，那是时代齿轮所赐，所谓古今不同慨了。本文所谈，专以消夏为主，又以老北京为限，拉杂书之，文无界限，以适意为上。

柳浪避暑

刘侗《帝京景物略》云："海淀，西堤，天涯水也。"读之令人神往。万寿山昆明湖，旧名"瓮山"，《水经注》曾记高粱水，亦称今之昆明湖为"绿水澹澈，亭台相瞩，燕之旧池也"，是此湖见于载籍已千五百年，其历史当在二千五百年了。昆明湖今为天上水，非天涯水，本文可不谈入。惟瓮山在明代时，为渔民散居之所，游西山的，有西堤（长河）泛舟，止于山下村市中沽酒烹鲜，看渔人撒网，为枯燥的北京，增了不少江南画意；自成御苑，萧墙高筑，只供一人之乐，称之天上水，直谓之神仙方可享此乐，吾人不可问津了，所以不谈。在昆明湖之东，有柳浪庄，人呼之为六郎庄，尚能保持郊原水乡风趣，愿为记之。出西直门，经北关至高粱桥，即北魏郦道元所称的高粱水了。水亦称长河，两岸老柳高槐，柔条拂水，河水澄澹，锦鳞唼呷，浮沉在水藻中。旧时的华堂船坞，虽已成废墟，但历史久远的"长河楼"，还有推窗看西山爽气的茶客，楼下桥边，还有持竿的垂纶人，由河往西，上溯二十里长堤，就是所谓"西堤"了。河水在"可园"（即三贝子花园）墙后，极为曲折，水也深阔，芦荻丛生，大鱼很多。堤北平畴的万顷，菜圃稻田极有雅意，更有五塔寺、极乐寺点缀其间。过去驰名清代一时的苏州街，和在明代已有雅号的白石桥，便是广源闸，也就是万寿寺所在地了。河在万寿寺以西，迤逦西北行，两岸田野，很少幽致了。但河中红莲疏落，在夏晚初秋的凌晓过此，柳梢残月，荷香入衣，又是一番闲暇的。长河过蓝靛厂，北上便是柳浪庄，庄南通蓝靛厂，东接海甸镇，西仰昆明，北连西苑，虽是四通八达，却在水田环绕，万绿云合中，别成世外桃源的。友人某君在此有水田、别墅，前十年在此养病，早起在晨光曦微中，环庄一周，听那还未梦醒的草虫说睡语，吸得沁人心脾的稻花香味，胃膈一清，顿增食量。饭后在大柳树下睡一午觉，三伏之间，不知烦暑，是一生没享过的幸福，鸟鸣蝉噪，全能化为梦中幻景。傍晚看天鹅归湖，背亲残阳，冥坐寻求诗句。夜间坐树下，悬栗子花火绳，驱使蛟蚋，听老农说些"曹操苗活地发宣"的农经，祈晴问雨，真是一丝不爽的。到秋来映日捧啜粉红色的桃花粥，那便是柳浪庄所产的御田香稻米啊！

麦子店垂钓

麦子店在朝阳门东数里，临近北京有名的二窑（北窑、东窑）之一的东窑，地势幽僻，窑坑错落，芦苇连天，古木森郁，一到其间，暑意全消，虽然盛夏已似秋半了。以前每到春天开河解冻后，即有宫廷中饲养金鱼的健汉，顶城门出来捕捞鱼虫——青虫。及至暑夏，金鱼需要苍虫利水时（此皆养金鱼专名词，不在本文之内，不再详述），健汉转向二闸苍虫多处，则有私人捞鱼虫的前来。秋日水浅虫少，麦子店芦塘中，尤为极有需要。所以春夏秋三季的早晨，麦子店有如山阴道上。麦子店在枝叶荫拂、芦荻丛绕中，有一家野茶馆，茅屋三间，筑土为几椅，瓦缶砂壶，沏苦茶解渴，有天然遮日高棚，环坐其下，或看垂钓，或斗叶子牌，心境清凉，无以过此。每到夏日，由午前鱼虫客人走后，即见荷竿提囊的钓鱼人到来，钓来大鱼，即刻交茶馆烹制，与钓友共享其乐，并有浊酒及新采畦菜佐食，能皆大欢喜。午间并可枕块作甜然一梦，梦醒再小钓片时，夕阳在山，晚鸦尚未归巢之先，就要陆续打点所有，步行进城了。有的在关厢中"肉脯徐"、"荣盛轩"大嚼烂肉面后，才行回家的。至于所得鱼究有若干？是很少究心于此的，我曾问过几位常钓鱼的人，其中不少根本不吃鱼的，否则也是不以得鱼多少在意，真可谓"九月芦花白，西风鲤鱼大……钓鱼未必得，得亦未必卖"，今之邵青门了。

郊原听曲

《京都竹枝词》内有一首是"秦楼赶坐不堪夸，定府庄中数几家；不及寒暄通姓字，见人声已入琵琶"，可见当时郊原歌曲盛况了。在清代歌曲场所消夏地方在郊原的缘故，不外两点：

一点是彼时城内各坛庙苑囿，皆为禁地（即什刹海之临时上场，亦于民国五年，方始由商民呈请警察所，开放前海长堤，每夏由端阳至上元，成立临时市场，又名荷花商场，因地在城内，且以拥挤为上乘，名为消夏，实无消夏之可言），并无可为消夏避暑的好所在。百年前高庙僧人烹茗享客，既为陈迹，又系高级人士盘据，所以纷纷跑到城外寻求乐土。一点是那时城内各戏园、杂耍场，不卖女座，除堂会中有看戏剧歌的机会外，只能到乡间去。积此两因，所有一切的娱乐场所，便都向郊原上开设，尤以九夏溽暑，城外更是一种消夏遣暑躲热的好所在了。郊原消夏的所在，除为个人——少数人习静的柳浪庄、双旗竿老爷庙，为钓鱼垂竿的麦子店、长河九曲深处外，便是那喝野茶、听小曲的地方了。至于二闸，为消夏惟一妙处，也可听歌，也可泛舟，也可垂钓，也可观水嬉，应在下节来述，不在本节之内。郊原听歌有四块玉沙子口大茶馆，每逢夏日，有不少梨园内行和票友，来此消遣，已在拙作《跑车跑马》（见本刊春季增刊中）中，略述一二。又因此地势辽阔，尘土飞扬，没有清趣，且为皮黄清唱，不能吸收大多数听众，所以也不在文中述及。北京城外最有名的歌唱所在，以朝阳门外"定府庄"为最有名。北京呼定府庄音为定方庄，有一句歇后语，为讽刺席面上多吃菜的人，就是"定方庄的姑娘"，歇后语是"菜虎子"。可见定府庄在北京民众脑筋中，已有深刻的印象了。定府庄为京通大道中一个要路，一概是大石铺路（为运粮而用，内达诸仓，外通码头，所谓五闸二坝十三仓的便是，就是北京人所呼"石头道"了），交通十分方便。定府庄在四十年前，野茶馆纷设道旁，也有在万绿丛中，前临芦塘，后映古木，左右田畴的茶肆，不只三数家而已。茶肆各备香茗秋酒，各种酒肴，土炕纵横，既可为客人休憩卧以听歌，又可为喜好为叶子戏的人们，作为小聚之场。一天欢声，四方野趣，确是太平盛世中一种好现象啊！定府庄野茶馆中有歌曲的，在笔者幼年去时，尚有南北二处，及庄北一处。在此地唱曲的，纯为玩票性质，只由肆主预备酒食，或由听者请客外，绝不拿丝毫黑杵（实亦彼时以拿黑杵为无上羞辱，世风浇薄，今则中等学校出身，一入梨园，即目变联钞，瞳成袁头，不禁为之慨然了）。所歌曲类，以当时所谓"大清国土物，得胜凯歌"的八角鼓为主，八角中又以"岔曲"、"快书"、"单弦杂牌子曲"为先，因所有歌者，皆以个人为单位，绝没有成班之可言。遇有听众过多，其中又有老棍调在内，可以联合诸位歌者，合唱"牌子戏"、"什不闲"，也有时个人单唱"莲花落"，如已故老歌人"抓髻赵"便是一个。谈至此，应有一点辨别，即单弦与杂牌子曲，什不闲与莲花落，均不相同。应为说明，凡自弹自唱者为单弦，甲弹乙唱者为杂牌子曲，众人合唱加插道白者为什不闲，个人独唱为莲花落，虽音节曲词均同，实有分别。定府庄自十里河（十里河，见《新民报》，《馋馀琐记》）衰弱后，兴盛了一百多年，每至午前日落，朝阳门外不知有多少喜笑颜开的人们，蹌出了关厢，又吞进北京城内。定府庄以外，就是诗意盎然的"红桥"了。红桥在东直门外东北三里许过八卦门巨子董海川（即《雍正剑侠图》所说童海川）的埋骨处不数箭，即是红桥，红桥在元代为水木清华、花柳扶疏、诗情画意最浓的好地方，明清已然无水，岂只无桥，不意晚清以还，又兴盛了一时。此地孤处，近无村落，南北大道，折而西南，于曲折处，北坡为大茶馆，五面五进，前后天棚，东西上坡，各有店肆数家。大茶馆后院天棚下，设有歌坛，歌声袅袅，与蝉声相应答，饶有意趣。笔者幼时常随先严来此消夏，归途必至董墓瞻拜（先严曾受业于董公，光绪六年董公仙逝，先严曾为助葬），晚间灯下闲谈，犹有馀味。现在红桥，已片瓦不存，只大茶馆门前砖井尚在，有好事的村人，围植四柳，每过其处，就在柳下小坐，听风声摇曳，仿佛仍是昔日的歌声，沧海桑田，人生易老，不禁为之泫然泪下了。

二闸泛舟

隋炀帝开运河，人称其无道，后世却蒙其利，元代开通惠河，也有此感罢！自北京东便门到通州北关，河道四十里，以五闸约其水势，即大通闸（东便门，即头闸）、庆丰闸（二闸）、高碑店闸、花儿闸、普济闸，再东过去"八里长桥不免桅"的八里桥，就是通州北关了。五闸中头二闸水阔，宜泛舟，而有城市气，不如二闸以下普济闸以上的萧疏（普济闸以下就枯燥无味了）。北京人士，每至夏天，都要泛舟到二闸消夏去。那时东直门到朝阳门，朝阳门到东直门，都有游船，南北城人，攸往咸宜。头二闸间，河深十丈，两岸芦荻、茂林、田畴，全可点缀风景，助人清思。船头并有老翁少女，敲板唱莲花落，闭目张腋，清风入袖，娇歌娱神，向和三海泛舟不同。二闸在两岸皆有商肆茶馆，闸上有望海楼酒馆，尤以"大花障"为听歌聚处，此地歌者，等于城内，轮班分演，最能吸引游人。闸头水落三数丈，形如瀑布，声如雷吼，不亚置身两龙湫间。有本地小儿，素习泅水，拍浮闸下，观客掷钱瀑水中，小儿可以入水摸取。闸岸生有老树，若许掷金钱，小儿可由树颠倒跃，空中打翻车，入水帘内。也有观客先和泅水小儿讲明，以戒环等物掷入水内，觅得酬资若干，百无一失。夏日临河观此水嬉，顿有清凉世界之感。若于此地宴客，也可由饭肆中备办，虽没有城内丰满，也还不失为野意。有时当地商民，为扩充营业计，约请香会中"太狮"、"少狮"、"铜铃五狮"来此献技，俯闸吸水，惊险万状，欢声雷动，一时称为盛会。傍晚归来，看水禽钩辀，明月已升，金乌才坠，水映银波，尤为有趣。笔者于民国十一年壬戌七月望日，曾至二闸泛舟看荷灯，因此日当局特为晚闭城门，所以归途由东便门北行，月才脱地升空，秋梁如绘，可惜差一天不是既望，否则真要赤壁泛舟之兴了。近年河水浅涸，加以丹华火柴公司毒液顺水东流，城内娱乐地频增，二闸已无复昔年盛况了。

记老北京的消夏，聊为诸公助一清凉，也可为盛世寻求、将来的期待。

(《新民报半月刊》1941年夏季增刊)

老北京的夏天

金受申

夏月饮冰，自是一件清凉不过的事，以前听见卖冰核的，不禁便有一种欢忻的心思，不知怎的听了近来卖冰棍的呼声，却有一种恐惧心理，为什么理由？我也说不出，您只好别刨根问底。夏天来个"撅尾巴馆儿"，那是极普通的事，笔者在幼时，却喜在水车子盖上，喝溢出来的新水，以为香甜清凉，无以过此。井台上的小水筲，常是短绳。据政贤兄说，绳长便可直身畅饮，其害便不可思议了，所以绳短。西郊跑香山大道的洋车夫说，凡跑香山大路的洋车夫，半途中常饮冷水，习以为常，但不是西郊久跑此道的车夫，一饮冷水，轻则重病，重则常时丧命，可见饮冷水也是要有习惯性的。总而言之，有人认为结冰的水，微菌已然冻死，这是靠不住的，一问科学家便知。所以本文谈老北京的夏天，并不愿多谈饮冰的事。

一、夏天的吃喝

夏天的饮料及瓜果，已然谈过，最近又发现一种甜瓜，名为"白葫芦酥"，皮色与"大水白"相同，只大水白瓜圆，白葫芦酥微长。甜瓜本有平顶、凸顶两种，与瓜的本身无关，有的全为平顶，有的平凸相兼。白葫芦酥多为凸顶，此瓜产于保定，颇为硕大，较大水白稍甜，只因转运费时，十有八九泄穰而臭，且生蛆虫。内行人谓，因瓜地主人为养大则多售价，而未顾及转运外埠。本期谈夏天的饮馔，夏天喝酒，是一件很有趣的事，在纪元前三四世纪的中国人，夏天是喝冰镇酒的，至于是否麦制酒（啤酒）类，是不敢一定的。四十年前老北京人，夏天多喜下黄酒馆，并且是喝绍兴黄酒，至于山东黄酒，则以商界人士为喜饮，等而下之的山西黄酒，就无人问津了（一切酒馆及酒客详见"北京通"前二十篇内）。夏天喝白干，有人以为是能杀水气，实则不然，烧心程度，也很可观。夏天以喝近代的啤酒为最好，德国云龙牌啤酒，不能多得，日本太阳牌啤酒，中国五星牌啤酒，也是很有味的，不过不在老北京范围以内。老北京人夏天喜饮"四消酒"、"莲花白酒"，四消本是药酒，消暑最佳，北京善制此酒的有德胜门内北益兴酒店（原为四义兴的北义兴，近归崔君经理，改为今名），及鼓楼前四合义酒店，夏天销售最多；莲花白各酒店皆有，但皆白酒加糖而已，以京西海甸为最佳，海甸又以正街北头路东仁和酒店为真品，确以白莲菡萏酿酒，喝莲花白应凉饮、慢饮，能每沾唇际，辄有莲香泛溢，若热饮绝无莲香，快饮则只第一口稍有莲味，为饮莲花白酒须知。老北京人夏天家庭菜肴，处处皆含有清凉意味，已详见本刊"北京通"中《北京的家庭菜》。夏天最有意思的是"荷叶粥"，荷叶粥为家庭中擅长特制，一般庄馆皆另以小壶熬荷叶加姜黄，兑于白米粥，入口苦涩，毫无清香气息。家庭熬荷叶粥之法，实只光熬粳米粥，俟粳米开花，粥汤微腻，即以二苍荷叶（嫩荷叶无荷香清味，老荷叶味苦，故喝荷叶粥必须适中之二苍荷叶）一张，将离蒂近处硬筋，以手折断，盖于锅中粥皮之上，随时将粥锅端下，加锅盖闷妥，如欲加白糖，须在未盖荷叶时放入，方能甜香合一。今之庄馆喝荷叶粥，皆临时加糖（家庭亦多半如此），滋味差的太远了。粥至凉时，绿汁由叶顶溢出，粥汤很少荷香，其味皆在米粒中，为荷叶粥中真品。此为御膳房粥局杨雨亭二兄所谈，诸公不妨尝试，但用粳米，不用白米，也是其中一个要点。

二、夏天的穿衣

老北京除"二八月乱穿衣"的不定天气外，四季对于穿衣，都有一定谱儿的。入夏之始，以纺绸大褂为最宜，如天气稍寒，亦可穿杭州木机春绸，如下半年有闰月，即穿软夹袍亦无不可（近年哔叽等毛织品兴起，软夹袍已被淘汰）。纺绸即北京所谓"老串绸"，早年购买老串绸，曾以斤两计，和以尺寸计相同，表示货物地道，沉着不假。穿纺绸在中年以上，大半全是用宝蓝色，灰色较少，湖色只二十岁上下青年可穿，中年如欲穿浅色，也只是本色牙白色，很少胡须满腮，穿一件湖色纺绸褂满街晃。纺绸以下，即接罗褂，五丝罗、七丝罗、九丝罗、十三罗、直罗，全是接纺绸的罗衫。此时穿纺绸褂，已为勉强。至三伏天，应穿夏布褂，浏阳圆丝细夏布，熨的板平，穿在身上，实是清凉。此时穿罗，又为勉强了；若仍穿纺绸，就百不一见了。在罗和夏布之间，因上朝袍褂穿纱，所以也有纱衫的，实纱、亮地纱、官纱、香云纱……皆为纱类，其中以香云纱非普通纱类，系丝织软衫，可以直贯纺绸、罗两期，但在夏布期却为将就。夏布又有"沙塘月色夏布"，为老年人衣料；"月白色夏布"，为妇女及四十以上衣料。又有"门布"、"葛布"，为夏布原料，虽然粗糙，入水不倒，但未经漂白，所以坚韧强于夏布，价值亦廉，为一般中下阶级过夏衣料，做长衫短褂，均无不可。老年人及文人，尚有一种两截褂，通称"两截布衫"，上半截和小褂相同，下半截另接一种材料，共成一件大褂。两截布衫有作外衣穿的，有作衬衣穿的。作外衣穿的两截布衫，尺寸大小和普通大褂相同，上半截例用夏布，下半截有纺绸、洋绸、罗三种，以时令及穿者年岁为别。作衬衣用的，较大褂稍瘦稍短，上半截普通为漂白洋布，也有用夏布的，下半截也和外衣相同。早年在线织、麻纱织的背心没发明以前，燕居及劳动分子，都讲究穿"汗络"，高一等的用夏布，次一等的用门布、葛布，剪成背心或带袖，腋下接缝处，以绳隔寸许远连接，不只清凉，而且透风，较紧贴皮肉的近代背心，强得太多了，只以料贵费工，不及买来就穿的近代背心，所以渐渐就被淘汰了，反至被人认为不合时代化的美观，未免可惜了。在二伏一过，立秋节至，夏布季过去以后，仍然以罗、纺绸相接，不过替换时间，比前期短而快罢了。

夏天的居住、消遣、布置环境……还有许多可谈的，下期补述罢。

长夏恼人，适绍泉宗兄府上有人害病，约我诊视，深宇幽斋，清谈消夏，倒也是涤暑的一个好办法。绍泉曾供职宗人府，于族中为学长，对于北京社会事故，知道的很多，于是因夏谈夏。北京近一二年来，冷食中多加"小豆"一种，如小豆刨冰等，实在就是"带汤黑豌豆"加刨冰。绍泉谈，前三十年北京市上卖酸梅汤的，多带"茶豆"，即用黄豆、青豆煮熟俟冷，临时放入酸梅汤中，谓之茶豆，入民国后，就不见了。笔者脑中毫无茶豆印象，细思却是今日小豆刨冰的雏型。可见只要有聪明人，能将以前原有事物，加以改革进化，就能成为时代化的事物。

夏天的消遣

夏天的消遣，关于各处游玩部分，已然谈过，只谈一谈在此酷暑时节，那些不避日晒地蒸的人行动，看看他们忙有趣否？

甲、网虾钓蛙

人杰地灵，是一句古今不易的名言，随着时代，物产也有了变更。如六七十年前，阜成门雀桥以北产大青虾，为京市特产，绝不随水下流，也不往上水游去，虾米居之得名，也因此而起。后来此地青虾绝迹,在东直门北窑东坑,又发现了大白虾。近二十年来又在东直门角楼往南一里地内护城河内,出生了大白虾,为各大庄馆所争购之品。近五六年来,安定门外教场有新兴窑坑,忽有大千子米出现,较以上三处所产绝大。以上四地,除第三处禁止外网取外,每到夏日便有网虾的市人前往。网虾用蚊帐纱作小网(早年用宽灰布,现在捞鱼虫所用虫网,还是宽灰布),网大径尺,以细竹棍或细藤棍,两根交叉,作十字形,网系在根端上,不用时可以折起,用时在交叉处系长绳,网中放羊骨一二块,坠入水底。每人携网在五六个至十数个,轮流提出,将网中所落的虾米,取出放入篮中或罟中,半日之内,所得能在一二斤以上。傍晚归家,或烹或烩,足供对月举杯之用了。钓蛙是专取绿色的青蛙——田鸡,那灰黄色的疥蛙(北京俗呼疥蛤子),是不要的。钓蛙方法,可分两种:一种是在近河岸草中(因蛙为两栖类动物)或河沿下叉取,以长竹竿,尖端缚竹签或细铁叉,直接叉取,但竿尾不必系绳,也不必像叉黑鱼似的,要耍出手。一种是钓蛙,所用钓具,等于一副粗制渔具,鱼竿不必太长,至多两节,鱼丝也不必太细,不必用鱼漂,鱼钩是用微钩,或不用钩,只要能叉上鱼食便成,因蛙为卷舌,一经吞食,一时不能再掉,不用像鱼必须着腮际,才能钓上水来的。钓蛙人取上蛙来后,立时将蛙的后腿劈下(菜市有卖田鸡腿的,市场熟肉摊有卖熏田鸡腿的),穿成一串,够有成数,然后回家,用力剁去爪尖,剥去外皮,裔切成块,或烹或炒或烩,尤以打"田鸡卤"为最有滋味。亡友傅泽民兄(宗孝),每到夏日,学校暑假期中,必忙于网虾钓蛙,有一天在他府上设酒招饮,满院葡萄架,敞襟畅饮,倒也有趣,可惜座客皆称鲜美的田鸡卤,我因想象蛙之跳跃,不敢下箸,至今未尝其味。我们虽不必以佛法劝人戒杀,但为吾人一餐,要丧若干生命,也是不必作的事。

乙、粘雀捕虫

麻雀虽是小鸟,但也有人嗜食,"炸铁雀"、"熏铁雀"……只要有人吃,便有人去捉,那自食自息,自在飞行来往的麻雀,每年不知死在放生善士手中多少?死在吃铁雀人箸下多少?两样心理,一般行径啊!捉取麻雀方法,除用大拉网拉取大批麻雀和杂鸟,及小儿掏小家雀外,还用两种单人捉雀方法。一种是用小拍网网取,拍网底边长约一尺作直形,上边作半圆形,边以柳木制,上系方孔或灯笼孔网兜,共为两扇,底边相接之处,安以绷簧,下簧机关,以铁针端上叉以活槐树虫——俗呼吊死鬼,虫青绿色,活虫善于拱腰,一屈一伸,麻雀看见,便忘了网了,嘴一啄虫,网便相合,可以捉取活雀。另有"拍夹子",拍鸟夹子以木制较大,拍耗子夹子以铁制较小,一切机关,和网相同,只没网兜罢了,可以捉死麻雀,因卖雀为吃用的,就是捉到活雀,也要摔死,所以雀的死活,是没有关系的。一种是粘麻雀,粘麻雀非有极纯熟敏捷手腕不可,用不颤动的长竹竿,竿端涂胶(胶的制法,已见《北京童戏》篇"粘知了"节中),向树林中去仰头粘取,最好是柳林,或树不高大的坟院中。捉取麻雀后,以麻绳系雀一足,穿成长串,背于肩上,进城到各需用铁雀的庄馆、菜市脱售,五年前的价值是每国币一元售雀一百。安定门有姓沈的老翁，每日能捉七八十至一百以上麻雀，据谈，凡捉麻雀，大半网取、粘取间施，远处设网，近处粘取，且因粘取，倒能驱鸟入网之利，因雀飞习惯，由树上必大帮飞落地上，再起则仍飞树上，粘取虽每次一个，网则可设数个。粘麻雀如能粘着黄鸟、靛颏、黑子、红子，那就要发一笔小财了。捕虫范围太广了，掏蛐蛐，粘知了，以至灌屎蜣螂，都是捕虫，而在《北京童戏》中，全都谈过。单谈为养鸟而捕的虫，一切鸟类，在夏天全要脱毛，养鸟人谓之"倒毛"，养百灵鸟、黄鸟……在夏天倒毛时，要喂小虫。鸟的倒毛，等于人的过年，人过一年，稍长一岁，鸟长一岁，称倒一次毛。倒毛时喂鸟的小虫，有苇虫、知了、蚂蚱、油葫芦，市头固然都有卖的，但养鸟人本为习劳，所以不辞辛苦，手提鸟笼到乡间，一边喝野茶，一边可以捕鸟食，或席草地而坐，鸟笼挂在矮树上。在苇塘中寻取有虫草干，随找随到，不必似卖苇虫的，要带苇干。凡久于寻苇虫的，一望便知有无。捕蚂蚱以青蚂蚱为主，青蚂蚱北京儿童呼为"挂搭扁"，喂鸟最好。蝗虫不常用，用也是小土蚂蚱。油葫芦不分雌雄，皆可供鸟食，但因二尾雄虫，有听叫之用，所以喂鸟常用三尾大扎枪的雌虫。喂鸟用虫，十分残忍，活剥剥的扯去足头，以供鸟食，令人不忍终视，因舍间向不养鸟，也向不捕鸟。

本文原拟在本期结束，不想因此，又想起几件有趣的夏生活，下期补述。

笔者自从七岁，丢失少爷资格后，便天天跑到城外玩耍，什么河里洗澡、苇塘掏苇柞子、灌屎蜣螂、粘知了……没有一样不喜好，一直到二三十岁。自从病后，才息了这种念头，所以有人说我是野孩子出身，我一定不和人辩驳，也绝不凸着腮帮说大话，只能答复一句："不错，诚如君言。"近年为衣食奔走，终日在软红十丈中跑，久已不温旧梦，却又因住在城门附近，天天见出入城的老叟、玩童、中年汉，在在都含了老北京夏天的意味，不免有髀肉复生之感，所以不惜觊缕细述本文。

凡已见记载的夏天游赏地，本不能不算夏天的消遣，但为避免行文重复，为顾及读者兴趣，不能再写这些个，好在到处可以看见这种记载。其次有在夏始秋初的，既因已入夏季，又因尚未失夏意，也不能不写入。

丙、捉蝎捕蛇

夏天确是一个好季节，有不少穷人能因之找出一顿饭来，并不全在于消遣游戏，总名之以消遣。药店中有许多活药，如蝎子、蛤蟆……都是那些苦朋友捉来，以贱价卖出的。捉蝎是夏夜城内小儿（也有成人）所干营生，蝎子有大青蝎、苍蝎、小火蝎子三种，除火蝎子没人捉外，以大青蝎价值较高，入药有力。苍蝎大半产于房内及木石之间，不大论干湿所在。每到夏天入伏以后，青的已然肥硕，又因暑夜难熬，一听谯楼敲门二更鼓，便有人腰挎瓦壶，左手提"诸葛灯"，或饽饽匣子做的"屎猴灯"（三面木板，一面纸或玻璃），右手持竹镊，三两成群，到各废墟（以前北京多有几十年没人住的破房）或城根，捉取青蝎和苍蝎。到各城根捉蝎的，相率以一门为度，如东直、朝阳二门的，来回共捉两次，第一次一去作排头的，回来时以尾作头，以免不均，凡大举捉蝎的，以能转城角为上。到城根先以灯上下普遍一照，再寻缺砖短灰的窟窿，遇有蝎子发现，先用口气一吹，蝎即爬伏不动，尾微上钩，极易用竹镊钳取，手段高的，向例不用竹镊，只用右手大指食指，立捏蝎钳，即可捉入瓦壶中，非蝎伏孔中，轻易不用镊取。捉蝎须知蝎性，蝎背蝎首均与尾神经相连，一触蝎背，钩即反蜇，但以大指紧按蝎首（蝎本无首，首即口目所在之处），蝎尾必又平舒，绝不反蜇。在早年一夜所得大蝎，足够次晨一顿麻酱面之资。笔者虽没到各处捉过蝎子，但幼年极喜养蝎，以为取以吓人，以供一笑，而示胆大，所以颇知蝎性。捕蛇在南省，本是极普通一件事，北京虽有，却很少见，北京下乡捕蛇的，目的在玩耍的较多，在售卖较少。捕蛇必在晚夏，初夏为"草上飞"、"七寸子"；盛暑时期，蛇小而有毒，且飞行极快，无人敢捉；晚夏"菜花蛇"、"青蛇"，以及"赤练蛇"较多。凡捕蛇的，工具只是长钱串一条，唐布手巾一条，竹筒一个，必须凌晨顶城门出城，专向有棉花地处走去，因蛇最喜夜间缠于棉花梗上睡眠，日出即解下他去，只有俟其睡起扬头时捕取。捕蛇人先去看妥某蛇无毒，大小合用，即立俟其旁，以钱串打双蝴蝶活扣，看其将一抬头，双手看准落下，头入扣中，至头头下端，立即紧扣。蛇负痛即甩下棉梗，左右紧摆，俟其头晕，掷于地上，扣稍还松（并未褪下）。蛇渐苏醒，骤出不意，向人急噬，捕蛇者立以搪布手巾相待，蛇咬布角死不松口，捕蛇人趁势一抢，蛇牙满落。趁其在地翻转时，再稍紧钱串绳扣，掷于竹筒中，然后另如法捕捉他蛇。俟不再捕捉时，携筒回家，至下午，蛇已饿急，倾出喂以软嫩食物，日久成为习惯，不知无牙之苦，方可缠于腰间，搭于臂上，作弄蛇之戏了。市头以活蛇为号召，售卖膏药的，全是如此捕法，而且绝不是买来的活蛇，因蛇的记忆力强，摔落牙时，因痛不知为何人捕捉，以后便以喂养之人为主人了，所以不易转卖。捕蛇经过，是民国五年亲见如此，又经捕蛇人述说捕法详情如此。

丁、刮取蟾酥

国药店中所售"蟾酥"，是一种比较值钱的眼科大凉药，江湖卖眼药的杵门子，也全仗那一点的蟾酥。北京俗传蟾酥生于蛙眉目间，夏天捉来蛙，以荷叶接着，刺取蟾酥，这种说法，不知跑细了多少财迷的穷腿。所以本文说明刮取蟾酥真相，以免枉返徒劳，倘有人因此真发了财，也是一件功德事啊。刮取蟾酥，应在夏天以先，隔年老蛙，方能有酥，而且蛙一出蛰，酥即消灭。在蛙（不论疥蛙、青蛙，如为纯青蛙酥，值逾黄金数倍，实亦无处寻求，即普通蟾酥，值亦不下黄金）将要出蛰时，不可时间太早，向阳河坡，土孔中满布蛰蛙，随处可以取酥。刮取蟾酥，所用工具，系一铜筒，两头有铜挡，立着分为两半，恰似一个由中间劈开的炮台烟听而较细小，一面铜口细薄如刀，一面以荷叶接连，接连处上下两片各有铜把一柄，长约四寸。左手执蛙，右手执把，以铜口夹蛙眉凸包，所蓄蟾酥，即激入筒中，积少为多，凝结成块，就是药店所售蟾酥了。不过蛙眉两边，皆有蟾酥，一大一小，如完全夹净，蛙即不能复活，久于刮取蟾酥的，例为只夹大包，而留小包，以免伤生，如所得为已夹过大包的蛙，立即弃去，绝不再夹。蟾酥性极凉，取酥夹筒，用毕收藏时，必以纸包起，明年开用时，须离目稍远，否则侵入眼中，能令人落凉泪数日。北京近水各地，皆有取蟾酥，尤以下三闸（高碑店闸、花闸、普济闸）较多，丁丑至普济闸刘宅探亲，见刮取蟾酥如此。北京俗讹为夏天，即附于夏天的消遣谈之。

戊、卖苇罱箫

北京市上，一入孟夏，即有身背荆筐，手捧没底砂酒壶，上插苇罱箫，沿街呜呜吹动，凄凉韵调，令人酸心落泪，不忍卒听。在季春孟夏以前，所售为隔年陈苇叶，四月半以后，为本年新苇叶，虽声调相同，陈黄叶究不如新绿叶美观。卖苇罱箫的，皆为乞丐穷人，晨起出城，偷取苇塘肥硕苇叶，折取荆针及野花，午间即可沿街吹售。作幌子吹的，罱箫不大，抑扬幽咽，全仗那个没底砂酒壶。所售罱箫，只吹直响，不能抑扬，如欲声调抑扬，须以两手捧吹，但也绝没砂酒壶幽咽。所售罱箫，以大为能，先以叶小接箨处没裂口的，四折为吹口，两折虚两折实，然后再往上续叶，最后用荆针卡着叶尾。如罱箫较大，中间亦须加一二荆针；如更为庞大，并须以苇根两旁夹住，但此种购者极少。为装饰美观，叶尾多以剪剪齐，大罱箫上，更加野花，或纸糊小旗、小风车。早年生活程度低，幼童多有闲钱购买，售者作此无本生涯，少得亦可养家。近年久不闻这极有诗意的声音，恐是卖苇罱箫的，怕愁断听者绣花肠吧？

（《立言画刊》1941年第150－152期）

北京的秋天

金受申

一

"一场秋雨一场寒,十场秋雨要穿棉。"立秋以后,几场秋雨,果然早晚显出凉意来,院中几十个蛐蛐、油葫芦,叫得如一队雅乐,在我总是夜内作稿子的人听来,真是秋意十分了。一年吃、喝、玩、乐,只有秋天最好,经过长夏的蒸郁,人们肠胃也寡的少油了,趁此秋凉,大吃大喝,是很有趣味的。至于物价问题,本栏向不谈败兴的话,是绝不扰读者清兴的。

本栏好久没有谈吃,秋天可吃的很多,即以吃为本文开篇。北京秋天向以烤肉、螃蟹为入秋美食,以后火锅,便次第上来,联接了冬天。

一、烤肉

烤肉本是塞外一种野餐,至今还保持着脚跐板凳的原始状态。塞外吃烤肉,没有城市讲究,只是肉类特别新鲜而已,捕得虎、鹿、狍子，以至杀得牛羊，割下肉来，架上松枝，用铁叉叉肉，就火便烤，并没有"支子"，也没有酱油等一切作料，只蘸着细盐吃，鲜嫩异常。烤肉传入北京，在什么时候，没有一定的考证，大约是随着清代入关来的，比较靠的住些。北京烤肉，以往只食羊肉，牛肉很少，相传羊入口以后，进京时必须经过一条河，羊过此河，肉便不膻，这话不见得靠的住，但其他地方羊肉，没有北京好吃，是没疑惑的。以先京沪通车时，上海、南京冬天吃火锅，就是由北京带去宰好的羊肉，近如天津，也以北京羊肉为上。吃烤肉以铁支子为主，下架松柴，也有烧松塔的，不过就很少了。烤肉作料，以酱油为大宗，少加醋、姜末、料酒、卤虾油，外加葱丝、香菜叶，混为一碗。另以空碗贮白水，小碟盛大蒜瓣、白糖蒜等。烤肉筷子，旧日用六道木质，近年因六道木筷子容易藏污秽，并且容易烧糊筷头，有福建漆行张修竹的封翁，发明用"箭竹"做烤肉筷子，箭竹就是所谓江苇，质坚外光，最是合用，最先采用的，便是肉市正阳楼。吃烤肉的程序，有人先将肉在白水中洗过（确能洗出许多肉血来），再蘸作料，然后放在支子上烤熟，就蒜瓣、糖蒜，或整条王瓜来吃。也有先蘸酱油作料，后在水中一涮的。也有先在水中涮过，烤肉再蘸作料的。也有先蘸作料烤熟，再在水中一涮的。也有根本不用水碗，只蘸作料便烤的。实在考究起来，以第一第末两法，最为合适。我在"烤肉季"那里，看见一位老翁吃烤肉，什么作料也不要，只蘸卤虾油的，也是奇特的吃法。临河第一楼主人杨二哥，用生羊肚板烤着吃，先蘸白水，上支烤至肚板打卷，然后只蘸酱油便吃，特别有风味，的是下酒的好酒菜啊。家庭吃烤肉没有铁支子的，可以用烙饼砂支炉代替，也是差不多的。北京烤肉除各大羊肉馆以外，一般食客都以正阳楼为最好，其实也不过尔尔，没什么特别好处，用肉和羊肉馆一样用冰冻过石压过而已。此外便是北京烤肉三杰，"烤肉宛"、"烤肉季"、"烤肉王"，妙在三家都是小规模营业，就是口袋内只有几毛钱的客人，也可以进去一尝的。烤肉宛的宛老五，本是一个饼子摊的摊主，在从前盛行小车子卖钲炮肉的时候，宛家就卖支子烤肉，设摊在安儿胡同西口。年陈日久，营业发达，便支上棚子售卖烤肉，由一个铁支子也添到两个铁支子了，每日车马盈门，但门前仍是棚子状态。宛家烤肉妙在专用真正好小牛肉（烤肉宛专卖牛肉），所以鲜嫩可吃。宛老五本事真大，每日手切牛肉百斤上下，售卖全用钱码，无论多少客人，全是自己一边切肉，一边算账，五官并用，即一条王瓜钱，也不许错的。烤肉宛只因地在闹市，很少风趣，烤肉本是登临乐事，所以觉得少差。烤肉季在什刹海前海东北角，后海东端，两海汇流的银锭桥坡下，后临荷塘，前临行道，但又非车马大路的烟袋斜街，所以僻静异常，但关于吃却极方便，左有爆肚摊，右有临河第一楼。后院便是海岸，高柳下放铁支子，虽在盛暑，不觉太热。主人季宗斌，自己切肉，肉用牛羊庄的货，手艺也很好，并自制荷叶粥，外烙牛舌饼，很有特别韵味的。烤肉王在先农坛四面钟地方，地势高爽，临野设摊，颇有重阳登高的意思。大城外风景虽佳，吃烤肉是不方便，以前北京旧家都喜九月九日土城登高，也有自带烤肉支子的，近年很少了。京西香山的香山寺，自从改建香山饭店以后，每年秋日登报声明添卖"真正松木烤肉",不过太贵族化了,不是穷人所能寻的乐境。京西青龙桥红山口,山势虽然不算太高,但能南望昆明湖、玉泉山,北望画眉山下一带秋野,也很爽朗。家兄住在此地,每年拾存松塔,我在秋天,必要去一两次,红山口山头松塔烤肉,踏月下山,海棠院中小坐,真是不可多得的福气。北京烤肉在南友眼中看来,认为是极不好消化的东西,实却不然,原因是北方水硬,适足消化此物,去年曾论北京水质,以红山口下水井为证,已得孤血证明的(见去年《立言报》)。

二、螃蟹

螃蟹的种类很多,我们不必来考究它,在北京能见着的,只有"海蟹"、"紫蟹"、"河蟹"、"灯笼子蟹"几种,海蟹、紫蟹与本文无关,也略去不谈。北京秋天所吃的螃蟹,所谓持螯赏菊,以至《红楼梦》中的《螃蟹吟》,都是河螃蟹。螃蟹在水产动物,别具滋味,所以很被食客欢迎。北京市上所售螃蟹,全都以天津"胜芳镇"所产"胜芳螃蟹"为号召,实在却不尽然,京东一带,以及京南马驹桥一带,也产大量的"高粱红大螃蟹"。螃蟹到京以后,首先由正阳楼和其他大庄馆挑选第一路的帽儿货,其次才分到西河沿、东单牌楼、东西四牌楼的鱼床子,及至下街叫卖,就是极小极瘦的末路货了。正阳楼等大庄馆,选得大螃蟹,每日饲以高粱米,数日内便逾见肥大,于是"胜芳大蟹"的招牌,就挂出去了。普通食螃蟹方法就是蒸,因蟹性奇寒,所以在蒸时要放大块姜的,吃的时候,将蟹腹内草牙子去掉，蘸以姜汁醋，饮高烧酒，没有什么特别奥妙的方法。饭馆一只螃蟹，价至五六角，除肥大以外，便是伺候周到。食蟹的家具，硬木锤砧，以便捶破蟹螯蟹足，银箸银叉银匙，以便试出有无蟹毒，食后小盆兜水，内放茶叶菊花瓣，以便洗去手上腥味，只此一套，已值五角，蟹价又哪能算昂贵呢？蟹以脐的团尖分雌雄，团脐体小，但内多紫油黄脂，所以凡买螃蟹都愿团脐的，我以为尖脐虽然壳内紫油少，但黄脂很多，并且螯足都很充实，蟹美在肉，又何重团脐呢？家庭食蟹，有用花椒盐水煮熟的，宣兄便主张这个方法，不但滋味深入，而且能携以旅行的。乡间有一种食法，将蟹放入铁锅内，只上撙花椒盐水，不必太多，蟹熟汤尽，味尤香越的。饭馆在秋季常做蟹肉馅蒸食，如烧卖、烫面饺等，自然鲜美。庄肴有"七星螃蟹"，系以鸡卵、蟹肉做羹，上放七撮蟹黄，各扣灯笼子蟹壳一枚，食时揭去蟹壳。北京除食大河蟹以外，小蟹名"灯笼子儿"，只能用来做"醉蟹"的，将小蟹洗净放入瓮内，内洒烧酒、料酒、花椒盐水、香料，生腌俟已醉透，取以佐酒，足快朵颐，不过"请君入瓮"，酒客与有同感罢了！近年南货庄有"糟醉团脐螃蟹"，所用较灯笼子稍大，已非北京味了。

二

秋意已渐渐的逼上人来，僻巷夜深，猖猖犬声如豹，娓娓蛩语动人。最令人兴感的，又却是远巷的货声，本期原拟记一点凄凉货声，配上工尺，又因排版太难，将来写一些做成锌版，附在《北京通》单行本后面作为附录。关于《北京通》单行本出版问题，大致已商就绪，本期是第四十八篇（中间补婆媳顶嘴不计），到本刊第五十一期止，共五十篇，在五十二期再检讨过去的五十篇一次，或改正，或补充，以后便着手筹画出版，因绘图较多，所以不能马上排印出来，大约为期也不在远了。

三、菊花

菊花的故典、诗歌太多了，不能一一的记入。菊花在此日虽然还没到开花时候，但也出不了秋天，岂能因时间稍有先后，就舍去不谈呢！菊花谈起来，事故却也很多，大抵也有新旧之分，种植之法，也有"传说"和"实际"的不同，先谈种植，由种植的方法，就能分出新旧的不同来了。北京一般故老传说，认为菊花有三种，一、原根儿菊花，即花商所谓"老栊子"；二、伏阡儿菊花，即伏天折下花枝，所插的新秧；三、接根菊花，即以蒿子根所接的菊花。但此三种，前二种皆不能令花长得十分太高，花开得太大，后一种又非种菊花人所爱欣赏的出品。每次公园菊花展会出品皆高四五尺以上，花大如盘，又是什么方法所培植的？此即所谓新的种植方法了。旧种菊花，虽为名种，也没有极高极大的花种，旧种的种植方法，除去"赤金盘"、"醉杨妃"几样普通常见的种子以外，有的必须"接根"，又有"接根"、"插秧"、"种芽"都不成的，便是"朱墨争辉"一类的娇嫩秧子，我曾见过一次，花不甚大，色如紫回子绒色，花本也不很高。据种者说，十分难培养，必须押枝才行，和押迎春、架竹桃的方法相同，否则便不能活。因此种菊花的，都对中国原有的旧种寒心了。中国旧种，也有名菊，如"鹅翎管"、"银线重楼"、"紫凤朝阳"、"紫袍玉带"、"大红袍"、"玉虎须"、"紫虎须"，一些菊花，近年因爱者甚少，已受相当淘汰了。至如"绿牡丹"、"香白梨"一种小巧种子，只能炫耀普通人罢了。近来种植菊花的，大部因了日本的菊花美观，竟向日本购求新秧，研究种植新方法，才能本高逾人、花大径尺的。新的种菊花方法，第一是"插芽"，在深秋花萎叶枯以后，根下新芽丛生怒发，随在初冬时候，用极快利的剪刀切下，分插于湿泥的小盆中，放于寒暖适宜的屋室中，只要能向阳取暖，泥土不令干燥，就能保持新芽不死（但也不能生长）。到明年二月春分节前后，新芽才能生长新根，在清明、谷雨之间，移在地下畦中，容它生长，立夏后少施麻酱渣、马掌水一类的肥料，自然渐渐的长高了。在地下时间，要注意的是下雨溅泥，雨后便须立时洗去叶上的泥污，否则叶子就因之污烂，成一棵光杆菊花，就没有什么意味了，绝不能再入赛会的。菊花到入伏以后，就要起在盆中了。菊花盆有"菊花缸子"、"二缸子"、"坯子盆"几种，但为培养好的菊花秧子起见，这几种花盆都不合适，必须用宽边直筒子盆才好（此种盆必须定烧）。菊花起到盆中以后，普通都以为应放在土地上可以借一点地气，实在却不尽然，应下垫花盆，免得地上热气蒸郁（这是据艺菊有得者所言），并且随时修饰，剪去旁枝小花，只令独花长大。到花已将开时，又须用铁丝做成托圈，承受花瓣，还要随着日光移动，取其寒暖合宜，然后到花开时，才能展笑迎人、锦盘呈彩了。第二是"接根"，接根有两种必要手续，第一预为培养老柞子原根，使多长新芽，并须要芽长成长大。第一要种植"白蒿"，预取年前白蒿籽粒（青蒿籽蒿是绝对使不得的），分畦种好，培养方法虽不似种菊花秧子费事，但也要用十分力量，方能得着周正的根子。在夏至前后，就预备接根了，届时以直上周正的蒿根，齐地面上二寸截去上帽，将菊花秧子斜切取下，与蒿根相接，缚以马蓝叶，一星期便已成功。凡善于菊花接根的，能在烈日之下动手，而不令菊花枯萎，北京鼓楼后有赵姓铜匠，种菊花为北京第一，前数年为东瀛聘去，即有烈日接菊花的技术。接根菊花，有"独色"、"集锦"、"万菊"三种，但一根一花的，却是没有的。独色只是一种菊秧，开并头、四平头、八叉、九鼎，每朵大小相同，花的足满是老柞子所不及的。集锦多用带枝蒿根，各接异色菊秧，高脚长花，也是很美观，但菊花瓣形必须相同，丝瓣、筒瓣、长瓣、短瓣，是不能混淆的。万菊是花头众多，在百数以上，异色的少，同色的多，市面花厂商肆很少见，每年万牲园中总要培植几十盆，异常灿烂可爱。第三是种籽，菊花接根压枝皆不变色变种，惟种菊能变（西番莲、大丽花亦如此），种籽的方法，以前中国没有，近年始从日本传来，日本菊花能有如此多的种类，如此不同的颜色，全由种籽粒得来。每年初春下种，发芽后一切种根手续，和插芽的方法相同，例如日本菊花名种的"班女"、"田村"、"田盘"、"赤玉莲花"，全是由旧花演变来的。日本每年有新的菊花售卖，国人可以通信购菊芽和籽粒，北京护国寺庙内有一家花厂，专卖日本菊花，民国二十一年病前，曾选购多种。另有一种印度红色窄瓣菊花，是文向执三兄所送，可惜一年就断种了。不过菊花收取籽粒，十分困难，在深秋时候，取足满、形式颜色全好的独朵花，向日曝晒，冬天放在玻璃窗内，午正移在院一二小时，经过三冬，籽粒才能充实。但一朵菊花也不尽成籽粒，可以种植出芽的，只十分之一二而已。同是一朵菊花，所生新种，便不相同，实在是变种的好方法（如有佳种就不必定须变种）。第四种菊杂法，有人借蜂蝶传布花粉，把预计要混和的不同种菊花放在相近，令它自然传布。以前东北城奎星垣种菊花，使用藕荷色江西菊（京人通称江西腊的），朵与白籽混种，第二年种籽，就有藕荷色的，不过很浅淡罢了。还有人工变种方法，清华大学某君在校园中种菊，菊开时用鹅翎移送花粉，也收了许多效果。也有染籽粒的，用生鸦片烟土冲水和颜色，将菊花籽粒揉过，明年即能变色，但只一年，再次年仍然还回本色，或其他颜色。种菊花的花盆，以新瓦盆为上，旧盆次之，磁盆只能摆桌上时换用，种植时是绝对用不得的。

总之菊花是秋季点缀庭园花卉，是没疑惑的。有种茶菊，为泡茶用的，有用白菊吃"菊花锅子"的，虽《楚辞》明言，"餐秋菊之落（始）英"，也不免焚琴煮鹤之讥啊！

三

当此米珠薪桂之时，而偏来侈谈风月，似乎没有心肝，其实何尝没有心肝，只不谈而已，谈了又有什么用处。谁不知道颜回的一箪食，一瓢饮，曲肱而枕之，是清高的事，但试一实地去做，就有点"吃勿消"了。陶渊明千百年来，谁不知道他老先生穷，实际他是个小资产阶级，有可就荒的三径，有稚子可候的门，有可种秋的田，我要是陶渊明，也可归隐了。古人真是有趣，米薪涨价，是何等令人酸心——至少是我，近日快得怔忡了——却偏用"白露如珠"、"珠圆玉润"的珠字，"三秋桂子"、"金桂飘香"的桂字，来形容米薪，自超然物外的诗人看来，又该仔细咀嚼，大大的欣赏一番了。正值读者心绪如麻之时，我不愿再给诸位添烦，所以谈些北京秋天的吃喝玩乐，也不过给蘅芜君庆生辰的意思，强欢笑而已！至于没钱吃喝玩乐，那倒没什么关系，好在两益轩烤肉香味，是不禁止行人尽量闻吸的。本文是信笔写来，语无伦次，是不免的了。

四、秋日游赏

北京秋天的玩乐，城内当然以公园、三海为欣赏秋光的好所在，上期有读者打听三海历史，可见被人注意的了，实在以萧疏闲适境界来论，中央公园不如南海，南海不如北海，北海不如中海。以爽朗适于登临来论，又当以琼岛小白塔、景山五行亭为最高眼了。不过都不免庄严气象多，闲适气象少，又以记载颇多，谈描写记载的，有马芷庠先生《北京旅行指南》，谈历史考证的，有陈宗蕃先生的《燕都丛考》，所以我不再写什么了。北京可以游览的地方很多，却不必以公园、三海为最高目标，但一般看法不同，有喜天涯水的，有喜天上水的，就在个人的见仁见智了。我在民国二十四年时，曾为《华北日报》作《北平历史上游赏地纪略》，原定一百篇，没写完就辍笔了，所以还有预定题目没写，后来上海《论语》主人，要我凑成五十篇出单行本，所以稿本寄到上海去，事变后没法追寻了。本文所写的，虽皆诸公习见的地方，但我却还没写过，所以我当新的作，您当旧的读好了。

三闸泛舟

三闸没这个名字，若以大通闸为头闸，庆丰闸为二闸的例来说，高碑店闸可以说是三闸了。二闸记载的很多，孤血所作，足以尽之。但二闸仍有箫鼓喧阗、酒肉征逐的火气，要想小舟秋泛，就该以高碑店一段为上选了。由二闸闸下，到高碑店闸，路长约有十里，比头二闸之间还长，二闸往东的水，经过二闸河身和闸口的澄清，一切污秽渐以沉淀，水色一清，小鱼衔尾，大鱼泼剌，颇有水国的意味了。二闸以东五里之内，两岸高陡，几至两三丈。南岸下一片芦苇，绵亘直到高碑店西"水南庄村"口，颇似芦花古渡的画本（怀民兄如欲一游，愿为向导）。北岸在佛手公主坟一带，疏密相间的生了许多枫树，秋来老红，下临碧水，遥望芦花，想闻者亦当神往。北京枫树不多，生在公园里的，已然消失诗意，生在西山的，又没有白芦碧水，自然以此处为好了，却又"新红叶无个人瞧，秋水长天人过少"，岂不可惜。在中秋、重阳之间，身着皂夹衣（要带一件棉袍才好），在二闸雇好高碑店来回船，小舟席棚，四无遮栏，极可游目骋怀。二闸有酒家养的草包鱼，一尾二三斤，醋溜白汆，虽无兼味，若自携贡蘑渣、味之素，也能得滋味的清越，味外的咸酸的。船头载酒盛鱼，容与在岸枫之下，闪披棉袄，醉了在船板的上面选梦，真不亚如猿啼鹤梦过三峡啊！有诸葛世勋兄照片，容检出刊载。关于佛手公主坟的考证，孤血有文记载。

重九登临

重九登高是千百年来雅人应节故事，和上巳修禊一样。北京以前对于登高也很重视，近年除满汉饽饽铺的"重阳花糕"以外，谁也没那种心情了。旧京登高，不仅到一个高的所在登一下子，还要吃吃喝喝才对，所以郊外比较相宜一些。以前讲究野意吃喝的，总要到东北西三郊外土城去，土城是元代都城废墟，城砖被修北京城的徐达、华云龙给拆去用了，所以就剩下其中土坯，留作后人登临。我每次走过元城旧门时，总要立在废桥上，想象关汉卿、马致远的歌酒风流，真是七百年来一梦中啊！土城内外阡陌纵横，兔走鹰扬，鸦栖老树，秋意又不仅十分了。重九日，携带烤肉支子食盒酒瓶，城头痛饮，凉日多骄，的是三秋乐事，酒后拾得残砖断镞，上刻元明款识，又不知心头作如何感想了。北京旧日士大夫阶级，登高以登"烟墩"为最高尚，烟墩俗传系旧日烽火遗迹，不知是否？但以北京五方五行五镇来论，也有相当理由。烟墩又称"燕墩"，在永定门外南郊总署南旁相近，砖砌方台，高数丈，下基宽三四丈，北面偏西有石门，门内有石级可以拾登，台上有御笔《皇都篇》、《帝都篇》满汉碑文，碑左刻诸天神像等，任人登眺。近年因屡次发生危险情事，经地面责任者用石倒顶石门（门向内开），只有九月九日开放一次。烟墩不算太高，但在市廛关厢之内，北可全览市内，南可眺望南野，若使傅斯年登临一次，又将有比"永定门城上"更好的诗作出了罢！四十年前北京还有一个很好的登高地方，便是"法藏寺塔"。法藏寺在左安门内南岗子南头玉清观街后，据《顺天府志》记载，俗称"白塔寺"，实在俗称

"法塔寺",原系金代大定中所建的弥陀寺,明景泰二年才改成法藏寺。庙宇非常宏大,旧传有胡濙祭酒碑一座,鹅头祖师碑一座,有塔七级,高十丈,八面为窗,每窗一佛,共五十八佛。每逢重阳节,来此登高的很多,上元节要燃灯绕塔,盛极一时。晚清庙宇已毁,只塔还能登临,自京奉铁路修成,铁道由塔旁经过,才将塔窗堵塞,塔门砌以大石。于今法藏寺已片瓦无存,只此巍然的高塔,还矗立夕阳影里,和遥遥相对的祈年殿寂寞过此春风秋月的闲生活。

明天(十日)下午六时半,电台邀我广播讲演"北京的秋天"。本刊最近三期"北京通"都包括讲演里了。

四

本刊自出版以来,一转瞬间已然一年了,我虽没有什么祝贺文章,不会"善颂善祷",但以我个人所作文字来说,也写了三四十万字了(包括"谈话"、"北京通")。在"北京通"第五十篇时,应该作个小小结束,以后如继续作时,自当另起炉灶,作一些有系统的文章,勤自拜访诸位专家,找一些读者愿意知道,而还没得知道的材料,虽不见得能取得各方面青眼相待,好在文章是自己的事业,总要文无懈笔,事无废言,以期不负读者期望。过去"北京通"各篇之内,能使我自己满意的,实在没有多少篇,在每次作稿时还不觉得有什么刺眼的地方,及至印出来一看,尤其再看三看,真就如嚆矢了。近来天气转凉,长夜不寐,拥衾高卧时,总要想"北京通"以后如何作法,过去有什么毛病,改正过去错误,规定以后方针。在"文艺谈话"一栏,我却没用心去想,一则文艺范围广泛,不必拘定古今中外,抓住焦点,便能谈几千字。只要不怪力乱神,渚惑听闻,不介绍不合逻辑的事实,令通人齿冷,便能作成一篇。"北京通"就不然了,既然是记的北京过去现在社会内容,给久居北京的人看来,也能帮助一些见闻,给没到过北京的外埠读者,或初到北京的人士看来,也不致没有兴趣。有作北京掌故文章的,多半是记北京古迹,或北京轶闻,外埠人士总以为没亲身到过,有些如读铁路旅行指南,隔阂一层的样子(就是住在北京的人也有如此感想)。所以"北京通"总是向"兴趣"两字作去,就是给旅京的友邦人士看,也不至于枯燥,那才是笔者的小希望。过去已矣,未来方长,请读者一方面上眼,一方面随时指教,一字皆师,我向来是不敢护短的。

北京的秋天,已然谈了三期,共有"烤肉"、"螃蟹"、"菊花"、"游赏"四节,自然不足以尽包括这大好的北京秋天,加以人事匆迫,文字也少一些,幸得诸位读者原谅,本期再补充一些。

五、秋天的饮馔

秋天的饮馔,自然不仅是烤肉、螃蟹两种,以下续记几点,以当过屠门而大嚼了。四季衣裳,四时饮馔,在讲究吃穿的北京,当然是很极意讲求的了。即以"饮"来说,长夏酷热松阴茗话时,自然要喝一瓶"明前龙井茶"、"杭州贡菊茶",能清热消暑,一洗尘襟的。在此西风满地,凉生四野,于瓦屋纸帐、明窗净几之间，三五素心人，畅叙天南地北轶闻，或挑灯夜话，说鬼谈狐之时，就以喝一些"白毫红茶"、"极品红寿"，才能得着十分蕴藉。北京人向不讲究品茶，即有偏嗜，如舒师又谦喜饮"珠兰茶"，我向爱喝"素茶"，也不过在茶叶上找一些区别而已。至于水的讲求，什么是"惠山泉水"、"扬子江心水"、"梅花上雪水"，自然没法得着，就是"玉泉山泉水"、"三伏雨水"，以至"上龙井水"，在北京虽然能找到，也很少有人去用，只有向自来水去找沏茶的水，好一点的也不过用洋井水罢了。品茶向例应"泡茶"，北京的"沏茶"，已很落于下乘，像那茶馆澡堂，锅炉煮水，落地听"噗"的，十分劣相，只能说喝水解渴，谈不到品茶，实在连喝茶都不够的。北京也有讲究品茶的，丙子的秋天，在京西青龙桥养病，白天终日蹲在河边钓鱼，晚上坐在桥头茶馆磕牙，后因钮兄的介绍，到玉泉山旁某古刹闲谈，庙主能书能画，每到天空云净，月色晶莹，便在庙中用晚斋，饭后便坐古松下品茶。庙主命侍者汲取玉泉山新泉，用白泥火炉煮水，燃料是"松炭"，并不是松柴，松炭是庙主用粗松枝烧成，比普通木炭稍有木性，专为煮茶之用。据说《茶经》所记用松柴煮水，难免烟火熏燎气味，不如存性的松炭，既不失松木清香，又没烟火气，又利煮水。我以为这种见解，实可补《茶经》的不足，有游山幽居清兴的人，可以仿效一下。煮水程序火候，和《茶经》所记相同，"一煮如蟹眼"、"再煮如松涛"，水初热中心起小泡果似蟹眼，次听有谡谡的风吹松叶声，水已煮成，再沸就过老不能用了（普通以松涛程度尚不及沸水三分之一时间）。品茶的茶具，自以"宜兴紫砂壶"为相宜，庙主所用便是极小砂壶，容量只有一斗，本来为品茶而用的茶具，自以精细小巧为主，所以紫砂壶不能太大。茶杯也是很小，比一两容量的酒杯相仿佛，茶斟在杯内，澄黄淡绿，衬以白磁杯、古青杯、紫砂杯、老僧衣杯，真是古香古色，令人忘俗。至于茶的品类，有二三十种之多，已逾炎夏时节的"真西湖龙井"，形似忍冬花的"斛山石斛"，自然不是凉秋饮品。庙主所存的茶类，能供秋日饮的很多，尤以自出心裁的"真莲心"、"真莲蕊"为最好，普通茶店所说的莲心，只是形似莲心的茶叶而已，此次所饮的莲心、莲蕊，却是门前池塘内的荷花莲蕊，和莲子中莲蕊，虽然不是真正茶叶，但另有一种清香气味，足以醒醉。由此可见秋日品茶，也是很有清趣的事，只在能领略这其中滋味的，才能得着真正妙趣的。

秋日的饮酒，也不完全和夏日相同，虽然同是刺激神经的饮料，但顾名思义来想，也有点的分别，例如夏天所饮的海甸仁和酒店的"莲花白"，到秋天就要以"瓮头春"、"绿茵蔌"、"五加皮"为利湿化水、暖脐温中的饮料了。

秋天的肴馔，以大嚼为标准来说，烤肉自然味厚可以果腹，螃蟹自然可以持螯远想，不能不算为郊原野赏乐事。在室内几个友好谈宴，又以"火锅"为最好。火锅在北京旧家冬日，是一种极尽联欢、天伦享乐的食品。火锅旧日极讲锅子料、高汤，高汤以真口蘑、川冬菜、羊尾巴油、葱姜作料所熬为最肥美；锅子料简单的有猪肉丸子（由猪肉南式魁盒子铺制售）、炉肉两种，复杂华贵的，可以再加熏肉、酱肉，以至熏鸡、熏鸭，只是凑热闹，反倒夺去真味。火锅除去什锦火锅、三鲜火锅、白肉火锅以外，自以羊肉火锅为最普遍，为最有味。羊肉片在大羊肉馆和善售火锅的饭馆，都要先将羊肉上脑、三叉好的部分，放在冰箱内冻起来，并用大石压紧，然后切片，才能鲜嫩。切羊肉片要断丝切，入口才能不至于塞牙，入口即化。家庭常切顺丝，只求大片，至于吃到嘴内，就不能可口了。切羊腰子，皆普通由旁面下切，据傅佑宸上公宗长（大阿哥溥傅）说，内廷切羊腰子皆横片，不但片大，且另有一种鲜嫩，试之良然。在各种火锅之外，董痴公（常星阶）喜吃猪肉片火锅，据云羊肉易老（实在断丝切羊肉，绝不能老），不若生猪肉片好。但在生物学家眼光看来，猪肉不太烂，囊虫不死，是有相当危险的。有人喜吃涮羊油片，鲜嫩远过羊肉，并且不像理想中所说羊油如何的腻人。有人喜欢用香菜切断，在火锅中涮吃，确实另有新鲜滋味。火锅中所用菜蔬，有酸菜、冻豆腐、粉条（普通皆用水粉，实在不如油丝粉），至于加大白菜头，为近年食客最欢迎的食品，实在只有二三十年历史，最初由东来顺发明。

菊花锅子只是"酒锅子"的变相，除另加以鲜鱼片、鲜鸡片、鲜腰子片以外，另添入白菊花瓣，便是菊花锅子，为呷汤自是以此为宜。

（《立言画刊》1939年第48－51期）

北平街头游乐

金受申

谈北平掌故的著作,不一而足,而谈北平社会风俗事物的,则自蔡省吾(绳格)《一岁货声》始,以后待馀生的《燕市积弊》等,陆续出版,四十年来北平面貌,方始为人注意。描写天桥的作品,也有几种,某君的《天桥一览》,半为揣想之词,如说金鱼池金鱼,春天雌雄相逐时,即将雄鱼取出,数日之后,即可摔子,殊不知鱼在动物中为体外射精,雌鱼摔子后,雄鱼不射精其上,哪能出鱼?须俟子已摔齐,将雌雄鱼一并起出,以免大鱼食子,这就是偶然一见,加以揣想的记载。我现在不愿记天桥的一切,因为记天桥事物,不能挂一漏万,但看了一次赛活驴的表演骑驴过桥,已引起我描写——也可以说记载天桥的兴趣。骑驴过的桥,系以几条板凳,叠成三层,每条板凳皆以三枚圆球垫腿,空着一条板凳腿,三层皆是如此,关德俊充驴,一个女子骑在他身上,上桥带翻身,找重心实为不易。久不逛天桥,逛了一次看见这幕赛活驴,又比八仙得道中张果老骑驴过桥,只用一条板凳的,要惊险多了,所以引起我要作记载的兴趣。本文先记北平社会中几种游乐，也可以说由看赛活驴引起来的。

一、托偶戏

托偶戏北平呼为耍傀儡的，俗音就念为耍猴立子的，不过有大小两种，大托偶戏古名郭秃戏，俗名托戏，清名"宫戏"。明代宫内有过锦戏，系以木人放在水上，听其浮动，旁人代为歌唱，或就是现在的宫戏，不过宫戏不用水罢了。宫戏的演唱，须先搭台，台的下层前，系用六扇彩画格扇拼成，两旁系用不彩的画格扇拼成，后面只用布幔，下层高约五尺，以人立其中看不见人头为度。上层和戏台形式相同，接连着下层扎栏杆（较下层各宽出约半尺），树立四根台柱，上顶亦有天井，后面也挂守旧。虽然是临时拼成的小型戏台，但画彩鲜明，绣幌雕栏，也很美观。木偶长约三尺，头面戏衣，和真人一样，唱戏时动作，也和戏台上一样，只眼睛不动而已。木偶下有支棍和引弦，人在下面举着支棍，牵动引弦，木偶便随着动作，文戏武戏，一点不差，而且昆乱不挡。有戏目折子，可以请主人点戏，也有主人或戚友，愿意消遣，则可日前告知戏名，因耍托偶的只管耍，唱则另有唱者，场面另有场面，只没把场的，也没检场的，有的票友或因此愿意得点杵头，也可以来唱，反正是由后台进去，前面谁也看不见本来面目，谓之"钻筒子"。滦州影戏也有钻筒子的，不过真有本事的票友，宁可钻宫戏的筒子，不愿钻影戏筒子（影戏本以滦州腔为主，如主人要带二黄，也不过加一两出，全二黄的很少，不似宫戏完全是昆乱）。清代制造宫戏的巧工，以戴文魁为有名，今则不易再寻了。宫戏和影戏一样，全以××班为名，其实以前平戏也是如此，后来觉得社字伟大（？），平戏全改了社，影戏只一家东派的庆民升班改了社，宫戏则来不及改社了。宫戏班在清代时很多，近年因为欣赏的人少，又因价格昂贵（宫戏较影戏，要价昂十五倍至二十倍），渐渐被淘汰了，最后只剩了一个金麟班，每次出演时，必要在前面台柱上挂两面牌子，上写大字为"金麟班宫戏"，下面并注明"寓前门外天桥西鸟市口内西市场西街二号"字样。事变后笔者即未再见宫戏，不知今尚存否？八年来有不少人提倡日本木人戏（不知是此三字否），很伤了几位墨客的脑筋，来作文照像，谁还来管将成《广陵散》的宫戏？实在宫戏耍木偶的，生旦净末丑，全须知道，才真正是一个戏篓子呢！

北平所谓耍猴立子，系指小托偶而言，上文在起火小店的住客中，曾一涉及。平南各县农民，到了秋末冬初，粮食也打进了囤，又没徭役索粮要钱拉夫之苦，本可在家托一碗黍米粥，大晒其日黄，作一个盛世之氓，但中国农民是向来勤苦的，冬天仍不肯休息，抓一个是一个，便推入北平城来耍猴立子。他们也有个戏台，高不过尺半，面宽约三尺，前后约宽二尺，是一个一殿一卷形式极小型的戏台（恐怕是世界上最小的戏台了），后面也有出将入相的台帘。这个小戏台也是以木制成，粗加彩画，围着台的下端，以蓝布作成四五尺长布筒，大小和戏台下口相同，同时支起来，耍的人钻入布筒中，不用时将布筒折叠，包裹戏台，另有黑圆笼，与八角鼓拢子相似，不过只是一只，内装木偶道具。行路时以扁担担起，前头戏台，后面圆笼。扁担前半截有一带孔横木，支戏台时，将扁担上端插入台后榫中，靠墙立起扁担，便可开戏。另将乐器挂于横木孔中，乐器只有一面大锣、一面小锣，系在一起，因为行路须敲着锣，以便号召顾客，所以走路也挂在横木上。另外还有一个"口咪子"，为演戏时代替哭声，及吱吱叫声之用。一经支起戏台，则连人带圆笼，一齐进入布筒中，又须耍人，又须打锣，又须道白，又须唱歌，又须找杵门子要赏钱，别人看他手忙脚乱，其实他倒从容不迫。有须两个以上的托偶人出台时，则一个一个上去，台边有孔槽，便将托偶人架在台边。讨赏钱则有木偶人托小簸箩，跪在前台边叩头，他以锣锤子打圆笼边，作为叩响头的声音。耍猴立子没有几出戏，有也唱不全，反正看耍猴立子的皆为妇女幼童，只看热闹而已。他们通称有八大出，计为《香山还愿》、《铡美案》、《高老庄》、《五鬼捉刘氏》、《武大郎诈尸》、《卖豆腐》、《李翠莲》、《王小儿打老虎》。通常先演打老虎，次演高老庄，学猪八戒摇头和呼喝之声很妙。以前都是住户叫进去耍，后来有好事的承头攒钱，令他在街上耍，以为年头岁尾，搏一欢喜，皆须先讲价钱，另外再求赏钱，求偿时要挨时儿，令人有不得不付赏钱之感。决没有他自动在街上耍的，近年因生意不佳，一到下午，便找地方自动演唱，锣声一响，小孩来了不少，但没人承头敛钱，只得自己求钱，有时因为口头上伤人，引起吵闹的。北平街头游乐行路时所打锣鼓，各有传统声调，北平久住的人，一听便知，例如耍猴立子的锣声是"迭迭匡，迭迭匡，迭匡迭匡，迭迭——迭匡"，打的非常急迫。《旧都文物略》以为耍猴立子的，是宫戏下街，那是不对的。

"北平通"既要为北平人看，又要为外省读者打算，所以不能不详细。本文所标"北平街头游乐"大字题目，尚未十分满意，暂且如此罢！

"北平街头游乐"，本拟多写几篇，因为内容太琐碎，所以特地把它简化了。现在北平来的盟军对于中餐里的烧鸭子很有欣赏，有人请我详细写一篇关于鸭子的文字，也可以说是种种不同的吃法，我现在虽然没钱吃鸭子，但凉的热的，甜的咸的，有汤的没汤的，各种鸭子吃法，却能源源本本的道来，老朋友们一定不以吾为造谣也。本文结束后，即谈吃鸭子。

上次谈托偶戏，曾谈及过锦戏为托偶戏的先声，不过过锦戏是明代外宫的一种游戏。每年夏天在玉熙宫（今为北海西岸北平图书馆地址）设一方池，池中放些鱼虾萍藻，以轻木做成男女木偶，彩画如生，有臀无足而底平，约高二尺（加上足和大托偶差不多了），下安卯笋，以竹板承之，隔以纱幛，运机之人皆在幛内牵动，另有人鸣金（场面奏乐），并宣白题目，代为问答，这完全和托偶戏没分别了，只是在水中罢了。还有既奏乐，则所谓问答，当然也是唱而非道白可知。此戏直至崇祯年，一天正在宴会，忽得报开封失守，亲藩被害，遂大恸罢宴，崇祯帝从此不再到玉熙宫避暑，但是明代也就快亡国了。暑日而没法避暑，谈谈也凉快的。

二、耍猴儿

北平街头游乐有一时兴起，旋即覆灭的，如清末民初之照四湖景妇人，哭糖的人，皆是此类，齐如山先生有的已然记过，不必来谈。北平有许多可纪念的小贩，已然绝迹（如卖槟榔糕的），侯甲峰兄很想作这种记载，可惜侯兄遽归道山，以后我们也可作一下这种工作。本文所谓北平街头游乐，是每年都有，有永久性的，不过近年生活骤变，有十分之九已不再作这种营业，将来恐不能复见，所以不嫌琐碎低级（？），记载下来作《东京梦华录》看。北平研究院、中央研究院、中法汉学研究所，以及大学和学术团体，都有风俗研究——北平风俗研究的组织，我这"北平通"至少也是材料的一部分。耍猴儿的也是冀中一带农民，冬日农暇，来北平作临时生意的一种。耍猴儿须有绵羊一只，哈巴狗一只，小猴子一只，另外有时一个人办不了，还须带一个小孩帮忙。试想这一人三畜，每天需要多少生活费，近年耍猴的多不带羊，将来终被自然淘汰的。耍猴的背一木箱，箱的一面有一木架，猴坐箱上，另手牵狗，羊则多为小孩牵着，行路时打锣，以为号召顾客的标记。另有径寸的大竹竿长一丈五尺上下，上半段横一木棍，棍的两端有绳，系于竿顶，以作猴爬竿的表演。箱中存放道具，有猴穿的衣帽、柳木圈等。叫耍猴的讲妥价钱以后，即令猴扮演各戏，大约在外居官挂帅、舞枪跑马、扶犁归田等戏，演时猴子自启木箱，按照耍猴人所吩咐的节目，妆扮起来，有金纸糊成、上颤红绒球的帅盔，红洋布制成的帅袍，以羊代马，骑在羊身上跑上几趟，或执着小扎枪，舞上几次，虽然只为那点果饵，但那种得意情形，真比升官还来得写意。或以犬代牛，给哈叭狗拴上一付耕犁，猴子左手扶犁，右手执鞭，作为下野归田的表演。耍猴人每次吩咐猴子表演时，不说发令，而说："老爷太太现在叫你耍一趟跑马，耍的好时，老爷太太还要赏你。"以为讨赏预地，也和赏耍托偶的一样，都是讲定价钱以外的加钱，好在他们也不必支配，都入了耍猴的腰包。讨赏时猴子托着篓箩，跪在主人面前，主人看它楚楚可怜，固然不吝破钞，但耍猴的总是贪而无厌，求而再求，看主人面色行事，口头虽是命令猴子谢赏起来，但猴子总不起来，在主人看这是猴子自己讨赏，不免再回一次手，其实他们有暗语，只要耍猴的一说暗语，猴子立刻便磕头起来。休息猴子的方法，便是令狗钻圈，圈即柳木罗圈，大小不等，数目没一定的，用重物压上，直立地上，哈叭狗便来回穿行，由慢而快，全听锣声的快慢为度，最后为跳圈，由圈上跳过，也是先跳低圈，后跳高圈。近来耍猴的，多半没有了羊，和猴爬杆的竹竿。耍猴的训练猴子时，很有趣味，买来猴子以后，拴在一边，旁边预备一把菜刀，一壶酒，一锅水坐在火上，另外还有一只活鸡。耍猴的拿猴子穿戴的衣帽，令鸡穿戴，自己先比出穿戴的样子，但鸡决不会仿效，便用鞭子来打，打也不行。耍猴人装出生气样子，大声呼叱以后，猛然握着鸡脖子，抄起菜刀来，一刀剁下鸡头，故意令鸡血四溅。然后当时拔毛开膛，下锅煮熟，就着酒吃鸡肉，一边吃喝，一边谩骂。此时猴子早已不寒而栗，以后便可顺顺利利教导各种把戏了。此系亲自访问耍猴人所得，治乱世用重刑，吾知感矣。

三、耍老鼠

老鼠北平称为耗子,所以耍老鼠的北平呼之耍耗子的。法国锦鸡团在真光表演时,鸡能随着钢琴跳舞,人诧奇观,其实有生之物,皆能训练。舍下今年养了十五条红鲫鱼,能听人叫,立在缸边,一点手便过来,总之皆以食为饵而已。耍耗子的背负红漆小箱,箱立上一幡竿,竿下拴两道长梯,竿顶有小楼,四面圆洞,有木桃两面圆洞,竿下都有活轮,可以旋转,箱中有小匣若干,内贮小耗子,小耗子皆为灰色者,形如田间豆鼠,并非庙会中所售登轮子的花老鼠。耍耗子的人,下街游,口吹有声无腔调的唢呐,每年新正月,即可听见清越的唢呐声。叫耍耗子的,讲价以后,并不另索赏钱。耍时取出匣中老鼠,一个一个的表演,无非登梯转轮,钻塔钻桃,或用两只老鼠作比赛登梯。旧京新年无事,常喜叫各种街头游乐,入门表演,耍耗子是其中最文明的一种。

《北平街头游乐》止于此罢!

(《一四七画报》1946年第5卷第7、8、9期)

没落的"年节"
——北平新年杂写

果 轩

记得丰子恺先生有一篇谈新年的文章,他说时日的分割,实在是打破人们厌烦过日子的妙法,由一年分成四季,十二月,三十天,再割成分秒,就使你觉得一年很急速的度过了。设不如此分割,我们只过着"山中无历日"的慢慢长岁,岂不要令人头痛呢!

子恺先生的说法很妙,然而我们这些三十岁左右走入中年的人,实在呈一种相反的心理。一切"年"和"节",都是儿童们的,青年们的;我们则只感到"无常",无时不饱含惆怅之意。更何况衣食营营,东西南北,一遇到腊尽年终的时候,自己抚摩了过去的创伤,想起家人父子,真有点黯然。我想王维的"每逢佳节倍思亲",他的意义还不止在别离上吧。

自己在旧都住了快近六年,直到如今,妻子还在那没落的大城市中寄生着,所以北平几乎成了第二故乡。如今算国历呢,眼前就是新年了;即使还用"小民"们通行的"夏历"吧,那

"桃符更新"的节令,也不过一个月了。因此想到几年来岁尾年初的现象,使我又引动多少无聊的回忆。回忆虽则没出息,但我们现在资以自慰的还有什么?我想问难的人,亦将瞠目无语吧!

国历终于在"传统"的习惯下躲开了。琉璃厂每到一月一号虽也有许多旧书摊摆出,海王村公园那些卖轻气球和风车的也不少,但究竟游人稀疏冷落,只见几个大学教授挟了破皮包踱来踱去,偶尔夹杂一部《青年学生》而已。因此,一切商贩,照例要请求市政当局在"春节"重张旗鼓的。不曰过年,而曰春节,这真是中国文字的妙用。这种请求,大约自革命成功以来,每年一次,但总未碰过钉子——说我自己的话,节日本是习惯的遗留,人们多少有些怀旧的感情在内,故无改从国历大杀风景之必要。日本也过着旧历年,但却拿掉东四省,岂非明证——故一到正月初一日,你将看见从和平门一直蜿蜒到琉璃厂街口的席棚,这里边充满了康有为、祁寯藻以及刘石庵的字,江南四王的山水,蒋南沙的草虫,真是洋洋大观,虽则膺鼎,大足炫目。茶棚在海王村公园内矗立着,红方桌蒙以白布,在上面一坐,睥睨下面的人海,也很有不可一世之概。"糖葫芦儿"和"大风车"以及成串的"山里红",是逛厂甸的特征,清晨走在大街小巷,房檐上常常挑出一个哗哗响的大风车来,引动你一种莫明的心情,这你不必问,一定是从厂甸带回的了。

厂甸的书摊,我们总不会讨出公道的,你不要看那些穿了马褂戴着小帽的商人,大学教授有时被他们骗得发昏,旧印本染色可以当宋元精椠,一下就是百把块钱的价值。还有厂甸迤东的火神庙，这时也充满玉器古玩摊子，那更是非假充内行的洋人不敢问津的，一只烧料的白观音当玉的卖，磁器不是汝窑，就是定窑，至少也得是古月轩，标的价格没有在二十元以下的，我们也只有咋舌而已。我顶爱看的是一些闭户休息的南纸店和旧书店（其实他们都已将摊子摆在外面了），那些古旧玻窗上挂遍了时贤书画，陈师曾的花卉多么秀劲，姚茫父的字多么挺拔，即寿石工的榜书联额，也深为我所喜爱。若再有我们王道宰相郑海藏的字，那真成瑰宝一般了，虽则此老已为人所不齿。

代表北平新年的，是各处的庙会和应时的小贩。上述厂甸，虽多系"雅"人流连之区，实也不过庙会变象。故卖轻气球以及小儿刀枪和各种食物的仍极走运，一进海王村公园，就毫无"雅"致了。记得有一年，有人持黄旗在那里悬赏找寻丢失的小孩，可见其肩摩毂击之一斑。除此处外，就是正月初一的关帝庙和初二的财神庙，更是所谓"小市民"祈福求赦的所在。正阳门两旁那二间用黄琉璃瓦盖造的亭子，即所谓关帝庙，据说此地之签，灵验无比，元旦日早晨一点以后，前门大街已有许多人顶着星辰冒着寒风买香烛了。故在这一日你可以看见那两根终年寂寞的旗杆悬起黄旗，这与大街两旁关门闭户鸦雀无声的商店成了极好看的对比。电车在这一日都为之晚出，记得前几年国历时行的当儿，这一天我照常要从西城寓所跑到东城学校去授课，电车既无，洋车又少而贵，曾受到极大的窘迫，看到一群一群的学徒，穿了崭新的衣帽去贺年送名片，却踽踽走在西长安街马路上，平常五光十色的窗饰而今只有门板迎人，心头就说不出是什么味儿。话又说远了，我们还是讲正月初二的财神庙吧，其实这也没什么讲的，每年一到此时，各大小报纸的外勤记者，都要玩两手儿，写几篇特讯，说得天花乱坠，应景应时，稍一留心的人，都可读到，何必我再辞费！我只告诉你这庙的名称是"五显财神庙"，位置在广安门外几里地光景。财神是我们民族中永远兴隆的神，况这庙在此日又可出借"利市元宝"，说是准保一本万利，大发财源。（这元宝是纸作的，分金银两种，今年借了，如发利市，明年要加几倍价值偿还。譬如今年借两个银元宝，花了二毛钱手续费，明年就得还上块把钱，名之为借，实乃买也。个人心愿，神佛鉴临，谁敢昧心不还哉？利市与否，姑且不论。）这也就无怪乎一到"大年初二"的早二三点钟的时候，就已把广安门拥得水泄不通了。

一听到"画儿来——买画"的悠扬韵调，就十足勾起童年随父亲到集镇上买年画的回忆来。什么"莲年有馀"、"日进斗金"那种笨滞的木刻画在现在已不大看见了，代之而兴的是"海派"的劣等石印。《马前泼水》、《奇双会》之类的戏出，"财神送宝"、"富贵有馀"一类的低级象征画，往往男子穿了红红绿绿的西服，女子也登着四不像的高跟鞋，窗上有玻璃，室中有电灯，看过之后，忽然意识到中国整个文化，都被这野鸡式的西洋玩意儿强奸了！即欲觅一张如孙福熙先生在《北京乎》一书中所说那种"新年多吉庆"的版画，也不可得了。故这种小贩，虽送来新年之消息，我却只有厌烦。若一般假借已关闭的商店而设的临时画棚，更充满了这种臭味，只不过多几张印得精细些的时装美人罢了。除画贩外，卖花的，尤其是纸制的石榴花，特别在小巷中叫喊得热闹，新年戴石榴花，是一般老太太的特权，或者因石榴多子而取其含义吧。又有街头卖灯的，羊灯、蟹灯、鱼灯，以及浑圆的红纸灯，穿插了故事的走马灯，都很够味。这之类，到元宵节尤其多，但我却常在除夕就买下两盏红灯点起，好像有它才像过年似的。从腊月初起，卖鞭炮的已极多，若一到十五日以后，已可听到断续的毕剥声。廿三日是家庭之神灶王升天的日子，头三天已有人在大街小巷卖饴制的糖瓜，我顶讨厌吃这东西，因为它黏牙，恰如我所不喜欢的口香糖一样。设如我是灶神，供以此物，必大发雷霆无疑也。北平还喜欢将糖瓜做成藕形或葫芦形，那简直是为人的玩好，不为供神了。吃的东西没有再比北平讲究的了，即说是世界第一，也无愧色。新年，尤以吃为最重要的一件事，故你可以看见西单或东单的菜场，无一天不人山人海，由蒙古到广东的食物，均可于此买到。另外有一种最讨厌而又顶通行的应节点心，就是"杂拌儿"，混合瓜子、花生、糖、栗子、梨糕……等等东西而一之，街头巷尾，到处皆是此种小贩摊头，南货店亦大卖特卖，乱乱糟糟，黏黏连连，真象征中国的国民性！

见了面是"恭喜发财"，回到家是八圈麻将，听戏是《御碑亭》《金榜乐》《大团圆》，这几百年来奢靡委顿的古城，就在这种麻醉状态之下残喘着，即使是极有生气的人，还怕不没落吗？

(《文化建设》1936 年第 2 卷第 4 期)

故都废年的景象

经 世

北平这个地方，自从采用了新历，全国一律遵行以来，一直到现在，还是过着新旧两种年。

新历的年已过，废历的年来了。

封建意识的味儿，在北平格外的显得浓郁。一切风俗在这里是十足地保持着，一点儿没有去掉。每年只要过了腊月十六，街上就渐渐地热闹起来了，所谓新年的景象，也就逐渐地活跃在眼前了，最引人注目的就在每家糕点铺子的门口，斜立着一个木牌，上面贴着黄纸写的"本斋年例诚起供桌"一个广告，起初不知这是什么明堂，后来一打听才知道，这是一种佛前的供物。到了年下，家家都必须置的，叫做蜜供，其实就是用油、糖、面为原料作的一种玩样儿，颜色是淡黄的，夹着一条条的红线，有寸把长，笔杆儿粗，一个个叠叠起来成为方塔式，有高有矮，有大有小，价格随着大小而异，最贱的也得块多钱，贵的有几元、十几元不等。这种东西是从年前就供起，一直到正月十五后才撤去，那时已被烟熏灰扑的不像样子，但是并不把它来弃掉，而是用来朝肚里送。据说吃了可以除百病免灾害。这种东西的销路颇不弱，据说每年可以卖十来万元。点心铺的老板固然是利市三倍了，笑逐颜开，然而无益耗费，和愚昧观念的尖锐化、深刻化，真使人闻之咋舌了！

这几天走街去，景象大变，四牌楼的几条大街，是显得非常的窄狭，车水马龙，拥挤不堪，令人有行路难之叹。退远望去，牌楼北的人行道上，是满布着五光十色的年灯，争奇斗艳，气象万千。有中世纪的走马，有现代式的飞机灯，可谓今古并列，洋洋大观。街上的人一个个都是很匆忙的，手上都没有空着，男子们差不多都提着一个蒲包，或是别的礼品；妇女们有的提着预备过年的年货，有的提金银纸锭、神香、春联；徒弟们则拿的鞋呀帽呀，脸上露微笑。所以杂货店、水果店、神香铺、鞋帽铺都是门庭若市，生意兴隆，还有卖杂拌的也叫得很起劲。所谓杂拌，就是用瓜子、花生、蜜饯、果脯，及各种平时常食的零碎食物凑合而成的，这种东西，也颇有趣味，什么东西都同时地到了，用不着你样样去买。

卖羊肉的，和糕点铺都在铺门前高搭着彩棚，四周都是用写着福、寿、喜字的玻璃框嵌着，下面除了留给人走的过道外，而肉铺是满挂着一列列的剥现成的肥羊，羊铺里的伙计们也手不停的在剔骨头，显出甚为忙碌的样子。据卖羊肉的掌柜说："今年的买卖，给去年比较起来，差了很多，往年许多买主都是老早地就定下，羊剥出来，不等挂上架子即已售毕，而且价钱还比平时贵。今年每家羊肉铺都是排列整个的羊，等候顾客的光临，价钱特别的贱，结果还是卖不掉。"

这里的年糕，分黄的、白的两种。白的是用江米（即糯米）做成的，黄的用粟米做成，里边都不须放糖，因为年糕的上面密密地铺着一层小红枣，就可以代替糖了！这两天最行时的便是年糕，送年礼的固然免不了它，而穷家小户用它来点缀新年，也是很普遍的，所以年糕的生意，是利市三倍。

据报载，公安局因为恐怕爆竹的火星飞落易生危险，所以曾经下令禁止。但是中国人的事，历来就是马马虎虎的，睁只眼，得过且过，所以仍然是似禁未禁。爆竹的响声，零落地时有所闻，好像是两军相抗，在猛攻以后，时而放着信炮似的。当我初来北平的那年，因为适逢热河的战事发生，北平戒严，不准燃放爆竹，所以没有领略过这种声音。去年乃升平之年，同申庆祝（？），老百姓大放其鞭炮，除夕的晚上，整整地放了一夜。在家乡饱经战事的我，神经过敏的，以为又发生什么事变了呢？午夜惊醒，听着炮声隆隆，酷似两军接触，枪声如雨的情景。第二天早晨起来，才知是升平盛世，乐事正浓咧！

这几天最忙得起劲的，要算各商号店铺的伙友了。他们手擎着折子、纸条在街上很匆忙地奔驰着。到处都有他们的足迹，到了人家，并不容易把钱拿着走，费了许多唇舌，跑了无数趟子，收得到债，已算功劳不小了，所以这些收账的，虽然到处奔波，结果还是收不齐。

街上的洋车，栉比的排列在道旁，只要你开一声腔，马上就会围得你不能迈步，逼得你非坐不可。平时由四牌到市场，非二十板不可，至少也得十六枚，但是这几天十枚，总是你争我夺的抢生意，虽然警察在背后高擎着短棒在颈上猛击，但他仍然忍着痛，伸长脖子在叫十八枚……十六枚。

表面的繁盛，毕竟遮不住内在的矛盾，这不过显示了人们的无知、迷信，狃于积习的民性罢了！一方面是在忙于预备各种东西欢天喜地的等待过年，但一方面却有很多的人在饮泣吞声，大受熬煎呢！据这几天报载，每天都有因为生意亏蚀，年关难度，而愤然自杀的消息。这能算是市面繁盛、升平气象吗？

(《人言周刊》1935 年第 2 卷第 3 期)

新年中之北京的小儿

马二先生

余于民国九年冬,北上一游,在都过旧历新年。元旦日,偕叔至厂甸观览,顿触起我二十年前儿时之景象。

逛厂甸,为北京小儿惟一之娱乐。盖旧时书房,虽无寒假名目,而过年时,却有年假,大概自腊月念后放假,至早亦须灯节(正月十五日)后始上学,而厂甸之会期,亦自元旦起,至正月十六日为止。

北京之庙会固甚多,每月皆有,如土地庙、城隍庙、花市、护国寺、白云观、南顶、中顶等等,而以旧时书房平时不放假之故,是以厂甸游人为独盛。

厂甸在南城海王村,其北有火神庙。正月会期,其所陈列者,多儿童之玩具,种类甚繁多,兹为分述如下。

(一)风筝

放风筝,为北京儿童社会惟一之游戏。风筝之制作,亦较他省为精致。最普通者为沙雁,自数寸起,而三尺、四尺、五尺,以至丈许者皆备。其三尺以上者,可带一弓于背后,弓上绷一绦，临风而起，其声嗡嗡。其丈许者，并可带小锣鼓各一具，上装纸制风轮，翔起时，风轮旋动，拨转小锤，则金鼓齐鸣矣。

此外则有硬翅、软翅、牌子之分。硬翅者，如沙雁及三阳开泰、哪吒、青蛇白蛇、福禄寿等是。软翅者，如蜻蜓、蝴蝶等是。牌子者，即凡作平面形之风筝，如花瓶、蝉（北名吉了）等是。惟牌子之下端，必缀以绳尾，作丫字形，否则不稳起。

放风筝之线索，小者用棉线，三尺者必用细麻绳。风筝愈大，则绳亦愈粗，然亦各有一定之比例分配。凡绳失之粗者，则其放至天空时，必不能直，而绳之中部，常向下弯，作弓背形，因风筝力弱而绳重也。若绳失之细时，则风力一猛，又必有断索之虞，飘摇远坠，不复能收回矣。

最佳之风筝线索，用熟弦，即寻常胡琴上所用之弦。惟须经沸水煮过，始变为柔质，而不致断折，故曰熟弦。其粗细，亦以风筝大小为标准。

绕线索之车，制以竹，有木柄。执其柄而以指拨之，为右手之事，左手用以理线索，使之勿乱，亦非习之者不能办。此车有大小，名曰线桄子。线桄子之直者，制以红木，饰以铜环，每一拨转，其声琤然，颇可听也。

风筝放至入晚以后，则有送饭之举。送饭者，喻言也，以纸制之小蝴蝶一枚，套于线索中，乘风可由线索直上，至风筝前而止，复翩然急溜而下，有如送食物与风筝为食也，故曰送饭。送饭之制作甚精巧，其蝴蝶两翅，能自关合。故既上之后，双翅一触，关合之后，风力无阻，即缘索而下也，并可以小灯笼缀于其下，由一盏以至八九盏，顺风高翔空中，颇有可观。

（二）扯铃

北语谓之抖空竹，以竹制，如哑铃式，惟两端作扁圆形，以绳贯其中而扯之，其声呜呜嗡嗡。南方亦有之，其形式如一，而大小无一定，小者如钱如杯，大者如盘如桶皆备。惟最大者，非壮夫不能扯，且不以绳，而以皮带。是盖已由儿戏而入于体育之途径矣。

（三）戏具

此类最多，皆演戏所用者，如面具、假须、木制之刀枪，以及锣鼓等，皆为一般儿童所嗜爱者也。

（四）口琴

以铁为之，形如巨，而横处较长，小者长二寸许，大者长可四五寸。置于口，以上下齿衔其上下两股，而以右手拨动其中间簧之端，口中并呼吸之，则中间之簧，随呼吸颤动而成音调。

（五）教育玩具

在当时何尝有此名称，然而及今观之，则所谓教育玩具，亦多此类之物，其精巧或且勿及焉。如木制之车马，马饰以棕毛，有黄骠、白鼻骝、菊花青之分，车有厢、有轮、有辕、有帷、有窗、有帘。乃至马之鞍鞯、车之油瓶，及饲马之草料簸箩皆备。锡制之食具，其小如小银元，有水碗、火锅、茶壶等，制作与真者无异。木制之家具，如桌、椅、凳、几、榻、火炉等，大小仅数寸，而制作形式，亦与真者无异。泥制之偶人，及瓜、果、虫、豸，偶人除京剧而外，有美人、乞丐、纺绩婆等等，皆能惟妙惟肖；瓜、果、虫、豕之大小形色，皆一如真者，尝以泥壁虎一置窗间，佣妇见之，竟不敢扪之云。

（六）太平鼓及琉璃瓶

太平鼓者，以铁作圆框，以革蒙之，其柄缠以藤皮，铁环缕缕缀于下，持而击之，其声蓬蓬，铁环亦琤琤作响。非新年，无此物出卖，亦无人玩之也。

琉璃瓶者，以薄琉璃为之，形如瓶，而细其颈，以口吹之，其音作不登不登之声。大者如瓜，小者如杯，色如茄，或波绿。

（七）财神鞭

俗传财神为赵公明，骑虎持鞭，于是厂甸中乃有售财神鞭者。以竹签串山楂果，长数尺，涂以糖汁，既可食，又可观，谓之财神鞭。游人取其吉祥为发财之兆，恒购之，以为逛厂甸之纪念焉。

右所纪，多儿时乐事。客岁在都，逛厂甸则异是，仅至火神庙二次，于古董摊上购衡州石龟一，可作水盂用，象牙旧轴头一副，其他，则信远斋食糖球、看游女而已。人事变迁，年事已非，无复当年之兴致。不卜林林之众中，亦有追怀往昔如余者否也。

（《红杂志》1922年第29期）

北京味儿

萧 志

自古道北方是膻酪之乡，那种口味是南方人所不惯的，尤其是生葱大蒜的气味，十有九个南方人都不敢请教。然而秋高气爽之际，寒气初凝，肥羊正好，几个人敞着衣襟围着火炉，烤着羊肉，和脂麻烧饼同吃，虽然是胡俗，确是别有风味。北方一切生活情绪总是那样浓重阔大，直截痛快，地理环境有使之不得不然者，因为天气太冷，所以不得不采用烧烤的烹调，又因为火气太重，不得不拿生菜来调剂。我想善于冷食的莫过于北京人了，在寒风凛冽堕指裂肤的长夜中，可以买到脂红玉白的水萝卜，还有那家家必备能解煤毒的腌白菜，一嚼之后，凉生肺腑，酒后食之，尤为妙极。冰糖葫芦是各种鲜果如葡萄荸荠山楂核桃之类浇上冻凝的糖汁，外脆而内柔，也是别处所决吃不到的。真正北京饭馆中，当三伏天气，第一样拿上来的是冷盘，用冰块拌着鲜菱藕莲子以及核桃，尤其什刹海一带的饭馆，本地风光，随摘随吃，还可以凭阑消受湖边的荷风柳月，不愧为消暑胜境，较之电器冰箱中拿出来的冷饮，更饶自然之趣，然则北京人不独善于浓肥之味，其能利用丰富的蔬果，也颇值得效法的。

讲道地的烹调，北方究竟不免过于单调，北京是个四方游客云集之地，所以不能不有调和南北风气的馆子，于是山东馆兴焉。山东人本来在北京人中最善于经商，北平许多重要商业都在山东人之手，他们的生活方式自然很可以影响一班大众。不要以为山东人是佬子，济南风土之清秀不亚江南，古人已有定评，沿海一带，文化尤为发达。就是鲁东，从前运河驿道所经，也很殷盛，他们恰好处南北之中，所以两方都容易接近。其口味的特点，在乎以清腴救过浓之弊，只是我们觉得汤菜太多，未免单调，也是一种缺憾，但北京菜之中，够得上讲口味的，总要推山东菜的了。

民国初年是银行事业极盛之时，银行中淮扬镇一带的人较多，而清末民初之间，京城有几个显者，也是此中人，所以淮城厨子也走过运。次之便是闽菜，因为福建人团体最坚，乡谊最重，而他们的口味又是那样特别，非此不欢，所以势力殊为不小。至于川湘菜，在南都虽然占重要位置，而北部却始终不曾十分发达过。

回想我们耳目所接，六十年来，始而科举应考，继而捐班引见，又继而学校宏开，又继而议员麇集，又继而军阀政客，此仆彼起，哪个不要进进八大胡同，听听京戏，上上北京馆子，最低限度，总有些三亲两友，往来酬酢。北京的风气，考究吃的都不喜欢在家请客，其原因是从前京官都住在南城，离酒食征逐的地方都相近，无论选色征歌，都很方便，在家反不免有些拘束。而况馆子里可以代你送信请客，其待客之和蔼周到，规矩内行，又是独一无二的，你倦了醉了，可以躺在极干净炕上，饿了可以先吃点心，菜吃不完可以马上送到贵宅。非但此也，前清京官上馆子，照例是不惠现钞——现在可不行了。你是甚么功名，翰林几时可望开坊，部曹几时可望得京察，你的座主同乡世好姻亲有些甚么阔人，平日都打听得清楚，若是军机章京都老爷，更是趋众惟恐或后，他们绝不怕你漂账，等你放了外任，就来收账了。久居古都的人，总还想得起这种故事，北半截胡同广和居，是最有名的老菜馆，相传何绍基所署账单，上面写着子贞亲笔。这件宝贝，后来广和居歇了业，不知归于谁氏了。北京的规矩，店铺都有铺底，辗转互相授受，这是要出钱买的一件产权，买来之后，尽管另换招牌，这种手续叫做出倒。

张之洞樊增祥的诗中都提到广和居，虽然是北方馆，可也是一班南方士大夫捧起来的，所谓潘鱼是苏州潘炳年，所谓吴鱼是吴均舍，所谓江豆腐是安徽江树畇，光绪末年，又有韩朴存教以锅烧猪肘，叫做韩肘。民国十七年以前，四壁挂秦树声、章华、邵章诸人的诗字，都是宣南寓客。最后曹经沅在故都，还替它鼓吹过一番。然而无论如何，雅人深致总敌不过庸耳俗目，人家都要想热闹地带，请些不伦不类的客，吃些不甜不咸的菜，谈些不痛不痒的话。至于曲巷闲坊，花晨月夕，二三知己，杯酒论心，久矣乎无此风趣。而况广和居的主顾，都是贞元朝士，久已寥若晨星，反不如西四牌楼的白肉馆，倒还有些普罗的引车卖浆之流，作座上客，他们所谓明朝传下来的肉锅，成了北京城稀有的历史古迹了。

北京的烤羊肉虽然美，然而只宜于秋冬，四季咸宜，雅俗共赏的还要推烧鸭。这件事西洋人捧得最起劲，他们说北京的特色是"三D"，第一是鸭子，第二是灰尘，第三是外交团，

Duck，Dust，Diplomats，三个字的英文字母，都以 D 字起。这话原是东交民巷的人说出来的，连他们自己也算在内，真是语妙解颐了。自同光以来，除掉公车士子，引见外官，议员军阀政客之外，外交团确也增加辇毂不少风光。他们观光的志愿尤其虔诚，玩起来比中国人更会玩，甚么怪地方怪事情他们都能找到的。北京士大夫的作风，魔力真不能算小，连万里外的大腹贾和仪态万方的贵妇人都极羡慕而揣摩得惟恐不似。他们最对胃口的是红绢官衔灯笼，挂在大门口，原是非常壮观，只可惜现在的政体不容许红缨帽的存在，然而有一个小国的使馆至民国二十年左右，还用这种装束的看门人。他们认为北京的脂麻烧饼与小米粥是世界最可口最富营养的平民化食物，天天都吃不厌的。北京的土炕与纸窗，中国人铲除之惟恐不尽，我们租房子以土炕与换玻璃窗为第一条件，他们租房子却要房东替他们把土炕纸窗修起来。的确，外国文化人看着北京房屋那样宽敞舒适，庭院那样宜于养花养鸟，而狗与猫又都那样可爱，买书借书收古董又那样便宜，雇用人又那样廉价服从有礼貌，街上的平民生活又那样简朴和平，易于接近。在西山庙宇里租上几间房，可以穷奢极欲畅所欲为地过一个暑假，就是把一座庙整个买下来，也不是一件难事。谁不感觉到北京士大夫的自得其乐呢？大约这三十年总养成了不少的外国北京迷，他们古书房里堆着满架的线装书，甚至堆到地上，还要帮办笔墨应酬，写信给中国人，一定要称仁兄愚弟，接到帖子，一定要请一位先生送对联。平日的起居，早晨是不起来的，经常的消遣——或者也可以说事业——就是逛旧货摊。至于听戏吃馆子，那更是头头是道了。

凡是西洋人记北京的书，几乎无一部不提鸭子，吃鸭子的地方，总是叫作便宜坊。内行的人晓得真便宜坊在米市胡同，其实也不一定真的才格外好，后来文化经济集中内城，也就少有人专诚跑到城外去吃了。鸭子一个个标好了价目，你要吃多少斤的，他先拿给你看明白了，再给你片来，一碟又一碟，和生葱蘸酱，裹以花卷，七八个人也觉吃它不完，临时还拿鸭骨头炖白菜，愈觉清香，一洗腥臊之气。妙在味既美而价又廉，既简单而又不单调。

北平菜馆有一点应该做到的优点而从不曾做到的，就是不能利用第宇园林的结构来增加酒食嬉游的兴趣。人生衣食住三个条件是如连环不可分离的，在优美的环境里，眼对绮罗清艳，再品着美酒佳肴，不是尤为圆满么？为甚么喧嚣局促污秽的局面不肯改革呢？《负曝闲谈》里所描写的致美斋，窗外是煤，煤堆旁是溺窝了，的确始终没有改过。别的都市，寸金之地，找不到宽闲地方，那还罢了，北平甲第连云，洞天福地，所在皆有，何以不能利用呢？像广州的南园，虽然地势不宽而布置何等曲折幽静呀。最可惜的是中央公园，有那么好的环境，而致美轩春明馆一带，还是和市井一般的布置，并没有小院回廊，也没有锦茵绣幕，太与外间的苍松怪石画栋朱楹不相称了。

假使有一家私人的园林，能供应上等的烹调，庶几方可为故都生色，谭家菜就是这样产生的。谭名祖任，广东南海人，家世清华，讲究书画，喜交游，好饮馔，在抗战前后十年间谭菜的声光，真了不得，足可算得故都风光最后一段精彩。在这个期间，士大夫都已南迁，故家乔木可算沦落殆尽，旧梨园供奉的声客，也已成广陵散，海王村畔，所寓目的尽是些不堪入目的赝品古董，一切景象，万分消沉，只有这一点还是硕果。

本来广东菜馆在故都不甚出色，只有粤籍寓公的私家作出来的，才能代表真正的岭南风味。谭家的女眷能亲自入厨，他在米市胡同的南海会馆收拾出两间精雅的书斋，虽不算是甚么园林名胜，然而谈起戊戌政变时逮捕康氏弟兄的一段掌故，座上客却不能不为之感慨低回。始而几个文人轮流在这里置酒延宾，既而声名越做越大，耳食之徒，震于其代价之高贵（在抗战初期，要一百块钱一席），觉得能以谭家菜请客是一种光宠。弄到后来，简直不但无"虚夕"，并且无"虚昼"，订座的往往要排到一个月以后，还不嫌太迟。他只有一间餐室，而又不肯"外会"，还有一个条件，请客的一定要连主人请在内，所以谭君把鱼翅吃得肥到气喘不安，终于因高血压而送命。然而那种时期，士大夫隐于厨传，究竟不失为一种寄托，是值得称道的。

谭菜的拿手在鱼翅，这一大盘鱼翅真是纯净而腴厚达于极点，吃了之后，也不想再吃别的了。所以继之以一碗清炖草菇汤，不着油盐，纯取其真朴，还有一样著名的白斩鸡，据说是开水烫熟的，所以其嫩非凡，末了杏仁茶和甜点心，一上来，就知道"观止矣，虽有他乐，不敢请矣"，若是你还坐着等饭和稀饭，那就是贻笑大方的大外行了。到了客厅，然后用极精巧的茶具请你喝铁观音茶，这也是非内行不会喝的。

（《四十年来之北京》初集，黄萍荪编，
子曰社 1949 年 12 月再版）

故都的饮食

汪耐寒

故都地邻漠北,尘土飞扬,因有"若无帝王在,犬马不肯来,无风三尺土,有雨一缸泥"之传说。第自有元以迄逊清,七八百年来,建为帝都,竭四方之精髓,供独夫之挥霍。其宫阙之宏壮,山水之明秀,与夫器用服御之豪奢,直足以傲视宙合,莫与颉颃。而于饮食一道,尤为集天下之大成,凡川、粤、黔、滇、苏、扬、豫、鲁之名庖,麇集于斯,各有专长。即设备简陋之炸三角铺,亦必有一二名馔,以饷老饕。北平酒菜业,规模最宏者曰"堂",如同兴堂、燕寿堂等;其次为"楼",如东兴楼、斌升楼等;再次则为"斋"为"居",如致美斋、天瑞居等。鱼虾登市,必尽先由堂选购,次及楼、斋、居等。至于杯勺箸碟等席面之置备,当推东兴楼为翘楚,附设专部,主持其事,多至数千百席,同业中遇有盛大宴会,而感食器不敷支配者,辄向告贷,酌取赁值焉。

食肆遇有稔客莅止,必有馈献,以示敬意。余酷嗜泰丰楼之敬菜"割雏烩鸟鱼蛋"。割雏,即鸡鸭血,味调酸辣,而鲜嫩适口，为解酒妙品。其次如天瑞居、天盛居等处，则有蜜饯果脯、酱露拌豆腐、芝麻酱拌萝卜须芽等小食，更迭并进，足以调和口味，增进食欲。

故都之以庖厨起家者，为贾某，江都籍，自民初即为中国银行庖人，历久不替。貌似乡愚，眇一目，而举止豪华，拥有姬妾，出必驷车，公卿为之气短。尝独资开设藕香榭于西城，名噪一时。

名宦巨室之拥有善酿者，辄珍同拱璧，窖藏经年，遇有盛会雅集，始开瓮饷客。有倪先生者，吴人，尝设雪香斋酒肆于韩家潭，其于杯中物之调配烹煮，具有心得。每应东道之召，来主觞壶之政，则铢两悉称，寒温咸宜，一般酒徒，几无倪先生不乐。

（《礼拜六》1947年第60期）

故都秋味

老　饕

张翰当年见秋风乍起，顿起莼羹鲈脍之思，北方人士久客江南，值此晚秋天气，最难将息的时节，也未免勾动乡愁。前阅报，载翁咏霓院长托秦绍文将军从北平代买羊肉携京的消息，不禁忆起故都深秋风味。

北平景物，四季咸宜，惟在秋季最足使人怀恋。白云霜叶，绿瓦红墙，天色是碧蓝如洗，满街飘荡着各色水果和炒栗子、烤红薯的香味，淡淡斜阳照过寂静的小胡同里，偶尔送出一两声卖老鸡头、鸭儿梨赛糖的吆喝！午睡初回，到五龙亭畔小坐，泡一杯清茶，荷风满襟，莲香藕脆，遥望涟漪堂碧海无波，天半红霞衬着白塔倒影，海上几只小艇轻绡纨扇，双桨如飞，真不知是人间？天上？

北地牛羊，入秋渐肥，前门内户部街月盛斋的五香酱羊肉最脍炙人口。同治《都门纪略》载咏月盛斋烧羊肉诗云："喂羊肥嫩数京中，酱肉清汤色煮红。日午烧来焦且烂，喜无膻味腻喉咙。"前人之言，并非溢美，无怪翁院长要念念不忘了。

北平习俗，立秋后相约加餐，谓之"贴秋膘"。各大饭庄门前，竖两木牌，大书"烤"、"涮"二字，以招顾客。《都门琐记》："正阳楼以羊肉名，其烤羊肉，置炉于庭，炽炭盈盆，加铁栅其上，切生羊肉片极薄，渍以诸料，以碟盛之，其炉可围十数人，各持碟踞炉旁，解衣盘礴，且烤且啖，佐以烧酒，过者皆觉其香美。"其实烤肉不用炭，而用松柴，火光熊熊，松烟缭绕，烤熟的肉片略带些松子香。吃肉的人，也有一定姿势，一足着地，一足踏木凳，手持尺馀长箸，旁置小酒壶，且炙且啖，自酌自饮，更无衣冠酬酢之烦，豪放之态，愈觉可爱。

宣武门内安儿胡同，有宛姓兄弟卖烤牛肉，亦名满故都。院中置两大烤炉，食客环立，其兄操刀切肉，手法极娴熟，矮屋低檐下，列坐衣冠楚楚十馀辈，皆静候补院中食客缺者也。"七七"战起，余亦飘零关塞，十馀年不归故乡，人海沧桑，战乱未已，在报上看到东来顺封灶的消息，不知"烤肉宛"于今尚在否？

(《军中文摘》1948年第2期)

北平生活印象

倪锡英

北平是一个故都,专制时代皇族及官吏的生活习惯,还留存在北平现阶段的生活里。因此在北平生活的方式,是极舒适,极大方,十足的带着官家的派头。物质的享受,是这样的周到,处处合式,我们如果生活在北平的环境中,真如倒在一个温慈的老保姆的怀里一般。

凡是到过北平的人,当他在北平初住下的几天,便会觉到生活上的种种便利和舒适,再住下几天,简直便会留恋着不想走。而一旦离开了北平,生活在别的一个环境中,那末便会不断的眷念着北平的生活。

人们是最爱故乡的,故乡的生活,加倍的会使人感到亲切的滋味。北平,可以说是任何人的故乡,任何人一投入北平的怀里,便像是回到了自己的故乡,不论是千里他乡的游子,或是侨寓北平的游客,生活在北平,便如生活在自己的家乡一样。所以尽有许多人,当他们在北平耽搁过若干时后,便把北平当作他第二个故乡了。像这样的人,我们可以常常听到,而且非但是中国人是如此,就是整天生活在"机轮"、"金光"推进中的欧美人士,也往往喜欢把北平当作一个终老之乡。在北平住过的外国人,总是对于北平的生活赞美着。他们贪恋着北平的生活,正如一个婴孩贪恋着母亲的奶一样,有好些人,情愿在北平长久的住下。

北平的生活,可说完全是代表着东方色彩的平和生活。那里,生活的环境,是十分的伟大而又舒缓。不若上海以及其他大都市的生活那么样的急促,压迫着人们一步不能放松地只能向前,再也喘不过气来。又不若内地各埠那么的鄙塞简陋,使人感受着各种的不满足。那里有着各式最新最摩登的物质设备,可以用最低廉的代价去享受。而日常的生活,是那末宽弛的,好像一张松了的弓,会觉不到悠悠的岁月在奔逝着。

非但是物质的生活,是这样的舒适,而精神上的感受,也是十分的充实和愉快。北平,在现今是有"中国文化城"之称,那里,前朝的君王遗留下来许多文化上的宝物,以及幽美的山水庭园,前者是人们精神生活上最丰富的食粮,后者却是休闲生活中最适宜的境域。假如是一个文人,一个学者,一个喜欢静修闲散的人,那末北平实在是他们精神生活上最合适的地方。

北平生活的闲散舒适,还是近十馀年内的事。当政府没迁都南京以前,北平的生活是正和现在南京的生活那样,含着浓厚的政治意味,而兼以人口的拥挤,住所也不舒服了。各种物品供不应求,百物就昂贵了。虽然物质上的设备要比现在的南京来得完备,可是因为生活程度很高,非一般普通人所能享受。所以在那时候,达官贵人的生活是比较舒适的,但是因为政事的烦扰,称不上安闲。而一般的市民,终天便在高昂的生活线上挣扎着,一刻也不容闲息。自从政府南迁以后,情形便大变了。往日的达官贵人们,有的随着政府南徙,有的便销声匿迹下来,不再过那奢靡纷扰的忙乱生活。甚至有些便成了灾官,不得不离开北平,回到家乡,或到别处去另谋生路。这么一来,北平因为政治的变革,生活程度便立刻低落下来了。往日各种物质设备是依然存在,可是因为市面上骤然失去了政治和经济的重心,一切的代价便全都低廉,于是一般人的生活,也随着由紧张而松缓了,不再像以前那样的挣扎着。

我们可以举一个例证,来说明北平一般生活的低廉现象。就拿拉洋车的来说吧,在北平洋车的装饰特别讲究,和南方私家的包车一样,可是价钱却特别便宜,在上海或南京至少要两三毛钱车资的路程,在北平只要花二十枚或二十六枚(合大洋四分或五分)便够了。而那班洋车夫,以这样低廉的座价,一天所得,可以维持他一家的生活。就是以一般的商店而论,做生意都很重信义,很少用欺骗的手段来诱致顾客。在北平大街上,Neon light 的广告可说是绝无仅有。无线电和铜鼓喇叭的声音也是寂然,街道间老是那么静穆的。不比上海的市街间,充满了五光十色,以及种种嘈杂的声音,使人头痛欲裂。这种现象,就是表示北平的生活,是十分稳定与平和,还没有染上现代大都市的掠夺竞争的丑恶状态。

北平全市的人口,号称一百五十万,与全世界各大都市的人口相比,是居于第十位。这一百五十万居民的生活,我们如果把它分析一下,那末至少有六种不同的方式。

第一种，便是逊清的遗老的生活。这班人，在前清时代，生活是最优裕的，因为他们都是皇家的亲族，人都称他们为王爷。每一个王爷的家里，皇帝赐他一座宏丽的王府。在当时，皇帝虽然是天下的至尊，可是因为国事的纷烦，生活称不上是十分优逸，而那些王爷们，他们却是不劳而食，无忧无虑，享受着人间最舒服的生活。一旦政体变革以后，他们的生活便失了凭依。生活上的费用是依旧，而费用的来路却已断绝，于是到了穷途末路时，便不得不变卖家藏的珍宝而过生活，进一步，出卖田地，出卖器具，甚而至于把皇帝赐与的王府也出卖了。在北平，我们能看见许多王府，什么庄王府啊，定王府啊，礼王府啊，醇王府啊……等等，那房屋的建筑却是和皇宫一样的精美，而内部却是成了一个破落户，连生活也很难支持了。

第二种，便是满清旗人的生活。旗人在满清当国的时候，他们的生活也正如那班王爷们一样，虽然及不上王爷们的显阔，可是不劳而食的生活方式却是一样的。在前清时候，每一个旗人诞生，国家就给他一份官俸。所以从出生以后，就不用愁吃，不用愁穿，一世过着逸乐的生活。但是民国以后，旗人生活的来路断绝，他们本来是家无恒产，从前全靠国家的官俸生活着，不比王爷们是有巨万家产可以变卖，尚能苟安一时。于是生活压迫着他们，不得不自谋生活的出路，但是一向舒服惯了的人，对于生活的技能是一点没有的，又不能挺着肚子挨饿，于是男的便只得雇给人家做听差，女的便佣给人家做老妈子。好在他们从前是过惯了官家的生活，因此，在侍候人家的当儿，处处合规矩。经过了几年的折磨，便成为最勤恳最忠诚的佣工了。

在北平住家的人，都喜欢找旗人的佣工，一则是工价便宜，一则是工作不辞劳苦，而且侍候得很周到。

第三种，便是民国以后退休的官吏的生活。他们在北京政府时代，都曾显赫过一时，把私囊捞饱了。等到国民政府南迁以后，政府另有一班新人物出来当国，他们便只得退休。可是因为眷恋着北平的生活，所以就不想回到自己的家乡去，好在他们有的是钱，便化钱在北平城里买一宅大屋子，作久居之计了。这一种人，在北平居留的很是不少，他们无需工作，只是靠着以前贪污得来的造孽钱，来过着最逸乐的生活。在他们眼里，北平是他们的一个大游乐场，日常的生活，便是消沉在酒馆戏园里面，趣味较为高尚一点的，便时常遨游于山水林园之间，或是养些珍禽奇兽，莳些奇花异卉，终老他的馀年。生活完全置于静止的状态中，是懒散的，毫无进取之心。

第四种，便是当代握有政权的官吏们的生活。他们有的是华北一方之主，有的是北平一市之长，以及政府隶属下的各机关的从政人员。在北平城内城外，都安排着他们的公馆。他们进出都有自备汽车，因此住家远一些也无妨。像颐和园、西山，这许多都是风景十分幽胜的地方，他们便把住家安置下了。因此，他们每天在公务料理完毕以后，便回家过着怡情养性的甜蜜生活。他们也常到北平城里来，听戏，看电影，上饭馆，和都市间一切的声色享乐相接触。也有把公馆设在北平城里的，在东西两长街靠近故宫以及三海一带，就有不少的高堂大厦，大半都是政务人员的居处。

第五种，便是寄居在北平的阔人们的生活。这些人，大半是承有巨大遗产的富翁,或有钱的富商们。因为内地的生活日就衰落,地方的治安发生问题,为了求生活上的舒适和安全起见,他们都搬到北平来住下了。在北平,物质的享受,是完备而低廉,治安上当然是比较的可靠,因此,当他们一住下后,便不想再回去,永久作北平的市民了。他们可说是北平市内的有闲阶级,在家里除了讲求吃喝以外,便是打牌吸烟,出门去,就是上市场,或是到公园里喝茶兜圈子去。一天的生活,就是吃喝游乐四个字。每逢良辰佳节,更不肯虚度,合家便得大大的享乐一下。这种生活,可以说是一种奢靡的堕落生活。

第六种,便是文人学子的生活。北平号称文化城,因此学校也最多,著名的大学,像北京大学、北平师范大学、燕京大学、清华大学、朝阳大学、辅仁大学、协和医科大学、民国大学等等,总数不下二十馀所。各校的教授和学生们,就成了北平市文化上的活动因素。这班教授们,大都是国内当今的有名学者,他们除了教书以外,还从事著作生活,因为生活的安定,和北平图书的广博,所以他们都能积几年的功夫,写成对于文化上有巨大贡献的长篇著述。他们的生活,是很平和而有规律的,每天就是在书斋、图书馆、讲堂以及街头的旧书肆里过渡着。至于学生们的生活,便要活跃得多,每天除了规定的受课时间以外,他们常到学校范围以外去做各种活动事业,他们举行各种比赛,出版各种刊物,把他们活跃的身心表现出来。这种生活可以说是向上的进取生活。

除了这六种生活方式的人们以外,便是最大多数的普通市民的生活了。这最大多数的普通市民,大半都是北平的本地人。

他们从事于各种职业，生活虽很俭省，但是不觉得吝啬，处处显得很宽舒。旧社会的旧道德，还深印在他们的生活习惯之中，他们待人忠实，处事严正，安分守己的过生活，因此社会上还保留着纯朴的古风。

以上是北平七种不同的特殊生活的梗概。至于北平一班人的日常生活状况，那也是很足称道的。我们可以分做衣食住行四项来说。

先说北平人的衣。北平人的装束，有一种雅朴的长处，就是新式的女子，也很少穿着奇装艳服的。她们的服饰、色彩和式样都很调和，有大家的风度。普通人对于服装，只求清洁整齐，不重华丽艳美。不比江南的苏沪一带，"只重衣衫不重人"，专以服饰来品定身价的高低。在北平，人们所穿的衣服，质料虽是粗布，却很整齐。大家对于美的观点，不是华丽而是整洁，所以我们可以说北平的装束，便是一种整洁美，这种美点，是江南各地应当取法的。

再说北平人的食。北京馆做的菜，在国内通都大埠是很出名的，因为菜味清爽适口的缘故。北平人对吃很讲究，这因为以前是都城的缘故。可是这种精美可口的吃法，只是限于北平的上层社会的人，中下阶级的市民，对于每天的食物，平时是只求清洁可口便足。他们每天只吃两顿饭，早晨十点多钟吃中饭，下午四点多钟吃晚饭，习以为常。食料以米面为大宗，往往中饭吃米，晚饭吃面，或是一天吃米，隔天吃面，饭菜也很简单，只求吃饱肚子就好。此外，不十分讲求精美。

北平的住所，全是中国式的建筑，普通人家住的屋子，都很低矮，因为在前清专制时代，庶民是不准造高大的住屋的。就是做官，也要照着他的品级，来定他住屋的高度。民国以后，这制度虽然打破了，但是平民仍很少造高屋子的，有钱的人家，也营着高厅大屋。这些住屋的建筑，都有一定的方式，在北平称作"四合房"，是东南西北四个屋子，中间围着一个大院落。这些住屋，都在胡同里面，所谓胡同，便等于南方的"里"、"巷"和"弄"，在北平城里，凡是东西向的小街巷，都称作胡同。胡同的总数，很难计算，在北平有句俗话说"有名的胡同三千六，没名的胡同赛牛毛"，这可见胡同的多，和居民的稠密了。

北平的街道，都非常广阔，著名的如东长安街、西长安街、东交民巷、西交民巷、东单大街、西单大街，以及正阳门大街、王府井大街等，都是柏油大道，其宽度比上海的各马路至少要阔上一倍。街道两旁，植着森绿的行道树，人在街上走，仿佛在一个大公园里散步。这些街上，多半都有电车通行，如果要出门去，雇洋车也很方便。不过每逢初春或深秋时节，北平城内的灰土很大，迎面乱吹，好像重雾。尤其是胡同里的街道，满积着泥巴，天晴变成灰土，天雨变成泥浆，使人不论在晴天或雨天，都有"行不得也"的感想，这可说是北平生活上的一大缺陷。

（《北平》，倪锡英著，上海中华书局 1936 年 8 月初版）

北平交通琐谈

刘贻瑜

北平是我国旧都，已有元、明、清三朝建都五百馀年之历史。交通状况，在理想中，似应极其完善。但以前所谓"皇帝"的一些东西，平日躲在紫禁城内，深居简出；偶尔出来，也是黄土铺道，铺得既平整又美观，况且"皇帝"的"御足"，轻也不踏到肮脏的路上。所以城内外路政，除了大街辟得极其宽阔以外，再没有什么别的好处了。"晴天香炉，雨天酱缸"，形容得再恰当也没有。诸位如果未曾到过北平，不妨闭着眼睛想一想，就可以了然那种龌龊的街道；如果已经到过北平，就更晓得这是实情实景了。

也不仅是所谓"皇帝"者不好，前清的人民、百官、贵族，都不注意到这一点；至于民国呢，市政府也是形同虚设，直到最近几年，才修了几条马路，但是和东交民巷比一比，还差得远呢。

好笑的而且笨重的交通方法，现在几乎完全给新式的车辆排挤掉了。北平的穷人，自然只好在肮脏的地上走；富人和贵族呢，不用说，要用好几位年青力壮的人给他杠抬起来走，和抬棺材是差不多的方式；至于女人们呢，只好藏在深闺了，就是出来，也脱不了步行和杠抬两种方法；也有些四郊的女肮脏人上城内来，是骑着小驴儿，叮当叮当的。

现在呢，阔气的老爷、姨太太、小姐们，哪一个不是驾着汽车拚命的跑？穷人们也有了电车可坐了；但是"普罗"阶级，是不准轻易入电车的，所以电车在北平，还是有资产者的所有物。

汽车在北平，是给阔人们助兴的，原先叫做"电车"，因为当地人莫明汽车的发动力是甚么东西，想昏了脑子，才觉悟了这必定是"电"。后来有些聪明人，告诉他们这不是"电车"，这是"汽车"啊！汽车！对了，后面不是突突地常常出一股臭气吗？大约就是所谓"汽"吧！这么股臭气，北平人谥为汽车放"屁"，幸而"屁"字不雅驯，不然，汽车恐怕又要变成"屁车"了。究而言之，汽车二字，还不如"摩托车"或"自动车"的逻辑化。

电车的开始，幸而没有叫错名儿，给外来的客人，省了不少的麻烦。然而却经过了许多事实上的纠纷。什么穿破了"龙"，和总统不利喏；什么拆去了牌楼，损失了古代建筑上的文明喏；什么叮当叮当地，噪得各大衙门不安喏。这些问题是贵族的，保守的，不要管它，还似乎勉强敷衍得过去。可是几万洋车夫的生命，电车公司就无法担保了。所以北平的电车，屡经停顿，才行开办，和北平的自来水一样，以前不久，还发生了一幕毁车的怪剧。

电车到了，究竟是开行了，但是龌龊宽阔的古道上面，常常听到当当的声音，不习惯的人们和小孩子，整天立在外面看也看不厌；成群的牛和骆驼，见着比自己还要庞大的巨物，横冲直撞地过来，也不能安然走在街心，却战兢兢地立在街旁了；野狗是夹着尾巴乱跑，觉得大街上到处都是它的仇敌，只好牺牲了肉店里掷出来的许多肥骨头，跑到胡同的口上躲着，眼睛不时炯炯地望着街车。

然而电车的负担极大，虽然它的收入也不少。看看纳在商会费是几多？市政府的执照费是几多？揩油乘车的兵士同类似兵士的东西是几多？结果，是老实百姓花钱的得不到位子。电车公司常常的宣布要停止开行，除去政府向它少拿几文钱点缀而外，再派无数的宪兵，上车维护秩序。但是电车公司究竟赚钱的，因为乘坐的人太多了，所可怜的就是没有别的平民交通的器具了。

汽车是越来越多，虽然一次一次地让"灰色的上帝"在战败时带走了不少。北平的路阔，应该好行汽车，可是路上高低不平，大坑小洼，所在皆是，坐在车子里，跑得太快了，和在摇篮里、秋千上差不多。所以头脑少陈旧的人，还是愿意坐马车，一来走得慢，不颠簸，无危险；二来马车和轿车相仿，大老官的架子仍然摆得十足。

除汽车、电车而外，自行车最出锋头，马车对之，不无有愧色。瞧，上学堂的用脚踏车，跑街的用脚踏车，中产阶级的少爷当然买不起汽车，但是可以买一部脚踏车。英国的最好，意大利的最快，德国的最坚固，日本的最便宜。你也买一部，我也买一部,反正北平的汽车,还没有上海的多,一个个的,都是骑车飞跑,也不管车的质料如何,新旧如何,跑呀,跑呀,轰!俵啦!走路的人们都围拢来了,不得了!撞死人了!怎样办?找警察来!走路的人们的职责是尽了,然而人可死了。

然而骑自行车的还是多,便宜啦!轻快啦!女学生在北平市上骑车,缓缓而行,也不算怪事。开通总算不像上海的人,少见多怪,看女子骑车,便起哄。

自动脚踏车,也有几架,是数得出来的,不像上海的这样多,那一架是某司令部的,那一架是某洋行的,完了,剩馀的几辆,大约总是有权和有钱的人们的,穷小子绝没有份了。

还有一条环城铁道,有火车可坐,但是常常的不开。天大的人情,开了班,客气点,迟个一点半点;不客气,三十里路半天走不完,走了十五里缺了煤,没法子。停一会儿,刚刚又奉到什么军部的命令,快加煤,客人一齐滚下云,呜呜地又开回去了。

新式的交通完了,再要数到人力车了。北平的人力车,比上海的好,不但数目多,而且挺阔气。冬天支起棉篷,挂上棉帘子,再加上皮褥子,反正北方的小伙子壮,你瞧他们的腿多粗,粗如铁打的棍棒一样。他们恐怕是原始的人类,叫他们拉车,再好没有了。阔人们就高踞车内,翘着脚昂着头,让这"原始动物"一步一步地迈过去。得意呀,多么得意,虽然敌不上汽车的威风——汽车在北平,其威风较上海的尤足。因为(一)阔人坐得多,警察一面挥手,叫别人别过去,一面还有对他行礼之意,可惜他看不见。(二)穷人坐不起,不像我们在上海能够花一元钱,便可坐汽车,在北平是坐不到汽车的。有此两大原因，所以汽车的威风十足。话又说回来了，洋车的威风，虽然敌不上汽车，可是有时的确比马车好得多。遇着春秋佳日，敞着车篷，高踞在车上，你看得见人，人也看得见你，好不光荣！要是脸儿括得白，帽子戴得漂亮，顶好坐人力车。上海的朋友们，要知道在北平把头梳得光滑，不能出风头，因为北平的土大（土，灰也，北平俗语）。女人们坐在车上，也常常蒙着一条薄薄的纱，恰恰地盖在不可形容的那样漂亮的发上，因着风的势子，纱就飘飘的扬起，怪好看的。

稍为新式的女子，没有不戴帽子，不像上海的女子，多半尽着蓬松松的头发在外面。北平的男子更不用说，老是戴着帽子，虽有漂亮的头发，也只好埋没了，哪能像上海的朋友适意。

现在要谈谈公共汽车，公共汽车究竟有几条路线，我也记不清了，大约是京北、京西、京东，到清华、西山、汤山、通州几条吧。车的数目，也没有调查，并且没有上海任何中外哪一家的公共汽车舒服。清华、燕京的两路，也许例外，可是太贵。北平虽然有这许多新式的车辆，但是轿车和轿子并未绝迹。十七八岁的大姐儿，脸上擦得绯红，红得和《新约圣经》的红色边子一样，再加上嘴唇、眼睛眶的红，和鼻子上的白，于是乎粉、红、白三种颜色，毫不自然地混在一起，可是她们以为好看，翘着脚坐在车边。老头儿满脸风霜，坐在另一边，一手拿着鞭子，一手拿着缰绳，不时的还偷空把口上含着长烟管，拿下来磕磕灰。马是一跛一跛地往前走，马本是不跛，不知是道路不平，还是车轮子不圆，拉起轿车来，总是一跛一跛的，这些情景，妙得无以形容。

北平骑马的固然不少,骑驴的尤其多,平时到郊外,可以骑小驴儿;看蟠桃宫的赛马,骑小驴儿;到白云观去,骑小驴儿;到二闸去,骑小驴儿。几乎凡是四郊名胜之区,外人坐汽车去,中国人总是骑小驴儿去。于是驴儿和汽车,结成良友,蓝眼睛黄头发,戴着一只眼镜西洋老太太,坐在敞篷汽车里,看着驴儿笑;青年的中国学生,跨在驴背上飞驰,只恨驴儿跑得不快,但是驴儿的主人,喘着气跟走后面,真是跟不上来,只恨驴儿跑得太快了。这种人、畜、机器三种东西竞走的风景,大概只有在中国看得出来,难怪许多外国绅士们、老太太们,喜欢老住在中国。

同一的人力车,同一在北平,同一距离,同一天气,有一种黄色的车子,价钱特别高,可以高出四五倍。为甚么?因为它们老是停在东交民巷,吃惯了洋人和洋奴的便宜,所以不高兴拉中国老百姓了。这不也是一种怪现象吗?岂独北平如此,看看上海各种车上的卖票的,哪一个不是口如血盆,声如豺狼,目光如电?遇到外人,就变成一个驯服的小猫了。奇怪,豺狼变小猫,真奇怪!

在北平市上,可以常常看见庞大的骆驼,驮着东西——多半是煤,有时也驮着人——跟着"煤黑子",大踏着步往前走,叮咚叮咚的。

还说丢了一样讨厌的车子,就是大车。马路本来不十分坚固,可是大车的轮子,担着极大的责任,没有哪一条马路,不是被大车走坏了!并非老百姓的大车,老百姓的大车,轻易不敢走马路,除非是当"差"的时候。

话亦说完,我也不必做结论,读者如果高兴,不妨趁着暑假或寒假,到北平玩一玩,夏天尤其好玩。到那时候,你自然能够得到更详细的情景,和你的结论了。

(《道路月刊》1930年第31卷第3期)

北平的住房

程靖宇

在北平租房子,第一讲究个方向。大门不是冲北,便是冲南。因为北平住家的胡同,大多是东西排列的,而且街道的方向,也都是整整齐齐的东西向或南北向。硕大一个北平城,只不过几条斜街,如西城的东斜街,南城的杨梅竹斜街、樱桃斜街、李铁拐斜街,和后门的白米、烟袋两斜街,都是历历可数的。

房子的建筑,都是东西南北四合,也有缺一边叫三合的,甚至于只有两合的,但无论如何,最小三四丈见方的院子总有一个,阳光和空气是天与的平等享受。每合普通是两明一暗共三间,也有五间一合的,那是很大的格式了。有的把进大门的一列,用墙隔开成一个长形的外院,中间的二门内,一座屏风挡住去路,也有些是用藤萝架做屏风的,那更雅致了。除了这四合或三合以外,角上无形中还有两间"杂房",堆积杂物零碎,做厨房或住老妈子。大门总是开在一列临街的任一端,进门总有一个小"过间",跨着一间门房,旁边有的有个跨院,一两间"马房",现在有汽车的搁汽车,没汽车的放洋车或堆柴火煤块了。

北平的树木比房子更稠密,无论哪一条小胡同,少也有十几棵树,家家一个大院子,是预备给人栽花种果的。我现在住的这小小的院子,大门内是一棵小杨柳,里院是一棵榆钱一棵洋槐,花台儿上的牵牛和胭脂虽然早已谢了,那柳条儿上的残叶,直到前日下过头场雪才落尽。要是您上景山巅上、北海塔上向全城一望,夏天简直找不着房子在哪儿,全浸在浓浓的绿液里,不到冬天看不真有多少房子,就是冬天,树枝子的黑影儿,也挡住不少。

北房和西房是最好的方向,冬天不当西北风,从早起到晚上满是太阳光,夏天没有东房的西晒,和南房的阴沉。坐北的一向就被人家尊贵着,故宫的大殿,连整个儿的北京不都是坐北朝南吗?春夏偶然有几场不大不小的好雨,北平人对于雨是喜爱的,因为不但压住了嚣尘,澄净了新鲜的空气,就是那全城恒河沙数的树木和满布全城的黄琉璃盖的建筑物,都一一被它洗浴了一遍,黄的放出宝光来,晶莹耀目,绿的更是娇翠欲滴。而且雨一过去,准是立刻天晴,太阳映过树叶,透到绿纱窗上,影子静中有动。无论你这人多机械,到此也不得不为之徘徊叹息,点头咋舌了。

讲到绿窗纱,使我想起了这尊为东方建筑雕刻之王的北京建筑的雕刻美。窗户的上一半多是各种奇异的图案,下一半近窗台,才是大块儿镶的玻璃。这些花格子都是用一种本地特产的绿窗纱,三大枚一尺,又"普罗"又美丽,我想不见得比

《红楼梦》里面的"茜香罗"差多少吧，也许还更实用些。这种柳烟似的窗纱，配上旁边的朱红漆的柱子和木框，远远地与院子里的树叶儿争翠，不由人不深深地呼吸两口！绿窗纱上面做上一层皮纸的"卷窗"，可上可下。最近科学已经估计到我们中国的日常生活用品了，听说这种纸是顶容易透进紫外线的，就是光线也够柔和的，对于眼睛，当然是最适宜的了。

秋冬压根儿不下雨，除了冬天不时的刮塞上的大风外，总是云净天空，华阳高射。这对于肺菌一类杀人的毒氛，根本无从存在。因为肺菌在零下二三十度还可以不死，但一见了太阳，便活不成了。白天成天有太阳，晚上除了月梢以外，总缺不了有个月亮。月亮从上弦照到十五六的大圆盘，再一天一天缺下去，广阔的院子里，晚上总有自然之光高高的照着——不是月亮，便是明星。月亮在中国在别国的诗坛，一向便占着很重要的位置。今年中秋我在西湖看三潭印月，舟子告我，五年来这是第一回中秋好月亮。可见南方对于天然的享受，无形的被剥夺了许多。有了这种大院子，白天可以晒太阳看花，晚上可以练两套太极，要不，便吟几句"感怀"诗，就是散步，也可以展开了步伐。不像南方的天井，活像个蛤蟆，坐井观天。

房间里面，顶讲究的是洋灰顶，普通都是用白粉纸裱糊的。里边的间隔多是用五彩精雅的花纸，没有一间房子不是明窗，雪白透亮。

房顶上的瓦，和南方的大不相同，南方的瓦黑而大，松松地放在顶上。北平的都是整整齐齐的扣好，用泥沙粘紧的，一以防冬天的大风，再则图案紧凑，和墙壁相称。房的周围都是墙，规模好看还在其次，更有三件好处，冬天不冷，夏天不热，火烧不透。

住房的内部如是，现在且谈谈外面观瞻所系的大门。北平的大门，将使初次来游者惊讶，几乎家家都是朱红的。这种朱门，在北平是司空见惯，这种红，听说也是本地特产，富丽堂皇，雍容华贵。我们唐朝的普罗诗人情圣杜甫所咏的"朱门酒肉臭，路有冻死骨"，大概凡是帝都皆如此吧。但求之于大宋偏安一百五六十年的临安城（杭州），这样的朱门，亦不可多得。

朱门的美，是合于艺术条件的，比起南几省的"一团漆黑"或是党部式的蓝色，真是不可同日而语。仅仅是大大的或小小的朱门也不见得怎样的了不起，所谓"牡丹虽好，全凭绿叶扶持"，大门两边的墙上，常常由院子里伸出一尺几寸的绿树梢来，在墙里探头探脑，与这种明艳夺目的朱门相配，俗语所谓的"红配绿，看不足"，只此便是。

萧伯纳来中国时，在北平曾声言，他希望欧美的洋式不会在这美丽的古城里作祟，永远像现在这样便很好了。现在北平的建筑，慢慢地大都采取洋式了。高高的臭豆腐干，机械之至！我希望上帝对于北平只给它"近代化"而不要给它"全盘西化"（Wholepeartea mobernigation），那么不仅是我们生活者的幸福，也是艺术前途的幸运吧。

廿五年十一月廿七日北平

（《潇湘涟漪》1937 年第 2 卷第 12 期）

北平的公寓

徐崇寿

一、公寓与旅馆民房的比较

提起北平的"公寓"生活来,我想凡是在北平住过几天学校的,大概都尝过它的味儿。说也奇怪,凡是一座学府附近(无论大中学校),总有多少公寓林立着,专为学生哥儿们住宿。这固然一方面是由于学校中寄宿舍少,学生全住不下,势必另觅出路。其实一方面乃是公寓老板投机,为迎合学生哥儿们怕在校受拘束的心理,所以才开设的。总而言之,脱不了上述两种理由,以致公寓在北平形成特有活跃的营业。

公寓的性质是介乎旅馆与"民房"二者之间的一种变通营业。旅馆的住客好像是暂来暂住的过路者,而公寓的住客却多半是永久的;旅馆的房饭费按日计算且价较昂,而公寓的房饭费却是按月计算而且价较便宜的。至于民房呢,也和各地租赁房子住差不多,不过北平民房的房东是兼管差使、伺候、洒扫及茶水的(当然也不能全是这样),这种"反客为主"的习俗,别地实在少见！但是有一样缺点，它不管住客吃饭，于是赁居民房者，还得上大街饭铺中解决这饮食大问题，平日固未尝不可，但有时风雪霾雨就大感不便了。可是公寓呢，却是二者之善兼备。这么一来，于是住公寓的，除了学生为大多数外，甚至某种人也有住的，无他，为种种的方便故耳。这是公寓营业不衰的惟一原因。

二、公寓的三大方便
——出入方便，起居方便，留人方便

除却上述之外，公寓另外还有三种方便——出入方便、起居方便、留人方便。根据人都是"喜动厌静"的原则看来，则有此诸便，于是学生哥儿们才可以无拘无束的过那海阔天空的生活了。

先讲出入方便一事——你住在校内，有学监探查，校规的约束，上课有时间，出校门也有时间，反正老那么撇扭不能任意。但是住了公寓，可就不同了。看毕夜戏十二点钟归来，公寓门照样敞开，永不能叫不开门，此方便一也。"开了房间"在某旅店一夜未回来，好在永无人稽查，此方便二也。密友拜访，不分迟早，可以晤面，此方便三也。爱人来访，扃门谈心，决无人打扰，此方便四也。除了上课外，或兼混小差事，早出晚归，晚出早归，各听其便，亦无人过问，此方便五也。交游颇广，门庭若市，既无需乎传达（校中有传达处）之劳，亦无须乎号房之报，来既不迎，去亦不送，此方便六也。

次谈起居方便一事——你住在校内，一个人不能独占一间，多是几位同学混住在一起，所以一切行动总得顾虑大家的安全，不能恣意行事。但是住了公寓，可就不同了。例如昨夜八圈牌打完，头昏脑闷，精神不支，于是来个一觉十二点，决无起床铃惊人好梦，此方便一也。看电影归来，无兴再看书，熄灯纳头便睡，决不妨碍他人工作，方便二也。便壶不倾，被褥不叠，听其自然，亦无人过问，方便三也。拉胡琴唱二簧，自己作乐，谁能干涉？方便四也。打麻雀，听"大鼓"，为的消遣，谁敢呵责？方便五也。白天不起床，夜晚不睡觉，高兴干甚就干甚，方便六也。

再谈留人方便一事——在校内留宿朋友，按例是违背校章的，不过有些学校当局是认为无关重要，不吹毛求疵的。然而留朋友在校内住，总显得老大不合适似的，一样不如在公寓内来得随便。譬如与牌友共谈牌经，滔滔辩论不休，忘记了鼓打三更，不妨同榻共眠，好在无人过问，方便一也。陪爱人看电影回来，爱人家远，不能归去，不妨邀来一榻，共诉幽情，方便二也。亲戚来访，无下榻处，不妨权且小住，亦无人干涉，方便三也。性欲冲动，可以呼野鸡来伴眠，恣意玩乐，方便四也。

反正上述诸端，都是公寓特有的方便，凡是过来人，谁都承认的。也可以说是公寓营业不衰的第二原因。

三、哗啦啦通宵达旦的战场
——公寓特色之一

在公寓内叉麻雀（即打牌）是官的，虽然这"国赌"（有人称打麻雀为国赌，因为全国上下皆嗜之）向来是悬为厉禁的，而且不断的也有官方来寓巡查的。但好像巡官和公寓的老板、伙计都遥通声气，暗有联络，所以公寓内抓赌，学生哥儿们很少犯案的。这么一来，公寓的牌风转炽，学生哥儿们的玩牌就无停息了。还有一层，公寓打牌，伙计例可得"抽头"，老板有时亦能分润，所以他们时常就怂恿住客打牌。有时遇"三缺一"的局面时，老板或伙计亦得加入。久而久之，公寓伙计便视此为副业了，牌具他们总预备的好几副，以备不时之需。每当夕阳西下，万家灯火，是公寓尽变为战场矣！哗啦啦（洗牌之声）通宵达旦，鏖战不停，响彻户外。

至于学生哥儿们呢，有的是闲工夫，有的是父兄汇来的钱币，除吃喝游逛赏玩之费外，此茫茫长夜该如何消遣呢？打牌却正是消永夜破寂寞之良法，于是不约而同的皆酷嗜之。虽然其中也难免有一二束身自好者，但耳濡"牌经"，目染"战风"，一个个都会上场交战，自己不会，相形之下，岂不见绌？试问谁有铁石心肠，不去尝试一下呢？起初因为艺术不娴熟，手法不精通，甚至牌场流行语不谙悉，难免讨厌它，但久之习以为常，便厌念齐消渐渐的爱上了。且人各有好胜心，每战未必能胜，输钱之后，每有忿然图报之念；或侥幸赢钱之后，又兴贪婪之念，只这两念便把学生哥儿们的钱都如漏卮般的流走了。

说句良心话,我对于参战是门外汉,却是初步入门,并未登堂呢,但偏爱观局,固然不是"隔岸观火"之兴,可也不是"旁观者清"之意,只觉着站在一旁默察那方城竹战,四国交兵的聚精会神、钩心斗角的情形,从中每可以窥测出不少的人情世故,或者悟出一片大道理来。

试看他们口中时时哼唧着"碰"、"吃"、"杠"、"和"等流行牌语,心中老是蕴藏着韬略兵法阴谋诡计,耳朵中只听见是哗啦啦……(杀杀)的冲锋陷阵声,手中更是忙迫的来编遣调度指挥战将(红中白板等),以一个人的心思才力来应付这纵横捭阖、鬼神莫测的局面,试问不聚精会神、钩心斗角的如何能应付裕如呢?所以光这一着,我就佩服他们的五体投地。他们有的喜眉挤眼,高兴的不知是啥?有的愁眉枯眼,忧虑的不知是啥?有的凝神静气,若有所思,有的东瞧西望,绝类窥探,虽仅是个小小的场合,然而却把这五花八门的人情世事显示出来了。每至一局终了之后,胜者笑逐颜开,心花怒放,铜子钞票成堆的滚来;败者则丧气垂头,默不一语,有非要再拚一下不可之概!不过胜负不均,输赢总不能一样,于是胜者贪饕,败者图报,循环交战,非至通宵达旦不止!说了半天,我最佩服他们那抱必死之决心,持必胜之态度,其沉着应付之精神,其百折不懈之勇气,其坚毅苦斗之蛮干劲儿,真可以洗国仇灭强敌而有馀,假使能善用的话!不过有些人是为"中国将来的主人翁"寒心!

四、歌妓不知身世苦，强承笑颜卖咽喉
——公寓特色之二

北平人管歌妓叫做"唱大鼓儿书的"，操此业者多为一男子弹三弦引一妙龄女郎沿街卖唱，每当夜暝灯上之后，他们便敲着冬冬的鼓声出来了。学生哥儿们枯居公寓内，不甘寂寞，时常叫进来弹唱几曲以为开心，在深宵人静之后，女郎发出凄切的歌声，如怨如慕如泣如诉的，颇能动人愁绪！不过学生哥儿们是使她助兴慰寂的，不是叫她来伤心的，所以谁顾虑她的可怜身世呢？

说也奇怪，这般歌妓们并不怎么羞态腼腆，倒是个个打扮得花枝招展，故意撒娇卖弄风骚，大有"商女不知亡国恨，隔江犹唱后庭花"的不在乎劲儿！每当三弦响处，歌女便轻啭娇喉地唱起来了，唱的多半是淫词滥调、男女恋爱等流行小曲，唱到音调激昂时，玩弄的学生哥儿们多拍手哗笑，高呼怪叫不已。当此男女热潮至极点时，淫亵之事态就难免发生，好在操的就是这种营业，也不以为耻了。

五、公寓内过节
——赏钱是第一件大事

中国节俗的繁多与注重是占世界第一位的，而这古老的北平，由于历代帝王建都于此的熏染，以致官味的十足也是全国特著的。早些年清廷内府的过节的奢华下及四民百姓过节的铺

张，都是有记载可考的。入民国以来，此等风气好像渐减小，然而这文化的古城对于过节的观念还是牢而不破的，一年一度的照样有应时的点缀。所谓"四大节"、"八小节"，大概人们仍奉行不稍违，除非经了当局特别的禁止是不能一下取消废除的。公寓内过节，也不能例外，普通是旧历年节，五月的端阳节，八月的中秋节，但过节第一件大事是住客必须出"赏钱"与伙计，不论你是否愿意。按"赏"字的意义看来，好像是有功才能邀赏赐，那么"赏"至少是自动的意见，但是公寓内的"赏"几乎是被动的，因为习惯与寓规是如此。所以在过节的头一两天，伙计们便笑嘻嘻的换了另一副面孔，当然伺候得也比较殷勤，手中拿着红纸条子送到公寓的住客面前来领赏钱。赏钱起码的一元，太少了显得寒蠢不够派儿，有失咱们公子哥儿的身份。赏钱按理是伙计独享的，但老板竟也可以从中分润，说不定他们之间另有一种秘密规定。

这赏钱你硬不出也成，但可受不了老板的奚落与伙计的白眼！人情原是建筑在金钱上，你多赏几元，唤伙计时总可应声而至地服从你，显得比平时格外勤快点。但假如你不赏时或少赏几角，那可糟了！你叫伙计时，他可以故意装听不见，有时明明看见他过来叫他一声，他可以回你说有事顾不上！你说多可气。赏钱发出之后，马上公寓的小照壁上便张贴了一条："某屋某先生赏大洋几元。"老板很势利，他可以故意把赏钱多的先生名字贴在了极高处极前面，好像学校中张榜名列甲等，赏钱少的便当然落在后尾了，自己看了无形中是种莫大的耻辱！老板用的是"激将法"，你既然一羞，下次一定多写几元，那比什么也灵验，你说是不是？

不过伙计也真是天生的贱骨头，拿金钱想买的人死心塌地的悦服你，本来不容易！也倒不必一定怪伙计势利。自己的赏钱只不过赢得照壁上高标出了姓氏，连名字都标不出来，说来可怜！可是开的早饭总比往常丰富点。

六、跋　语

我是个学生，由中学而大学，中间十馀年在北平公寓内生活着，所以关于公寓内的一切情形都明了，以上拉杂所记的，只是不过片断的概叙而已，实在不配详密的公寓生活写真。但我觉得这些花花絮絮，也颇有公表彰示的价值，故不揣谫陋写出来，以实"北平特辑"之一页。

（《宇宙风》1936年第20期）

北平的饭店

热 昏

本文所说的饭店,当然是专指"仕宦行台,安寓客商"的大饭店。原来关系到北平住的问题之一角,并不是像南方人所称解决食的问题之饭店。本文标题,似乎笼统一些,可是在下久居北平,听惯了,住的是饭店,食的是饭庄,在北平倒有显然的分别,得要声明一下。

写在前面聊作开场

前期本刊,在下做了一篇北平的住的问题,末了,和阅者许一个大愿,说北平的饭店和公寓,什么颜如玉,什么黄金屋,还要做一篇专稿,多么动听。也许阅者伸长了脖子,在等着瞧热闹,不定那是失望了。因为北平的饭店,也大多是和上海的饭店一样,用法律上的名词说起来,全是男男女女施行猥亵行为的场所。不过上海地方,有钱的人多,不论哪一等的人,可以开了房间去寻开心,独是北平地方,还是官世界,单是有了财,倘要没有势,哼哼,那可不敢到饭店里去寻欢作乐呢!这样一来,所以北平的饭店,就给官场独占了。此中的秘密,不是×局长的姨太太和×名伶在×饭店欢聚,便是×处长和×小姐在×饭店谈心,因为在下现还在北平的政界里,混一些些小差使,为着自己的饭碗,为着自己的脑袋,所以恕不率直地铺叙出来。等到他日再写北平的公寓一文时,其中主人,多是一般青年学子,无名小卒,那就可以无所顾忌,不妨赤裸裸地给阅者一个忠实报告。

北京房价因人而异

东长安街,矗立云表,一到晚上,电炬齐明,这便是名闻全球、北平首屈一指的外国饭店——北京饭店。此中的旅客,以外国人居多,因为它名震全球,牌子比六国饭店又老又硬,所以外国人到中国来,无论是游历的,公干的,多直趋此处。至于中国人,倒是最少数,其最大原因,因它太欧化了,中国人反而觉得不方便。其实中国人去住,最便宜不过,它的房间,多带洗澡间,包月只须一百块大洋,也没有加一小账。试问全北平,全中国,全地球,哪能找得到如此便宜的饭店呢?不过它的房价,因人而异,因为中国人生活程度低,所以特别便宜;若然是日本人,就要贵上一些;欧洲人,更加贵;美洲人,尤其贵。这种办法,倒是公道,可说生活合理化,我们应当竭诚拥护!

六国饭店政客麇集

六国饭店,也是外国饭店,当然以招徕外国旅客为主体,不过中国人住的很多。因为它在东交民巷,中国官厅的权力所达不到的,所以一般的在野的官僚政客,多视为安乐窝。唉,民国二十馀年来,错乱变化的政局,凭借着它——六国饭店——的隐蔽,居中谋乱,发号施令,把整千整万的大洋钱,从官僚、政客、军阀、党棍手中过付给他们,真不知若干次吓!最近伪国的汉奸,如溥伟、谢介石、郑垂等,都驻足此间,与其说它是饭店,不如说它是毒蛇窝,还贴切一些。

中央长安独占霸权

中国人开的饭店,倒也不少,全是南边人去经营的,不过迁都以后,大大没落,多赔本得不亦乐乎,大有不可终日之势。只有王府井大街南口的中央饭店和长安饭店,好像灵光鲁殿,对峙巍然。但谈到内容,亦不过尔尔,并无特别考究之处,徒以革命势力达到平津以后,二三等要人,多辟室于斯,从此便声价十倍,卧室无虚起来。它的房金,非但不减价,而且要加价,迄于今兹,久而弗衰,也许它们两家,红运当头吧?

中国饭店烟雾弥漫

我们一走进中国饭店的大门,便闻得到鸦片烟的臭味,若然对于此道，没有相当的训练，更不免要作十句呕。殊不知这家饭店，就以此为主要营业工具，借以吸引旅客的。据说它的经理，从前在警察厅里当过督察长，在北平的"混混"——犹上海的"白相人"——里头，颇有一些声名，所以历来官厅方面，也给他一些面子，他便放胆做去。因此，中国饭店除了烟臭以外，还有肉臭、雀臭，彻夜相闻，声声不绝。中国式的饭店的美德，于此遂充分表现了。

东方饭店一蹶不振

中国人开的饭店，在北平要算东方饭店是首屈一指。它的外观，虽然平凡得很，可是内容的确整洁，有十块钱一天的大房间四个，寄迹其间，和家居一般，几忘行旅之苦。它巨大的饭厅，能客五百人之多。经营这家饭店的主人，起初倒抱很大的志愿，要想追从北京，步武六国，所以极力模仿欧化，举凡烟赌倡妓，都是中国式饭店的生命线，可是他绝对禁止。这就是他的自杀政策，因为他开设在群芳荟萃的香厂余明路上。像他这种建设，如果搬到北戴河去，也许能吸引一些外国顾主。后来他觉悟了，一反从前之所为，大开方便，但是已经一蹶不振，挽回不了已颓之势，十室九空，勉强的在支持着。

交通大陆人面桃花

其他的饭店，不复历举。概括说起来，东单牌楼之德国饭店，以西餐见长；交民巷口之利通饭店，以地域见硬，生涯都还不恶。他如舍饭守之花园饭店，柳树井之汇通饭店，东长安街之东安饭店和电报饭店，定价虽廉，皆有岌岌不可终日之势。在下写到这里，觉得北平饭店，尽于此矣，可以搁笔。同时感觉到这篇文字，太机械了，多少总要给阅者一些兴味，就来报告一小段饭店的掌故罢。

现在王府井大街，不是有一所簇新伟大的商场吗——天津中原公司北平分销场——大凡近年来到过北平的，谁也知道它的地址，就是一年前的交通饭店，三年前的大陆饭店。话说大陆饭店，搜罗东城一带土娼，集其大成——以旗籍女子为最多——一般食厌高粱的豪华贵胄，无不趋之若鹜，后来声名闹得太大了，便改组更名叫交通饭店。刚巧那时节跳舞之风大盛，它就由咸肉饭店一变而为跳舞饭店了。去年国难当头，它不受警告，依然狂跳乱舞，后来给冯大学生们断然执行封闭，就此关门大吉。吾们现在经过王府井大街，见到中原分销场斗大的市招，和飘扬着半街的市幡，虽然有不少男男女女，出入其间，但是任务不同，不禁有"人面不知何处去，桃花依俗笑春风"之感！

(《社会新闻》1933 年第 2 卷第 20 期)

北京的旅店

小 五

谈起北京的旅店来，便联想到人生的鬼蜮，社会的不良，一般人认为各种事业，最难惹的便是车船店脚牙。可是干这五种事业的人，不但的确有相当的潜势力，并且他们对于人们的不道德挟制行为，也确实令人有时难于应付的，现在我们就这五种之中，单独来谈谈所谓"店"。

店，大致可分三个阶级。第一流称为饭店，是伟人政客、富商乡绅出入之所，宾主之间，一方是有的是钱，不在乎，只求享受；一方是畏于威势，不敢过为己甚，赚钱就得，倒还相安无事，无可谈述。

下等的名曰小店，专为一做穷人乞丐、无业游民所设，内部毫无所谓设备，只是一铺大土炕而已，冬冷时节，来就的人，身无衣，腹无食，更无被褥以御寒。于是那聪明的店主东，便想出拿废物（鸡毛）来利用一下子，有那冻不起的，便可叫掌柜的给他来二分钱的——鸡毛，撒在身上，聊以取暖，倘若再要富馀毛儿八分的话，那就可以大大的讲究一下，铺上一层，盖上两层，那么这一夜的冷，便可平安度过。可是翌日清晨，起来的时候，可别忘了抖落抖落，因为你若是把鸡毛带走两根，掌柜的便会白眼相加的，客人走了之后，掌柜的收拾起来，晚上还要卖给他人呢。似这种功德无量、利益无穷的循环式买卖，真是利市十倍。

中级的称为旅馆，再详细分析一下，尚可别为三种。一名之曰公寓，大半是外省来的学生，做为寓所；一种是与公寓性质大同小异的旅馆，那是预备长期居住，无家可归的孤身旅客，做为临时的家。这种买卖，虽然贪利大些，倒也公出公入，尚无特殊花样，可资谈述。

就中有一种别署野妓旅馆，这种营生，专吃外乡的来客，内中黑幕太大，一时也难以尽述，真是竹杠手段，高超万分，花样繁多，指不胜数，能使你啼笑皆非，防不胜防。他们把你扒剥一空，还叫你敢怒而不敢言，结果自认倒霉而去。因为外乡所谓老客，初次来京，地理不熟，下了火车，当然就一任洋车夫代觅相当住所。及至把你拉到了某家旅馆门前，花言巧语只要你一进去，怎么也不叫你再出来了。当你下车之后，把你原讲车价付清以外，按照他们的规矩（也不知是谁给定的），另给车夫一元二角，大约是介绍费吧。即以这一项花费来说，是不是羊毛还要出在这羊的身上，旅馆既肯在未曾交易以前，就拿出这多的报酬，而他本身所得的利益，是不是还要大上几倍去，也就可想而知了。至于究竟大到什么程度，以及什么方法，来拔这只羊的毛，那只好等待以后有机会时再谈了。

（《吾友》1941年第1卷第8期）

北平的市场

太 白

到北平来住家，转眼已是十六个年头了，其间虽然有过两次出走——一次是两年，又一次大概是四年，而其馀的时间却都消磨在这座古城中，固然，以我一个南方人，住上这么短短十年，不敢说对于这古老的帝王之都有了什么认识，何况那十年中有五年以上是在我的童年中混过的。不过，在此十年的过程中，我却对于"北京人"发生了一种好感，不论何时何地，只要对我谈话的人是道地的"北京人"，我就会对他表示一种莫名的亲热，理由安在？我自己也不知道，仔细加以分析，大概不外乎，第一，北平人待人接物都很和气；第二，北平人与我具有同嗜——好逛。

我这里所说的"逛"，不是指大规模的游山玩水而言，而是近乎北平人的所谓"溜达"，我最不愿无事静坐，除了有时看看书之外，几乎无时不到各处去"逛"，"逛"得无处可"逛"时，甚至会去"逛"马路，看看路上熙来攘往的人们，也觉得"颇有可观"。这一点颇与北平人相似，早上提着画眉笼子上街的人姑且不论，中午和傍晚围着商店门口听无线电的人们，几乎都是出来"逛"的。他们又分为"无目的"的"逛"与"有目的"的"逛"两种，"无目的"得是信步所之，随遇而安；"有目的"的则不外乎逛市场和逛庙会了。

偶然在街上慢步当车，便会有拉车的上来揽坐，头一句问你的多半是"要车吗？拉您上市场逛逛去呀"？或是那天有什么庙会，他们就会改口说："坐车逛庙去，您哪？"他们的所谓"逛"是纯粹的，去的时候是空手，回来时也很少不是空手的，看看摊头上堆着的货物，听听杂耍场内的平民音乐（唱的人敛钱时，须见机早退），不花一文钱，消磨两小时，然后溜达着回来。这种"逛"法，在北平是很普遍的。

说起"市场"，这里却要加以解释的。北平现在虽然还有三个市场存在着——东安市场、西单商场和天桥（其他如劝业场、第一楼等已经等于不存在了），但是"市场"这一个名词，却已为东安市场所专有了，原因大概是由于创设最早（据说是在光绪末年），而同时也最繁荣吧！到"市场"来的人，上中下三等俱全，而其中尤以学生为最多，所以一到学校放假的日子，人便会多得拥挤不动。远道来平的人们，因为震于"市场"的大名，也一定要去观观光。"市场"的地点又在北平最繁荣的街上，所以每天上午十一点后到晚上的十一点，总是那么多的人，而尤以下午四点后为最热闹。"市场"中的店铺，据我的估计，大约有二百多家，而大大小小的摊子，却有店铺的总数两倍之多，其中书摊颇占势力，的确，在北平的东西城买杂志和小说，却是舍它们莫属了。我到"市场"去，除了真正的去"逛"而外，其馀多半是为了去买书的。其次，"市场"还拥了一个有名的饭馆，那便是东来顺了，走进那里，不要吃别的，只能从羊身上着想，最好当然是吃涮羊肉了，不过在天太暖时，你也只好"望望然而去之"了。此外有几家南方点心店，味道颇佳，夏天"逛"得热时，可以走进那几家咖啡店吃冰，价钱便宜，并且保险卫生（据他们门外的广告说的）。

说起东来顺的羊肉来，的确有其馋人之处，无论什么时候跑去吃，绝不会使你吃出羊臊味来。记得有一次请了位朋友去吃东来顺，他是不吃羊肉的，经我劝诱之下，居然开怀大嚼，而从此也就一去再去而总去吃了。这一点，大概是东来顺的过人之点。

去一趟"市场"，可以买到一切日常所需的东西，虽然高贵的西洋货在那里是买不着的。以前"市场"的商人最会耍"谎"，顾客的衣饰不同，可以使他们的货价差到数倍以上，而同样的货物，在两家店铺买，要价也可差到百分之五十以上。但是从去年起，这种制度已取消了，卖的东西差不多都有了定价。不过，近来"市场"中充满了"友邦"货物，数目之多，可以说是触目惊心，看见也只好装不看见，否则，你若多嘴，说一声"这是××货，我不要"，定会惹出麻烦。

"市场"的东部，还有一片杂耍场，这里有京戏、大鼓、评书、时调，以及变戏法、拉洋片等等。每个游艺团体占着一丈五尺见方的一块地皮，四周围上几条破板凳，头顶上搭了布棚，就算做一个临时戏院。这种戏院常告座满，但是当班主托了铜盘敛钱时，看客们便会一哄而散了，收到的钱数往往只有应得钱数的一小半。

"市场"而外，还有一个"商场"，那就是指"西单商场"而言了，规模和热闹都不如"市场"，书摊尤不能和"市场"的同日而语，不过听人说那里有"秘密史料"出卖，所以也能吸引一部分秘史圈内的读者。因为地在"西单"，同时也就由住在西城的人来"逛"。近年来一天比一天繁荣，所以"商场"的地盘也随之而扩张了，现在已分南北两场，商店也多至一百五十多家，摊子更多至三百多个。有人说"商场"和"市场"完全是两种味道的，我倒觉不出来，只见到的是"市场"比"商场"地盘大，而"商场"比"市场"房子新而已。

因为不常到"商场"去，所以我对"商场"不大熟。

（《宇宙风》1936 年第 21 期）

北平的公园

魏兆铭

北平的公园,是真有着古气盎然庄严伟大的,富于东方艺术的圣洁高雅,能使诗人们追怀古今,文人们所谓良辰美景的迷恋吧?那样的大而又花木楼阁甚多的,真是城市里的人们游目骋怀、旷心怡神的桃源境界了。近来已是夏神的季节,于是应时的公园里,不用说即有人满之患,尤其文化城的摩登士绅,男女如云,也是其他地方不敢同北平市的公园一样来比美的。

我们先说"北海公园"和"中山公园",因为它们是姊妹园,有着共同性的,全是封建时代遗留给我们的,同时还是北平市里惟我独尊的车如流水马如龙的胜地,自然一年四季这两处总可说是最好玩的地方。如"北海"古色的率真,松柏森森,小船荡漾,山洞白塔,的确幽妙得很。况且春有桃红柳绿,夏则茂林丛荫,秋则落叶浮水,冬则踏雪可以寻梅呢,漫说还有种种花草人物的应时点缀。而"中山公园"的灵雅素淡,虽然加了些最近修的时代浓装,那松柏森然,仍苍苍表现着古色古香。这里尽管是东方既白的黎明,或者是夜静更深,来这里探应时奇花名卉，或呼吸新鲜空气的人，总是络绎不绝的。最多是保姆领着小孩子，老爷携着太太及眷属等，情侣，学生，妓女……城市的形形色色，应有尽有的展览在那里。五龙亭（在北海）、长美轩（在中山公园）等的藤椅，铺着白布的茶座，以及冰淇凌、汽水、饭庄、摄影馆，袅袅纸烟卷及脂粉香气——弥漫沸腾着达到荷花池畔，水榭亭上，土山塔上，不由人不羡慕北平的大公园了，哪儿都表现着太平天下的升平快乐气象。

现在该谈"高亮桥"和"什刹海"这难兄难弟似的地方。因为北平这古老的城市，埋没着大批阶级不同的人们，所以也有着不同的公园。自然应当首先声明的，这两处没有什么阔佬之流和车水马龙之盛，当然算不了什么了不起的地方，不过它们也具着共同性的，全是平民娱乐的地方，以夏天为最盛。如"高亮桥"，在北平西直门外，颇富有农村风味。夏天夹道的杨柳蓬松，蝉鸣雀跃的，愈静愈幽，也是清静幽雅的另一天地。村妇村姑们借河水在这儿洗濯他们的衣服，更有些高人坐在河畔树下钓鱼，令人看了有说不出的愉快。而岸上有着"雨来散"的茶馆小摊——意思是下雨的时候茶贩们就收拾起来。大的茶馆也有三四家，门前悬着鸟笼子，和什么"毛尖"及"雨前"等字样的茶幌子，顾客们差不多都是劳动哥们，由三大枚一包的茶看来，他们喝着就很知足了。至于学生和外国人也有很多到那里逛着玩的，但差不多离的自己全带着野餐的东西。此地据说享名的是高亮桥，其命名由来颇有出处，大意是在明代永乐七年，燕王修北京城时，一夜梦见有白发夫妇模样，推着一辆水车，上面放着油篓子，燕王觉得奇怪，就问篓子里是什么？年老男人答"北京城的水也。"燕王醒来即闻奏称全城绝水，燕王遂召军师姚广孝告以梦境，立派太监高亮乘马去追，如遇一老人推车老妇拉车，可用枪将车上油篓子刺破，然后拨马回城，告以半路不要回头探望。高亮遵命，果出城不远即遇，遂刺破油篓拨马而回，不意彼将至西直门地方竟回头探望，随被浩荡大水淹毙。燕王即建桥一座，以资纪念高亮的这种神话的传说，真是若有其事呢！

"什刹海"是在地安门外，与"北海"后门对过，更是平民惟一消夏的公园。这里虽为城市中心，而没染上浓厚的城市气味，是一块大自然下的处女地，分前海、后海，有地藏庵、观音庵等等。据北平人说是"九庵一个庙，接河不接道"的种种民间传说，这里不便赘叙。这里杨柳很多，当每年夏天荷花开时，就充满了北平下级社会嗜好的玩艺，如唱大鼓词的，摔跤的，变戏法，卖膏药以及拉西洋景的洋片等等，这时比"天桥"都热闹多了。北平人喜欢喝茶，这儿卖大碗茶的很盛行，两大枚的一枚的，也有用木条和芦席搭的茶棚子，里边不但卖茶，即酸梅汤、汽水、冰淇凌兼而有之。尤其是"酥肉"、"八宝莲子粥"是"什刹海"的名产，假如到北平那公园儿的人，不吃这两样东西，北平人要说："好孙子啦！"意思老赶了些。此外就是荷花开过后的莲蓬和藕儿，也是北平的名产。

最后说到景山，一见之下，令人不胜今昔之感。山昂然孤立在北平市中间，为城里最高的一个地方。头发般的苍松翠柏森然，周围面积约二三里，并环以灰壁短垣。有山峰四五，高度约在百丈以上。要从东边的山左里门上山，未百武即抵崇祯皇帝的自缢身死、与国同亡的古枯常磐树下，旁有一碑书"明思宗殉国处"，为民国十九年立。树之周围亦环以短墙，盖惹人们游此以凭今吊古的纪念罢了。

山巅上有寿皇殿，里边有清康熙的牌位和乾隆的碑文，可惜一切都表示着风雨的沧桑，弄到老态龙钟的麻纹褪色模糊了。还有兴庆阁、永思殿、观德殿，里边有的歪七裂八的神像和泥胎，黑黝黝地没什么引游人注意的地方。

从小常听老人们讲，或看什么戏一类的，常听到"吊死煤山"这四个字，如今才知道"煤山"便是景山的俗名；据老北京的老先生讲，景山也是俗名，它的皇封正名为"万岁山"的。北平有俗话"煤山对炭海"，系相传景山先满贮煤，以备使用，在明崇祯的时候，因有煤山之绰号。炭海即指前门里的故棋盘街之地下，曾满藏以木炭，以防不虞——当时闯贼作乱原故——这套民间故事的传说。所谓"吊死煤山"，便是指"思宗殉国"了。史载"李闯攻城时崇祯登景山远望，见烽火冲天，已入城门，知大势已去。便急还宫，送太子于戚家，使皇后自缢，杀嫔妃，又亲自鸣钟，召百官。此时宗社之灭亡，虽迫于眉睫，然竟无一人挺身而出，敢为社稷死者。帝愤极大骂曰：'朕作亡国之君，尔等皆亡国之臣。'遂至景山脚下缢死"。人看到此处，不禁抚今追昔为之怆然；可是景山么，也就因为这个成了历史上的陈迹了。

（《宇宙风》1936年第23期）

北平庙宇记

小 芳

北平的繁华，是不及上海和天津，但因历史的久远，所以可供游览而能使人深得兴趣的，只是历代传留的寺院和古迹。

我现在所写下来的，是只限于城内和城郊附近的十几处，就是东岳庙、白云观、觉生寺、黄寺、雍和宫、万寿寺、白塔寺、法源寺、崇效寺、孔子庙等，这是由数百个庙中所选出来的。

一、东岳庙——附九天宫及十八狱

政府虽通令废除阴历年，而一班民众旧习仍不能改去。北平过年有五处庙会，极为轰动一时，即东岳庙、觉生寺、火神庙、白云观及财神庙。

东岳庙在朝阳门外（俗呼齐化门）一里许，每逢朔望开庙，三月初一至二十八日间，有白纸献花、放生撢尘会，阴历元旦至十五，开庙半月，犹以第一日晨，前往拈香游览者极众。

初一日，约黄淑清、陈锺慧、王崇恩三君，早九时由学校出发，半小时乃至。寺在路北，对面有一大琉璃牌坊，东西当道各有木牌坊一，颇为壮观。

寺以七十二司娘娘殿最著名，正殿有三层。最前为岱宗宝殿，供东岳大帝神像，相传为元时名手刘元所塑，极壮伟。因殿内光线甚暗，故梁上系汽灯一，香火颇旺。黄君活泼好奇，乃以拳击殿中鼓，声大作，群皆回顾，守殿人立止之。

殿之左右有配殿两长行，即供有七十二司之娘娘。每司门前各系一小木牌，书以该娘娘所司管之事，及其因果报应等。所谓娘娘者，多面貌凶恶，足以令人见之生畏。以前有种种机关，能使塑像自动，因曾将某人骇死，故毁之。七十二司中以掌子嗣及掌官职之司，香火最盛，可见世人慕利心理之一斑也。

因此庙建于元延祐间，又经多次之重修，故碑碣林立。传有赵孟𫖯所书之教道碑犹存，余特寻之，卒未得，不知安在。

最后院有寝宫一行，在关公殿中，有塑马二，一为瓷制，一为铜制。铜制者，俗传抚其何处，则自己身体之某处即可无病，因而其全身皆光滑发亮。余等各击其头部，但终未觉头痛也。

出召岱之门，由黔楼往西，有鲁祖及药王等殿。正游之间，见一老人神像前系有若干红线于杆上，知为月下老人。余等互相对视，似皆有意一拜，卒一笑而已。

东岳庙之游既毕，乃再连逛两庙，即九天宫及十八狱。

出庙大门往东百步馀，路北之残庙，即九天宫。只有正面一殿，殿内满塑神像百馀尊，其雕刻之细，工程之大，足与北海（北海公园）之小西天相比翼。惜年久失修，形将颓灭也。

出九天宫再往东，约数十步，路南即为十八狱。内有森罗宝殿及十八层地狱之塑像，雕刻与七十二司相仿。其神怪更较可惧，普通十岁以下之小儿，多不敢一顾也。

三庙之游毕，乃归。又经东岳庙门前，各购玩物及红花以为纪念，至家已正午。

二、白云观及五显财神庙

白云观本元之太极宫，在西便门外一里许，平绥铁路迤东，每年正月初一至十九日止，开放庙会。正月十八日又有宴邱会（或曰燕九会），为八仙下界之期，变为凡人，有能遇之者，必得大福，俗谓为会神仙。传某年之宴邱会时，庙中一卖饮料之摊上，来一乞丐购食，食毕不但无以付钱，且强欲借贷铜元若干枚，卖者无可奈何，遂与之，继而乞丐忽不见。此后该摊之饮料，永卖不尽，而买者益多，某乃大发财源，盖来者即八仙中李铁拐也。

继昨日东岳庙之游兴未尽，今日又作白云观之游。早九时半，约黄淑清、齐伦、王崇恩三君，出和平门，沿平汉铁轨西行，至宣武门（俗呼顺治门）时，有驴夫争相让客，大洋一角，即可骑至白云观。余等因天气清和，极愿步行。

出西便门转西行，即直抵白云观。

寺前有大牌坊一，上书"洞天胜境"四字，一见可知观内建筑宏大之一斑。

进庙门为灵官殿，殿前有石桥一，无水，桥洞两口，皆以黄布遮之，布前系纸制直径约一尺之孔方钱二，一远一近，钱孔中又悬一小铜钟。闻布帘之内，有一老道静坐其中，有能以铜元击中此纸钱上之小钟者，必财运亨通，是曰打金钱眼。余等各以钱投之，均未中，乃去。

正殿凡四层，最后为四御殿。殿之楼上又为三清阁，内藏多卷之道经，为世所罕见者。

除正殿外，东西各有配院。东院内有南极殿、真武殿及禅堂，西院有子孙、八仙、五祖、后土等殿。在庙会期内，殿门均开，平时锁闭。

闻庙内有二百馀岁之老道及一可容五斗之大木钵，并刻有御制诗者，均未得见，想或忽略之过也。

游既毕，日尚未午，因再作财神庙之游。自庙前雇来回驴，言明归时至宣武门为止，每骑大洋四角。

财神庙距彰仪门（即广安门）八里，距西便门约十里。每年正月初二日开庙，拈香者往往于初一夜间即行起程，咸以上头炷香为荣。

先由白云观往南，走入彰仪门大街，沿路香客极众，约二十分钟乃至，庙杆上高系"五显财神庙"之大黄旗。门前一带人多土厚，然犹有卖食物者，余不知买者之如何入口。

五显本为大盗，因仁义英雄，死后由清乾隆帝敕封为财神。其事迹见《彭公案》小说颇详。

庙不甚大，只有二院。前院烧香者极其拥挤，男女老少，贫富贵贱，无所不有。后院之东房为卖元宝之处，购买者更多，有如施舍，盖皆愿带纸元宝回家以图发财。

出庙门，卖花、玩物及小元宝者林立，于是各购数种，以作此游之纪念。

归途骑驴背上，且行且谈，享尽大自然之美，自觉所过皆诗人之生活。

二时半抵宣武门，腹甚饥，急返学校。

附记天宁寺：

余年前曾往一游，今附记于此。

寺在广安门外迤北，由白云观南行半里许即至，乃北魏孝文帝建，原名光林寺，明时始易今名。寺内有塔，高一百零四尺，为十三级，传中有舍利，为隋文帝所建。塔前只大士殿一，内塑一金色佛像，高约丈馀，旁有大钟。殿极新，似新经重修者，院中积破砖瓦甚多，后院有毁殿之残址。

三、觉生寺

寺在西直门外，沿平绥铁路往北五里，道西即是。每阴历年自初一至十五，开放庙会，平时亦可随意游览。

寺以大钟得名，故又名大钟寺。

一九二九年秋，随高尚仁等九人，作过夜旅行于大钟寺。星期六之下午二时，由东城青年会出发，行李则派人用人力车载往。三时馀抵西直门，出城过高亮桥往北，转西行数十步再往北，走入小道，即直达该寺。路中景致尚佳，虽步行不觉为苦。

寺中养犬四五只，见人来大吠，小僧忙出止之。方丈与高君为旧识同乡，让余等于钟楼西旁之侧楼中，寝具即铺于楼板上，破门破户，有如露天。因余曾受童子军之训练，故不以此为苦。

寺有大殿三层，最前大殿之前，有古柏一株，柏枝上又生榆树（或为槐）一枝，传以为奇，盖因榆树之子，飞落其中所生，知者故不足以为怪。

钟楼即在最后院，其形下方上圆，高五丈，内悬大钟。

未几天黑，寺僧作素食以饷，味颇佳。饭后，月初升，映照寺院，晚风秋月，令人感触无言。

老僧言大钟之历史颇详，略记于后。钟为明永乐年姚广孝所铸，内外刻有佛经三部及各种符咒，乃学士沈度所书，重八万四千斤（俗谓八万七千斤误），高两丈一尺六寸，钟口直径一丈零四寸，钟皮厚七寸。此钟原在西直门外万寿寺内，前清乾隆八年移此。移时在冬季，以水洒地上，结厚冰，滑运于此。钟过重不能悬，遂用盘式木架将钟纽系住，然后掘地下之土，使其离地，钟楼则为最后所建。

次晨天微明即起，出寺外，农家早在工作矣。日东上，天有晓雾，未几即消散，日光直射林中，成金丝状。

八时寺僧又作山芋粥以饷，颇得乡间之味。食毕乃登钟楼，凭栏远眺，山光树色皆在目前，信可乐也。

钟楼内地方甚狭，且光线不明，摄影极难，勉强拍得一相，成绩尚佳。

九时半起程返家，因无车，各负行李步履而归，途中人多以此为奇观。

（《旅行杂志》1931 年第 5 卷第 5 期）

北平的庙会

张 玄

因为在北平住过几年，而且曾经有过一个家，便有时被人看作"老北京"了。据说乡村人称老北京为"京油子"，意思是不务实际的人，取义似乎没有老北京来得客气、堂皇。

因为被人目为老北京，所以外乡的朋友常以怎样逛北平的问题来问。这问题假若由外宾引导员去答一定很简便，什么西山、北海、天坛、八达岭等等，不上几天，便可逛完。但我总不以此种逛法为然，所以答复也常不使人满意，因为我是根本主张欲理解北平的文化是非住上三年五年不可的。

北平不比商埠，有洋房，有摩天楼，假若你到北平去找华丽的大楼，那你只有败兴。那么到北平应该逛什么呢？此非一二言所能尽。假若你对于历史有兴趣，你应该先知道古城的家世，隋唐的塔、元明的庙不用说，就是商店，也不少几百年以前的。北平也追时髦，然而时髦有个限度，譬如同仁堂的门面，砂锅居的肉锅，你是给他多少钱，他也不会换的。

你说北平颓唐衰老，不合时代，但她仍是这么古老下去，也许时代转换更能给她些光荣，正如秋天的枫叶，愈老愈红。所以你要逛，就须钻入她的内心，靠城根租一所房子，住上三年二年，你然后才有时间去厂甸，去鬼市，逛庙会，吃爆肚，喝豆汁等等。不然，你走马看花，专追名胜，那她只有给你一副残破相。

记得知堂先生说北平是元明以来的古城，总应该有很多好吃的点心的。北平不只零吃多，可玩赏的地方也多。单说庙会吧，每旬的九、十、一、二是隆福寺，三是土地庙，五、六是白塔寺，七、八是护国寺，几乎天天有。如再加上正月初一的东岳庙，初二的财神庙，十七、八的白云观，三月初三的蟠桃宫，你会说北平真是庙会的天下了。

鉴赏北平应该自己去看，去尝，去听，靠书本的引导就不行。不信你翻一翻《日下旧闻》、《春明梦馀录》，以及《北平游览指南》等书，关于庙会就很少记载，盖庙会根本不为高文厚册所看重也。

记庙会颇难，因其太杂。地大庙破，人多物杂，老远望去就觉得乱糟糟，进去以后，更是高高低低，千门万户，东一摊，西一案，保你摸不着头脑。但你看久了以后，也会发现混乱之中正有个系统，嘈杂之中也有一定的腔调，然后你才会了解它，很悠闲地走进去，买你所要买的，玩你所要玩的，吃你所要吃的，你不忍离开它，散了以后，再盼着下一次。

赶庙会的买卖人是既非行商，又非坐贾，十天来一次，卖上两天又走了，正像下乡的粥班戏，到了演期，搭上台子，就若有其事地吆喝起来；等到会期一过，就云飞星散。庙会的末天晚上，他们或推车，或挑担，离开了这个庙，去到另一个庙，地方总新鲜，人与货仍是那一群。

庙会里货物的种类可真多，大至绸缎古玩，小至碎布烂铁，无论是居家日用，足穿头戴，或斗鸡走狗，花鸟虫鱼，无所不备。只要你有所欲，肯去，它准使你满意，而且价钱还便宜，不像大商店或市场，动不动就是几块钱。

庙会的交易时刻是很短的，从午后到日落，在此时以外没有人去，去也没有人卖。时间短而买卖多，所以显得特别匆忙。人们挨肩挤背地进去，走过每一个摊，每一个案，庙会的东西很少言不二价，常去的人自然知道哪一类东西诳多，哪一类东西诳少，看好了，给一个公道价，自然很快成交。

北平这城有她自己的文化，有她自己的风格，不管你来自天南海北，只要你在这里住久了，也会被她融化，染有她的习惯，染有她的情调，于是生活变成"北平的"了。然而在这同一北平的情调之中，也分成三六九等，譬如学生是一流，商贾是一流，而住家则另是一流也。

严格说起来，北平的情调应该拿住家来代表，也惟有住家的生活才真正够得上"北平的"，这一点不能详说了——我总以为北平的地道精神不在东交民巷、东安市场、大学、电影院，这些在地道北平精神上讲起来只能算左道、摩登。北平容之而不受其化，任你有跳舞场，她仍保存茶馆；任你有球场，她仍保存鸟市；任你有百货公司，她仍保存庙会。

地道北平精神由住家维持，庙会为住家一流而设，所以庙会也很尽了维持之力。譬如以鞋为例，纵然有多少摩登女子去市场买高跟,然而住家碧玉仍然去庙会寻平底。她们走遍所有鞋摊,躲在摊后去试,试好了,羞答答地走回家去。道上也许会遇见高跟鞋的女郎,但她们不羡慕那些,有时反倒厌恶,她们知道穿上那种鞋会被胡同里的人笑话,那是摩登,是胡闹。

市场是摩登,庙会是过日子,过日子与摩登有大分别,所以庙会的货物不求太精,只取坚而贱。由坚而贱中领略人生,消磨日子,自然会厌弃摩登,这是住家的可取处,也是庙会的可取处。由住家去庙会,买锅买炉,买鞋买袜,看戏吃茶,挑花选鸟,费钱不多,器用与享乐两备,真是长久过日子之道。摩登不解此,笑庙会嘈杂、卑下,只知出入市场,照顾公司,一到自己过日子,东西不是,左右无着,然后哭丧着脸,怨天尤人,皆是不解庙会、离开住家之病也。

庙会专为住家而设,所以十天中开上两天也就够了。住家中有老少男女,色目不同,趣味各异,庙会商人洞明住家情形,预备一切住家需要的东西。不管你是老翁、稚子,或管家的主妇、将出阁的姑娘,只要你去,它准使你有所欲,或买或玩,消磨半日,眉开眼笑地回去。

你是闲人雅士,它有花鸟虫鱼;你是当家主妇,它有锅盆碗箸;你是玩童稚子,它有玩具零食;你是娇媚姑娘,它有手帕脂粉。此外你想娱乐,它有地班戏,戴上胡子就算老生,抹上白粉就算花旦,虽然不好,倒也热闹,使你发笑,使你轻松。

就按我自己来说,是非常爱庙会的,每次全是高高兴兴地去,我想旁人也应该这样。人生任有多少幻想,也终不免于过小家日子,这是快乐的事,也是严肃的事,而庙会正包含这两种情调，所以我爱它，爱每一个去庙会的人。有一次，我从庙会里买回两只鸟，用手提着向家里走，路上常常有人很亲切地问："这只鸟还好哇，多少钱？"

我一个个地答复，有时谈得亲热了，不得不伫立在道旁，听他的批评，他的意见，有些人甚至叨叨地说起他的养鸟历史，热切地把他的经验告诉我，看样这些人也是常去庙会的。庙会使人们亲密、结合，系住每一个人的心。

常听离开北平的人说："在北平时不觉怎样，才一离开，便想得要命。"我自与北平别，便觉此话千真万确。闲时想了想，北平的事物几乎样样值得怀念，而庙会就是其一，这大概是现在还不能不过小家日子之故，锅盆碗箸，为我所用，花鸟虫鱼，为我所喜，然今皆不习见，即见，亦不若庙会之亲切。爱而至于不忘，此即北平之魅力乎，此种意境，恐非登西山、跑北海、奔波三五日即离开的朋友所能理解也。

廿五年五月九日于津南开
（《宇宙风》1936 年第 19 期）

北平的书摊
——如此北平之一

得 中

北平的书业，中心地当在琉璃厂，可是因为地址的所在，不在学校核心，而又以价钱的毫无通融，琉璃厂一带的新书店，只变成发行所性质。

书摊的批书，在书局里有"同业优待"，如商务印书馆的书籍，可以七五折或七折趸到，而书摊卖书，又因同业竞争之故，不能按实价出售，每每八折或八五折，便可卖出。结果在书摊或小书店买书，可以比到本馆去，有些通融。这样，形成了东安市场和西单商场的书摊的发达。

这几年来，书摊一方面加多，而另一方面又减少，纯售新书的书摊，竟至很少见了。二三年前，增加了些许书摊，专以售卖翻板新书为业，实在这种书摊的营业，是比专售新书的营业为好。

这里面，实在是有原故的，这可以表现这"文化中心"的北平，一般购买力是怎样的低落了。翻版新书的定价和原书一样，而售价不过三折左右，虽然其中错植之字甚多，但除了《古文辞类纂》之类的东西，别的小说、论文等有几个错字，是没有大要紧的，所以像《铁流》《毁灭》《母亲》等的作品，能流传一时于北平，也未尝不是翻板书的好处。

自从张恨水的控告，和书业联合会的严缉，这种翻板新书，是渐形绝迹了。但是在这购买力低弱的地方，新书简直购买不了，而上海的翻板标点旧小说，乘机而入，充斥了北平的书摊。这样，真是把北平的文化，推进一个万劫不复的火坑。

一走进西单商场，或东安市场的丹桂商场，看到的书摊上，陈列着的不过大达、启智、新文化、大中几家翻板旧小说，于是，《七剑十三侠》啦，《隔帘花影》啦，《刘公案》啦，《济公传》啦，杂陈目前，眼花为之缭乱。而要想买一本上海新出版的书，却连走书摊、书店五六家，未必能买得到。

书摊上，有几家是代售杂志的，有许多杂志，上面尘土很厚，一看便是卖不出的样子，便是京沪畅销的杂志，北平也不曾一下卖净。

总之，北平生活程度是低的一个，贫苦人有三块钱，便可以捱过一个月。上海出版的书籍，对上海、南京等地人购买力还差不多，而在北平人看起来，已是一笔巨款了。在北平，几分钱一本的小杂志，绝赶不上北平一大枚一张的小报能够普遍。我觉得"文化中心"的帽子，北平将戴不牢了。

（《十日谈》1934年第43期）

谈谈北平之有闲阶级

安 之

北平曾经做了数百年的专制帝王的都城,所以直到现在,仍然还保存着不少的封建时代的现象,这种封建时代的现象,在北平的"有闲阶级"的生活里,很能够代表了一小部分。

有闲阶级的分子,是由清政府遗下来的旧官僚政客、文人学士,和所谓"皇亲"的旗人组合而成。他们是不作工的,根本也没有作工的技能,只是整天的优游过日,消磨了他们所有的时间。

他们的日常生活是怎样呢?他们如何去消磨了他们的时间?自然,这中间的事情是很多的,但是普遍的生活,总不出以下的几种。

一、听 曲

他们对于歌曲的理解力很强,这是积了许多年的经验所致。对于歌声、拍子、转板、神态……他们都有很精微的考究。他们不仅能够精密地欣赏，而且还能够很准确地歌唱着。这被认为是一桩风流文雅的事，所以有不少的有闲阶级，还花了钱跟着乐师学唱呢。

听曲在他们是有瘾的，他们的听曲又很与一般普通的人不同。南方人上戏园去叫做"看戏"，北方人却叫做"听戏"，这就很可以分别出南方和北方的人，对于戏剧的观点的不同来。北方人对于戏剧是注重于歌唱的，目的在"听"。当你在戏园里看那些有闲阶级在听戏的情形，那形状是十分有趣的。扮戏者在戏台上大声的唱着，他们在座位上摇头摆脑的，轻声的和着，脸上的神情十足，仿佛是在扮演着戏出一般。而且，有的是用手指击着凳子的扶手，有的是用脚踏着地板，大拍其板子。他们对于各样的曲词都是熟透了的，在曲词到了一段落的时候，他们就哈哈大笑，鼓掌声和叫好声起于四座，就如像雷响一般。

他们的听戏是不避熟的，只要是他们所喜欢听的戏，也许还越熟越好呢。所以，他们今天听某戏角的戏，明天依然还要听某戏角的戏去；今天听某姑娘的曲，明天还要听某姑娘的曲去。因此他们天天上戏园，天天上大鼓摊，是永远不会寂寞的。

二、喝　茶

这里的所谓喝茶，指的并不是在家里喝的茶，乃是指着上茶馆喝茶而言。

上茶馆，这也是有闲阶级消磨时间的一种消遣。比较低级的人，上"下等"的茶馆；比较高级的人，就上"高等"的茶馆。下等的茶馆是用八仙桌子,四周围着了长木凳子;用大壶吸茶,随便坐下喝。且喝且谈,一坐就是大半天了。

高等的茶馆,那是很讲究的,如像观音寺街的青云阁,就是有闲阶级的高等人物喝茶的地方。那里的桌子、凳子都是桑木的,还有桑木的卧椅和茶几。地方既干净,陈设也十分雅洁。茶具是很精致的,有盖碗也有茶壶,听由饮茶者使用。

那里泡茶的茶叶都是比较的好点的,就是泡茶的水,据说也来得很干净。到这里来喝茶的人是很舒适的,他们喝了一会茶,就躺了一下子,也许是看看报,也许是谈谈天,有的干脆就在那里睡了一觉。这么样的半天就过去了,就回家去吃了饭再来。

外人看着他们这种生活,好像是很寂寞的,其实不然,他们是很领略到清闲的快乐的呀。

他们还有好些人是自己带了上等的茶叶上茶馆去,因为是嫌那茶馆里的茶叶喝不上口呢。像这种的茶客,就算是很阔的了。

三、玩　鸟

最喜欢玩鸟的,是那些旗人。他们在清朝的时候,是能够领到恩俸的,所以不做事也能够过活。这养成了他们的懒惰的性格,玩鸟的习惯也因以造成。

只要他们有得饭吃,是不愿意做事情的。他们永不会寂寞,因为小鸟是他们的良伴。他们每天也不致没有事做,因为服侍小鸟的工夫却也不少。晚上要睡觉了，鸟笼上给下了布罩。早上起身来，把布罩除去，又把笼子里的鸟粪收拾干净，然后就弄给小鸟食，一边逗着它玩笑，又是过着快快活活的生活了。

在北平的市街上，拿着鸟笼子在街道上走着的人是很多很多的，还有的是把鸟缚着绳子的系在很长的旱烟筒上，就这么样的负在肩上走着。你看着他们好像是很没有意思的，其实他们这时候就如同负着了什么严重的责任一般！

有几个地方，是他们这些养鸟的人会集的处所，到了一定的时间，他们如荷重任的一个个拿着鸟笼子集合来了。各色各样的鸟都有，那清脆的叫声充溢了耳际。他们看一看自己的鸟，又看一看别人家的鸟；听一听自己的鸟的叫声，又听一听别人家的鸟的叫声，是感到多么的快乐啊！

像这种玩鸟的生活，他们已经过惯了，丝毫不觉得厌倦。他们在这种玩鸟的生活中，很容易的过着了每一个日子。

四、下　棋

北平有好些棋馆，专供给人们下棋的，有象棋，也有围棋，随便人们的嗜好。

这种棋馆，也即是茶馆，它一边给客人下棋，一边还卖茶的。于是到这里来下棋的人，一边下着棋，一边还有得茶喝。一把茶壶放在他的左边，当他下了一着得意的子之后，就拿起茶壶来往嘴里灌，咕噜咕噜地喝他的茶。

也有好些有闲阶级的人，就这样的以下棋消磨日子。当他们在下着棋的时候,哪里觉得时间的飞逝,迨二三局既终,已经是半天过去了。

所有的花费,常是输的出钱,但也有的不是含有赌胜的性质的,那就不计了。

五、古　玩

有钱的有闲阶级,多数有爱好古玩的癖性。在北平,像这种有闲阶级的人是很多的,并且北方的民族性就很有点好古的根源,因此造成了北平真像是一个古色古香的城市,随处都涌现了"古"的色彩。

在北平,资本极巨的古董店是很多的,小的古董店或古董摊,那就算不清有许多了。

有些有闲阶级的人们,他们玩着古董也能够过日子。当他们买到了一件心爱的古董的时候,真是乐极欲狂,珍爱如宝!他们甚至向别人家借着古董欣赏,望梅聊以止渴。他们整天的揣摩着古董,欣赏着古董,就这样的快乐地过着他们的日子。

他们的足迹常常在古董店里,碰到了有合意而价钱公道的古董,就收买下来。古董商也很知道他们的脾性,知道某种古董是某有闲阶级的人所爱的,在有新的货物入手的时候,就送上门去发售。

除了上面所记的几种之外,当然还有其他的形形色色的生活。如像文人学士的诗社文会,吟风弄月,寻章摘句;和骚人墨客的观山玩水，踏雪寻梅，习以为常。这自然也是有闲阶级的日常生活之一，但我在这篇短文里是不能备记的，就此结束了吧。

（《申报月刊》1934 年第 3 卷第 9 期）

故都之社会

恨 人

自清帝逊位，旗民失其凭依；迨国都南迁，一切俱受影响，繁华富丽之国都，顿入悲凉之境。然其凋敝之程度如何？当为一般社会人士之急所欲知者也。记者以此，特至北平一行，以觇一般社会状况与民生情形，以告读者。

三等车上之挤拥

某日上午登车起程，乘客颇患挤拥，有二人一座者，有三人一座者。惟背头之时髦女子，则多一人一座，一水手男帽，圆光墨镜，红库缎水手领，蓝缎旗袍之女子，独占大座之中央。记者向其借一尺地，彼竟谓尚有三座未到，未免滑稽矣。幸经路警代觅一座，此女子亦云："尚有二人未到。"即以暂借即还手段占领之。汽笛一声，火车猛动，乘客均前仰后仆，甚至有男头碰女头者。水手帽之女子起身高呼曰："不会开车别开车，不然，你打个电话叫我们预备一下子，省碰破脑袋，跟你打官司。"逗得乘客无不大笑。询之，乃一女戏子耳。兹将到平后，所得情形录次。

旗民生活十四等

北平之贫旗民,约分十四等。前清时代,旗民落生,即有口粮月饷,饱食终日,无所用心,惟以狗马弹唱为例课,日以请三遍安,问三遍好,消费其时光,致养成废民。"东城怕饿死,西城怕渴死",可以知其极盛时代之生活矣。东城旗人相见请安问好,继曰:"吃了点心啦吗?你老!"是以吃特种点心为生活者也。西城则喝了茶排场,鸡蛋台樱桃盖碗,非中等以上之浓茶,色如青酱者不饮,亦一习惯也。民国以来,生计日促,点心茶多半取消,见而吃喝之礼,则依然照常。民初,汉民多有相当艺业,足以生活,应募警察者甚少。旗民身无他长,以充警察者为一等生活。一部分目不识丁之壮民,无应募资格,则加入胶皮团,自食其力,是为二等。文不成武不成者,充戏园、游艺场茶役,为三等生活。懦弱与年老者,做小本营生,入款甚微,至不足赡养家属,是为四等。一般文弱,代写书信,或冒充医卜星相,在热闹如天桥等处设摊谋生,属于五等。"打鼓儿"收买破烂,转贩于破烂摊者,为六等。男儿打小空,拾煤渣,拾毛篮者属七等。专以粥麻为家者,即八等。属于九等者,以上事业均不肯为,藉保持其贵族局面,是为坐以待毙者。流入乞丐者,十等。拜"理码子"、"老荣"为师,学习"吃漂子"、"高买"之偷盗诈欺事业(偷盗河流船户、夜窃、小绺之一类,借购买物品行窃),为十一等。入"月点"之门,以行骗、吃赌、设局诈财者,属十二等。加入"老架团","搭伙伴","拍花",或拐卖妇女、买卖妇女,十三等。在"老当家"的驾前充"好爹爹"（男匪）、"好妈妈"（女匪，引诱妇女入娼窑或开外差）转赞者，为十四等。

贫女生活十五级

贫女生活亦有等级。齐化门外多拉煤大车，拾其摇落之煤块，日售四五角，为第一级。西、东、南、北城根妇女，刺枕头花，每对平均八角，手快者日刺一枕，迟则二日一枕，用杂色线十字花，背面之次序不得乱，以其入款较少，且劳力劳神，入第二级。纺毛线者，日入二角上下，属三级。缝洋袜者，多小妇女，因锁线过于缜密，老年眼花者难以中选，日工一角上下，为第四级。背负箩筐，左右用绳套挂于肩上，内储各种火柴，谓之"换取洋灯"，一切废物均可换之，如乱头发、破铁烂铜、各种磁罐、琉璃瓶、破烂碎纸、破灯破泡子、破布条片、烟卷盒、烟卷号、裹烟锡纸，均可集成大宗转卖，第五级。女子拉胶皮车，打小空，安分守己，自食其力，颇有与男子立在一个水平线上竞力之精神，为第六级。追随于攮撞车后，迨其倾出，即包围人所弃遗之秽物，如破纸、乏煤球之类，争先捡取，以篮或筐盛之，应用者用，应卖者卖，隶于七级。追随于胶皮车后乞讨者，帮内名曰"赶孙"，如互问："你今天赶了几个孙？"在朝会或车站手握布□子清君侧者，帮内曰"谭孙"，如互问："你赶了几个孙？"此类为妇女虽为生活所迫，而营此事业，然口头尖刻，殊属非是，然其倘无法律以外之行动，颇可谅之，并入第八级。学唱戏，唱大鼓，学女相声，学武技卖艺……者九级。近以各戏园赔累多，每日所入数十枚，饮食且不足,无力营艳服以取容,家族安能兼顾?于是转充各大饭庄、小饭铺……之女招待,良家妇亦有为生活所迫而加入者,是不可同日语也。儿童歌曰:"女招待,真不赖,吃一毛(音卯),花玫瑰,就是不要老太太。"准此则其生活较残菊败花为优也,此为十级。流为乞丐者为十一级。入粥厂者十二级。大门不出,二门不迈,日坐愁城,牛衣对泣,甘愿挨饿者,十三级。为妓者十四级。充"好妈妈",专门贩卖人口、拐骗妇女者十五级。以上等级,亦有一部分汉民加入焉。

(《齐塘月刊》1931 年第 6 卷第 3 期)

北京妇女之生活

宋化欧

一、绪　论

我们姑且不论别的难事，只讲"过日子"三个字，除儿童和精神病的人，谁也觉得这是很不容易的。处于这种经济压迫之下，我们天天挣扎着图谋生活上之愉快，那开门七件事便已教人苦于应付，即使手头上宽舒点的人们，他们一辈子活着愉快不愉快也不见得一定。本来人生观多不一致，可是物质上之需求，谁也缺不了的，"民以食为天"，"衣食足而后知荣辱"，所以人类社会之命脉几乎完全为经济势力所支配。因之，我们如果欲觇社会现象之是否安宁与进化，只须去考察经济状况之是否平稳与发展；同时，我们如果想解决一切社会问题，应该先从经济方面着手，许多社会学者尽管高标其主义和方案，总离不了拿经济学上之原理原则来做立脚点。干脆说一句，人类社会即是经济社会而已。我们固然不是专门主张唯物论调的，然而专门主张精神生活的人们终必有点自私，不替一般人打算！不信，试掘取老子、庄子一班人起来，如果缚着他们的肚皮而侈谈哲理，能不能够活得成？"回也居陋巷，一箪食，一瓢饮，不改其乐"，人们都赞许他能安贫乐道，要是他连陋巷箪食瓢饮也没有，能不能够一般的安乐着走入饿鬼道？我们如果不幻想着柏拉图的"理想国"，而要实地的将社会改造，还是请回头去考察考察一般民众的生活状况，是不是有陋巷可居，箪食可食，瓢饮可饮。

古语云："一夫不耕，或受之饥；一女不织，或受之寒。"人们若缺乏生产能力，初不仅直接不利于其个人的生活，间接影响于社会群众也多少要互相牵累。齐人有一妻一妾者，乞食于墦间之祭馀，他的妻妾觑破了实在，相与泣于中庭，曰："良人者所仰望而终身者也，今若此！"这个齐人不能负担扶养义务，固该打杀，可是你们俩不也和他一般的圆颅方趾，五官四肢？却为甚么只牢牢地守着他，偏恨恨地怨着他？要是妇女们专一味的守望着男人，那末，"贫贱夫妻百事哀"这句话，终究要以妇女可悲哀的成分更来得多了呵。然而照事实上看来，十九是如此，不但贫贱的妇女是如此，富豪的妻妾怕还要加甚，她们拿喂饱穿暖便算卖情的代价，其所仰望者岂不更可悲哀！平心而论，女子的生产能力目今委实是薄弱得很，可是他们的消费能力并不见得比较的减少，有时还超越于男子。富家妇女的衣饰固不消说，就是婆人妻女也尽较男子为优。我在乡间常常看见些妇人出外时，她们必定穿件新衣，坐在车上，而她们的男人却鹑衣百结，气喘喘地推着车儿跑。与其说男人爱待女人，毋宁说女人的消费力要比男人大。夫我国妇女界的生产力弱而消费力反大，她们终身的生活无怪乎不时虞危险！不过照一般习惯看来，假如有一个五口之家，一男四女，要是这家贫无所食的话，只有人责备这一个男的没用，不能养活他的妻女，从没人说那四个女的不中用的，仿佛女子天生就要跟着男子白穿白吃似的。这种恶习惯好像是优待女子，其实是陷害了她们，养成了妇女之无能力。在聪明的妇女殆已自家觉悟了，然而大多数仍旧是和齐人的妻妾一般，所以她们所仰望而终身的男人不幸失业或丧命，她们的生活便连带着走入绝地了。现在研究妇女问题的人们大都主张女子经济独立，是的，女子的经济若不独立而瞎跟着人家做附属品，这是女子终身的奇辱大耻！

关于解决妇女生活问题的方法，不是本篇范围所欲论列之事。我现在所欲研究的只在我国妇女界之生活状况，将它记述些出来，或者也可以引起求解决妇女问题的人们的注意，而由此审定其方法。不过我足迹不遍全国，除了出生地，在北京便算住得最久。北京是我国首善之区，九州杂处，人情风俗，毕呈俱列，虽不能完全代表全国，尽比旁的地方来得集中点。无已，我且把在此六个年头中间所耳而目之、目而耳之的情形，约略写些，给大家一个信号。如果有善男子善女人因此而更加广为搜寻，详为增补，又不仅我个人之所薪也。现在因记述方便起见，分为生产状况和消费状况两种。

二、北京妇女之生产状况

我国妇女界之生产能力，本来就不大发展，尤其是在北京地面内越发没有多大生产事业可言，因为北京是个特别地域，一切农工业都不如外省，仅仅是个政治中心点罢了。北京既缺乏生产原料，不但是妇女们对于农工业上没有效力的机会，就是男子们从事工作的当然也不众多。在京内居住的妇女，数量没有翔实的统计可据，据民国四年国务院统计局的报告，京师人口共七十九万人，而妇女二十八万馀人，仅占三分之一，这是北京地方既无长久事业可营，外省人不过暂时寄居罢了。又其中以学生商旅居多，所以妇女比较的少。近几年来并无多大加增，有人假定为一百万人（如《中国铁路现势地图》附表所载），则其中妇女也不过三十馀万。就中占成分最多的便算旗籍妇女，却是因有历史上的关系，从前满清势才占领北京，九城内外驻扎的纯系八旗兵勇。这种驻兵的性质并不是定期瓜代的，却是世袭常备的，一面又因为旗饷的特别优特丰厚，所以他们携带的家小竟安土重迁，经过二百馀年，蕃养生息，有加无已。加以宫廷供奉，宗室府第，尽是旗人，真是"一人在位，兆民有庆"，把北京城变作了满人的第二家乡，相率居于内城东北隅一带地方，所以旗籍妇女首屈一指的多。不过她们安富尊荣，逸居闲处，娇养得丝毫生产能力也没有，简直和旗人一般的惰性化了。其次便算各省的流寓妇女，因为此地是一般官僚政客所麇聚，他们携妻挈子，以宦为家，虽很少永远居留的，可是来来去去，并不见得过加过减。当然，她们大都是太太奶奶的身份，把生产能力也消磨得殆尽。再次，便是土著和商贾的妇女，大资本的商人的家小和官眷的情形相同，而小商人的妇女则和土著一样。此外则为蒙藏妇女极占少数，集居于东城一带，她们的生产力可惜也忘却本来面目呵。

北京妇女生产状况，在其职业上之分类，是很明显简单之事，我们如果明白了北京在地理上和习惯上之特殊情形，便对于妇女界各种操业之原因思过半矣。本来都市生活上谈不到农业，这也无怪乎北京妇女之不能理桑麻、操井臼。在四郊之外，也有些能把犁锄的健妇，可是北方的农事比较南方简单得多，又随处有牛马代役，所以她们的工作也就很为舒服，只不过帮着男人喂牲口、捏馒头罢了。

北京虽是中外萃荟的地方，又有几条铁路四通八达，教育并不发达，尤其是女子教育。女校却也有好几处，如女子大学（在教育部街）、女子师范大学（在石驸马大街），和女子职业、蚕桑、小学等校。外此公立私立各学校中，近来多半男女兼收，而女生毕竟很少很少。土著妇女求学的很少，大半都是寄居的客籍。至于女子充当教员的更是寥若晨星，并不是她们不肯担任教育事业，也不是缺乏相当人材，却不外（一）容纳的机会太少，（二）家庭的牵累太多，所以把刚刚成年的女子一齐编入少奶的后备队。关于京内女生的数额，我很抱歉，无从找着最近的统计，据民国八年教育部的调查，京师和京兆区域内初等教育方面，女校不过八十八所（包括公立和私立的），女生共计不过四千二百馀人，其他便可想见了。现在固然稍有增加，然而在北京城内而论，大小女生总不过两三千人上下吧（因为京中男女学生现共约八万馀人）。以首都之地，中外观瞻所系，教育中枢所在，而女子教育乃幼稚至于此极，可胜浩叹！这是就量的方面而言，至于质的方面，还希望教学两方同注点意呵。

其实，北京妇女有专门的正当的职业的很少，在社会上服务的固然无几，连家庭的事务也不太着力。最奇怪的，向来说女子主中馈，然在北京的烹饪事宜普通多由男子代庖。一般太太小姐们固然不屑躬亲盐米琐事，而贫寒之户亦有巧妇而不能解炊。女子工业在企业上完全等于零，私人手工业亦很幼稚，我来京六年，从未见一家有纺织器具，这许是北方本来不产这般材料吧。她们所能的仅仅为缝纫一门，而且仅限中等阶级以下的妇女，可是工作不见高明，又不能使用机器，全凭着十指夸针巧而已。有时也应应雇主，揽点生意，而她们工作既迟钝，工价又低廉（较成衣店约贱三分之一，譬如衫裤一套，普通需工资一元，而女工只须三四角），这样一来，她们十指所入，很难敷衍一日之需。在南城靠近香厂一带，有许多制皮厂将土产羊皮制成衣套，那缝缀工作便叫附近的贫家妇女去做，可也不过九十月间才有这种生意。如果有些才能缝纫而兼烹调的贫妇，大都跑进各胡同公馆充当女佣，这种劳工虽则似乎卑贱，究竟她们还算自食其力，较之那般操不正当生涯的妇女，要高洁得多。女佣的工资，通常每月不过三四元，却比男工又算高些哩（北京男工最贱，甚至有替人服劳而不取工资的，由此可见京中生活之不易和失业者之多）。

为社会服劳的女人，除掉少数女教员外，便算看护妇和女伙计。京中大小医院也有二十来个，不过用女看护的还是那些外国医院，人数当然很少的了。女伙计只在四城各电话局中充当接线员。此外服务于私家商店的只有一五一公司和正阳公司两家，这更是少而又少，总共也不过二三十人罢了。本来妇女力弱心细，对于这般工作最为相宜，我以为北京商店又多，最好是提倡训练、雇用女人，未始非暂时救济之一法。可是前年当一五一公司初办的时候，还被某报冷嘲热骂，欺辱得不堪，可见社会上一般的心理，少见多怪，似乎有种不可名状之秘密。这种观念流布于我国人心中脑中，无端的将女子的生产能力糟蹋了数千年，而使之陷落于黑暗弱苦之深渊，多么的不幸！

有些中年妇人天天负着柳条篓儿，穿行各胡同里面收取人家字纸，拿火柴相换，名叫"换取灯"——取灯即火柴，系京中土语，收集的字纸转卖于造纸场所，也有由造纸场所雇用的，这是最贫无所为的勾当。造纸地方，以外城白纸坑为最，却也不过数家，制纸方法极简单，归男人工作，妇女则只管晒纸、收纸等事，可惜容人不能多，工资也极廉，若能设法扩充，不无小利。

在北京妇女职业里面，其最特殊而最普遍的便算倡优两种。因为京剧风行全国，北京是出产地方，而且闲逸的人们又多，娱乐的地方又少，只好向此间寻些开心。同时贫家女子藉此可以挣点赡养，所以习戏的多，而女伶便格外的发达。在戏剧之外还有一种大鼓，也是产于北方的，都下人士好之成癖者和京剧一样的热烈，所以鼓姬也班班辈出，极盛一时。原来从逊清以来，内庭供奉，特设梨园，上行下效，相习成风，起初不过是男伶奏技，后来妇女也以为女乐移人，奇货可居，乃相率投身菊部，居然粉墨登场，以声色娱客了。当然，"樱桃樊素口，杨柳小蛮腰"，不由一般人不心惊魂荡，趋之若鹜，大捧特捧，坤角的身价便尔十倍；末了，驯为风气，女子之以度曲为业者几遍于九城，如刘喜奎、李桂芬诸伶早已当行出色，而小家碧玉，亲教歌舞者正方兴未艾。鼓姬的情形大概也差不多，铁板铜琶，确也另有一种意趣，读过《老残游记》里面白妞儿说书那段故事，就可体会一斑了。现在京中专设的坤班戏院和落子馆很有几处，平常老是人山人海，万头攒动，别管他破费了无数的闲钱，却玉成了许多女子的生活。关于女伶之身份问题，我不欲多加议论，简单言之，在一般人的心里，仍不外视同一种"玩物"而已。至于她们对于艺术上的真价值，却并没人去理会，只是依样葫芦，学成一只百啭流莺完事，反正顾曲的座客，多不过趁趁热闹罢了。

说也奇怪，京中下等妇女的职业——与其说是职业不如说是失业吧——究以娼妓为占天字第一号的最多数，优伶还在其次呢。考究其原因，却也并不希奇：(一)因生计困难，实逼处此；(二)因旅客众多，无以为欢，所以供给量与需求量相扶并长。娼妓有公娼和私娼之别，前者得警厅所特许、所保护（花捐为地方财政收入之大宗），听其公开生理；后者则否，只能秘密卖淫，所以又名暗娼和私门子。可是私门子的发达，还要驾乎公娼之上，多因她们不纳花捐，不需班规，开支少，故索价廉，所以尽管警厅阳为禁止，而她们生意却格外兴隆。公娼集于南城八大胡同东西两大森里和太安里各处，分为四等：(一)小班，(二)茶室，(三)下处，(四)小下处。一二两种半由江苏等处运来，半由本京和津保各处所产；其馀两种最贱，全系土著。四等小下处在莲花河（天桥附近）、黄土坑、臭水河（西直门外）等处，俗名玻璃房子。私娼则散处于四城，特以东北城为最盛。这班可怜虫操此皮肉生涯，最贱而最苦，人格既完全破产，而龟鸨复相虐待。她们大都是十五六岁的小女儿，虽然也有半老徐娘，不幸堕落青楼，而能觉悟自拔的很少，警厅虽则设有济良所，只要一入所门便可自由择配，并且在所内又教以各种女工，可是她们甘心下贱，不肯脱离孽海！尤其是私娼之伤风化，造罪恶，粥粥群雌，将伊胡底？由此可见北京社会之黑暗，有心人所当痛心疾首的了。

三、北京妇女之消费状况

欲知北京妇女在消费方面之状况，可以分两项来说明：（一）日用品的消费，（二）娱乐品的消费。

日用品本来为人类生活上所必需，不论男女老幼，总离不了衣食住三大原则。饮食居住向来男女一样，毫无另行记述之必要，而且无从故为分别之可能。至于衣饰方面，当然各不相同，却很有研究之兴趣。尤其是在北京地方，五族共处，各省皆全，妇女界的装束，光怪陆离，各有各的爱好，各有各的式样，并且北京现在还是半开化的状态，在妇女界的装束上，往往呈露出各地民众的心理和生活程度的痕迹来。我们如果考察其异同之点和因革之故，不难明了北京社会之进步与否，也许由此得而推知全国妇女之概况。

当然，妇女衣饰之华侈抑或简陋，每视其经济能力之所能，然亦往往因其身份或心理之不同，每与其环境有所出入。换句话说，即妇女当时以职业上和伦理上之不同，依照习惯与俗制应当有别；或是各人心理上所爱好之特殊，则亦不能如其经济能力为比例。譬如女生之制服清朴，则贫富一律；倡优之装饰奇巧，则风气所尚。又如服丧之妇与新嫁之女，前者衣必淡素，盖循乎俗制；后者服多华丽，亦慕于习惯。民国以来，普通男女的服制初未尝有所规定，只有满蒙两族的妇女还沿着她们的旧例未改，大都因为阶级上身份之不同。至若论到妇女间的心理，因女子富于美的观念，所以多数爱好虚华，对于衣饰，肯用心摒挡。常有经济力本不饶裕的女人，往往也争着体面，要在自家穿戴上讲究一点；反之，也有富厚的妇女却并不爱华丽的，总比较的少而又少。本来北京的风俗，比南方各大都市俭朴得多，到近几年来，却此风大变，除了少数土籍妇女外，大都转为虚华，相率趋竞，这也许可以征验其生活上之稍有更移。在她们心理上分析起来，也有因于普通所趋向的，也有因于特殊之见解的，这两点的毛病，一归于盲从，一则由于错认，往往在真美的方面并没有注意，反呈露其丑陋可恶的状态。譬如，旗人妇女爱插花抹粉，而京中一般妇女便相习成风，不管东施效颦也好，多半平常坐在家里也打扮得脂粉满面，花枝盈头；甚至黄脸老妇，齿豁肉削，还一样的浓抹淡妆，妃红俪白，招摇过市。俗话说得好，"北地胭脂"，倒是实的，却想不到竟扑上了鸠盘荼了，真奇！这种花头，究以为土著的玩的烂熟，各省流寓的也有一种相等的变态，把雪花搽成白板，胭脂点就绛唇，还画得双眉如春山凝黛，只要你一出大门，便触目皆是。还有一种裹小脚的陋俗，并未完全废除，中年以上的妇人固无论了，可怜那五六岁的小女儿也已经裹得金莲三寸，步履艰难了。这种盲从的恶俗，也以土籍居多，偏生奇怪，和他们男人的豚尾竟同样的像骨董似的郑重保存留传下来。要是诘问她们的理由，总不外回一声"好看些"！此外也不知是怎么一回事。

满洲妇女的装束，除了头上和脚下，大概和男人差不多，普通一律都穿长袍，或是旗袍，这种旗袍近来流行全城，各种妇女多相仿效，在女子服装上占了第一个风头，却倒也轻爽便利，四时合宜。旗人妇女的装束本有等级，照例以身份而别，最普通而显著的装式，可以分为两种：（一）身份高些的女人如福晋、格格等，通常梳着长形分歧式的燕尾髻，戴着平顶带花的"两把头"，她们的鞋子最为奇特，鞋面多是绣着云头花样，鞋底中部有个长不满两寸的高跟，两头离地，名叫旗鞋。有时也穿便装，大概是闺阁装式，垂着辫子，最普遍的爱穿粉色长袍，上面罩件品蓝坎肩，有琵琶襟式和满搭鲁式，也有穿马甲的。她们平常日子老是爱搽脂粉，却原由从前宫女妃嫔是这样，所以传习成俗。（二）下级女子如老妈、使女等，通常在头顶上盘着小髻，穿着青蓝长袍和便鞋罢了，袍式夹袖开叉，和旧式男袍相同。

蒙藏妇女在京的很少，她们的装束更和男人一致，除了头上的花冠，服制也有等级之别，不过在颜色上分出高下，黄色为上，红色次之，其馀青蓝等色最下。通常一律都是长袍、长甲、背心等，和旗妇穿着差不多，可是宽大无朋。她们戴的花冠最特别，有点像戏装中的凤冠模样，可没有彩球，前面垂着一排粗大而稀疏的玻璃或石质的串子，遮着脸部。髻式和京中土著有些仿佛，可也是随便乱杂挽着脑后罢了。幼女也打着辫子,不戴花冠。耳朵上欢喜穿着粗大金银质的耳环,比别的首饰很简单。她们穿着革制高桶靴,和男人穿的一样,靴尖稍向上翘,硕大而且重笨,这是因蒙藏气候多寒,里面须得装棉或镶皮,所以她们的衣服到秋冬时候,非重裘不暖,因之成了这臃肿宽博的装束。

在北京的汉族妇女,因为各地都有,她们的装束越发五花八门,闹得无奇不有,不过在大体上讲,倒很有俭朴之风。普通一般的衣饰,多是素陋随便,尤其是土著妇女,她们除了喜欢搽得三红七白之外,对于衣饰上并不十分讲究。她们大都穿棉布衣服,尤以青蓝两色为最普遍,上衣长垂及膝,也有是长袍的。可是她们不讲究衣饰就也太不讲究了,所以朴素则有之,雅洁则未也。因此,很有几种毛病:(一)她们一年到头,老是扎头两腿,许是冬天怕受风寒,成了习惯,可是到夏季,似乎也忘了炎热;(二)她们不穿托身汗衫裤,外衣容易脏,晚上便一丝不挂,赤条条地躺在被中;(三)她们不爱清洁,衣服绝少洗涤,油腻尘垢,处之泰然,所以对于沐浴事项,因之也怠惰得很。各省寄居的妇女,装束不同,形式大小,记之不胜其烦,可是因为京中风俗不如外省的华侈,所以大都能安于朴素的原则上,这种美德,可算是在北京社会里面独一无二的特点。就中只有女学生有制服,淡服素妆,雅洁可爱;最时髦的是头上分梳着两个圆髻,贴近耳后,近来也有许多剪了发的;围着青色短裙,登着革制蛮靴,腕上悬着一个带有双钏的大书袋。还有一件最普通的物事,便是腥红毛织围巾,从秋天起要披到次年三月。

外此,反北京社会化的妇女,最爱尽量发挥她们美观上的欲望，尤其是娼妓女伶和阔人们的姨太小姐们。当然，她们有些是席丰履厚，可以衣饰上力求华美；有些是妒宠争怜，不得不在衣饰上弄得漂亮，所以标新立异，斗巧争妍，总无非是锦绮缤纷，金珠灿烂，装就些娇柔妩媚的丰态，充分表现其荡佚、浮华的心理而已。她们因为爱美太甚，好奇太过，往往忘记了时令上之是否合宜，和生理上之是否适用，譬如当着风雪满天的时候，偏教罗袜生尘，玉臂凝寒，便是一个例；又如故意将头发烫得弯弯曲曲，勉强将高跟鞋穿得袅袅娉娉，本来这种装束是闹着些西洋派，分明自家的头发是丝丝直溜的，偏要每天费上个把钟头去弄成三分不像人七分不像鬼的模样；尽管步履艰难，偏要穿着高跟鞋和缠足一般的受罪；只恨天生就的眼睛不能变作碧色，外国妇女的腰肢也不再束作蜂形，要是不然，哪怕她们不也争着如法炮制？

近来京中最流行的女服，冬天要算旗袍，春季要算长坎肩，倒也可以省却扎裙的麻烦，装式也还算不怎么样。至于普通女服所用的材料，便是印花洋布，花样时新，价值低贱，所以销售非常畅达，一般国布店里都摆得满坑满谷，可是利权上的漏卮，从此也就难塞难补了。

讲到北京妇女界的娱乐方面，最好分作三种阶级来说——当然以财产为标准：（一）无产阶级的妇女，可怜见的，简直没有娱乐之可言，她们为着经济上之压迫，挣着生活，还怕免不了恐慌，哪有闲钱去行乐选韵。长天日子老是关在家里，做些活计，有时间得没奈何的当儿，便只站在门外"卖卖呆儿"，当作消遣的方法罢了。（二）中等的妇女的工作比较少些，同时娱乐的能力也就比较高些，可是她们并没有正当的娱乐方法，只不过溜打溜打罢了，所以那些公园和戏院却是她们随喜的地方。尤其是京中的庙会比甚么地方都特别的多，城厢内外各广大些的庵堂寺观，不是遇着一定的时节烧香敬神（如白云观、观音堂等处），便是输流分期的摆着货摊开市（如土地庙、隆福寺等处），这些热闹场合，便是她们娱乐的机会，逛庙的红男绿女，摩肩接踵，衣香汗臭，令人难闻。（三）至于那些阔人的太太奶奶们可就娱乐得厉害了。她们居逸气，养逸体，一点事儿也不消理得，手头上横竖又有几个大□，当然，要是不寻些开心，又怎按捺得住？所以那公共娱乐地方如各公园和各戏院最是她们殷勤光顾的地方，宝马香车，忙个不了，钗光鬓影，映掩生姿，真的风雨无阻，整日价（最好说昼夜不分吧）征逐于极乐世界呢。只要你往那些地方多跑上几回，尽可瞧见些仿佛有点面善的妇女在里头。她们的娱乐方法，在赌博方面也要算一件，大公馆里面的声浪，多半是呼卢喝雉的娇音，和珠围翠绕的华筵，一掷千万，倒也不在乎，可是当她们香车所过的地方，乞儿丐妇想叨点儿光，早已望尘莫及了！

　　北京妇女还有一种恶劣的习惯，多好抽烟，似乎也当作一种娱乐品。最普遍的是纸烟，次则水烟、旱烟，抽大烟的也很有人在。有些或者误认抽着烟更为时髦些，其实多数是深深地中了这种流毒，要和家常便饭一般的受用。因此，并不必分资产之有无，只能分其所抽的质品之高下。本来这种消费应该是耗费品，依我的意思，倒不如说是无意识的娱乐品吧。

四、结　论

在上面我拉拉杂杂不觉写得过于冗长了，其实，可记的事还多着哩！我们试将北京妇女界的生产和消费状况对照一下，她们生活上之黑暗，多么可怜！我并非敢"刻画无盐，以唐突西子"，把女同胞的底里，冒昧的揭扬出来。我早已声明过了，却是想藉此引起一般研究妇女问题的志士们的注意，或者使之可以找些救济改善的方法。我相信，看了这篇不成文的东西的人们，定必有点感慨和叹息，请大家回头去估量估量本地的风光，却又怎样？

社会经济之原理只怕"生之者寡，食之者众"，北京妇女之生产能力薄弱得如此，初不仅关系于其个人之生活，其实影响于社会者，岂浅鲜哉！第一，北京娼妓之多，操业不正，别误认她们具有生产能力，实在是她们越发增大消费能力罢了；她们被经济所压迫而求生，所谓"免而无耻"：有些人主张废止，无异扬汤止沸，何能有效？其次，那种闲着不做事和无事做而闲着的妇女，与其说她们缺乏生产能力，不如说不教她们从事生产。这些问题，亟待解决，在这里我不能多所讨论，请原谅我。

十五、六、九日于北京
（《妇女杂志》1926年第12卷第10期）

北平的车夫

伯 上

我对于洋车比一切车都来得亲近，一出门十之八九是坐着洋车的，电车虽也是我常坐的，总没有洋车方便，公共汽车时新的时候，我也曾过过车瘾，那顶多不过是过瘾而已，所以出门代步的还得让洋车。按照劳工神圣及人道主义上讲，我是个罪大恶极的人，幸而我什么主义都不信，只要我坐了给钱，就觉得对得起洋车夫们了。

最近《宇宙风》上便有一篇老舍先生的长篇小说，说那些车夫们的阶级实在是全了，然而不管他们是什么阶级的车夫都是狡猾不堪的，仿佛是天赋似的。车夫在未拉上主顾的时候是看不出狡猾来的，但是一拉上了之后，便要使出招儿来，使坐车的受点时间上的损失，甚至于肉体上的损失。什么时候是他们使招儿的时候呢？最显著的便是在倒车的时候，他们能说出一个不能不倒的理由来，使坐车的走下他的车。比方我晚上时常由东安市场雇回家，路程是很远的，不遇着西城的车是不能以便宜的价钱雇到的，假若雇到一辆东城的车，那么便要使出他惯常的手段,看着坐车的倒在一辆小孩子或者年过半百拉的车上,他自己却笑着拉走了。

我平常雇车总也不忘说一句"拉到呵"的,车夫要不说一句"您放心,拉不到甭给钱",我是不能安心的,连打瞌睡都不能。万一这么跟车夫一说,他含胡的应了一声,这一来我知道后门这关是不能无事的通过了,没理由也得说出个理由,在白天是不容易找到理由的,在晚上可就不胜枚举了。

"先生,到后门给您倒个车吧。"说这话的会许是个年青力壮的车夫。"怎么,上车时怎么跟你讲的?"我向例是这么问的。"先生,我是齐化门外的车呵。""当初你不拉好不好?""得了得了,先生,给您倒个干净利落的。"他这么一说,再一笑,我不觉的不作声了,于是我宣告失败了。

有时候,在晚上雇车的时候,他们无意中——应该说在我无意中——把灯动了一下,到了他预定倒车的地方了,大声的喊"谁拉呵",我这时候才发现灯光比上车时候暗的多,这无疑的是他一动灯的结果,至于要倒车的理由是没油了,还摇着让我听,我也竟晕晕胡胡的下了车,等我坐在一辆便宜跑不动的车上,才想起后门一带有的是卖煤油的铺子,会轻轻的让他溜走了,没有方法,只好坐在车上对自己生气。

有一次,由市场雇回家,一个显得很壮的高个车夫拉了我,岂知却跑不动,我以为是因为价钱小,不愿意走快——我知道车夫们有"一个价钱一个跑法"的,比如一毛钱的车价给他两毛,那么他能开过前面一切的洋车,博得街旁几声"好快车"——我就说走麻利点给他八十枚,他应了一声,果然加了点速度,还没走上几步,又像刚才似的慢了。心中正不好受,虽然在白天,不赶着到家,但是坐在牛车似的洋车上真是不愉快极了,巴不得给我倒了车。好容易盼到了关下,真倒了车,我正吐出一口冤气,谁知他要按我八十枚的价来倒,我坚不承认,我说你走的这么慢,要你快一点你都快不了,他一听可抱起冤来:"呦,您真是,我给您跑的腿都痛了,要不痛还不愿给您倒哪。"好,这一下倒给他抓住理由了,我就说倒车不倒我不管,你就按着原价倒,说来说去的,旁边竟有同行的帮助他说:"先生不在乎这两儿钱儿,他要不腿痛就拉您了。"接着又有三四位同行加醋加油的把我招到九霄云中去了,再要不大方点,我知道必受他们一顿辱骂的,忍下气允许他了。幸而换的车挺争气,一口气拉我到家,一股无名怨气也随之消了,到家多给了他五大枚,又落了听几声谢谢您。

车夫们嘴滑,有以上诸条作证,但他们也敢向坐车的骂起山来的,一方面固然雇车的主有点那个,另一方面这车夫也实在太岂有此理,我想不是拉惯了洋人儿是不会瞧不起同胞的。

"你呵,你配坐车么!——简直的给坐车的丢脸!"

这是有一次在王府井大街听到的,这倒是第一次见到,我便注意被骂的人是什么人,呵,原来是个西服革履的颇欧化的男子,究竟不知为何"得罪"了车夫,挨了一阵臭骂。再注意那骂人的车夫,拉了一辆簇新的黄车箱的车,的确是在交民巷所常见的一种车。他们看惯了洋大人一跨腿坐上车,不讲价不讲去处,只凭手脚来指示的大方态度,再看瘦小的同胞们,专在铜子上刻薄,差一大枚都不坐的吝啬样子,当然得不到他们的青睐,像那位似的或许要挨一顿侮辱。我对于那种拉黄车,打扮利落,能直接与洋大人谈天的小伙子,是抱着敬而远之的态度。

一九三六,九月廿四日
(《谈风》1937年第8期)

北京风俗今昔之不同

吴絜庵

民国以来，报纸上，无论小说杂著，对于老北京人，贬多褒少，一若不如此，不能受人欢迎者然。余虽南人，生长北方，深知北京人朴实敦厚、勤俭耐劳，而且奉法维谨。兹略述一二，以证吾说。

北京混混，乃恶劣名词，但与上海流氓性质不同。同侪中，极重阳面朋友，最恶阴面朋友。阳面即真小人，阴面伪君子也。又讲桌面上，说的讲的，不能使人问住。惟一信条，是"好朋友怕掉过"，此即己所不欲，勿施于人之义。混混下流且如此，非混混可知。

光绪初，有王某者，诨号粗脖王三，住大齐家胡同（即与名伶张紫仙创开煤市街富源楼者），著名大混混也。所交多上流人物，生平以排难解纷为志，虽藉此养生，但与人有益无损。至于吃仓库宝局，系因当事人身犯法纪，从而惩治之。大混混绝不吃窑子，与书吏绝不吃灾意旨略同。至于结伙三人以上，持戒明伙抢劫，始于光绪丙戌后。张曜修河，革遗逃勇（俗名大裤脚子）所为。北京混混，并不欺诈良懦，惟另有一种卖打的，即受申先生所说宝局跳梁一流，不仅宝局，窑子亦然，此则不够混混资格也。

在言商家柜台上，有立牌二面，俗名"青龙牌"，大书"言无二价，童叟无欺"，凡著名之家，均重货真价实，例如同仁丸散，瑞林祥绸布，松竹斋南纸，魏家钟表，天成烟袋杆，天成金漆桌椅，天成绦带（行销外国，即朝鲜一国，年销二万金），甚至王麻刀剪，仁记雅片烟膏，无不货高一等。匪惟不作伪，且将身分设法提高（行名改手，昔之改手，是提高，今之改手，是兑料子，甚至兑毒质），因之模仿者多。此类模仿，非用伪货顶充，亦是提高原质，与之竞争，并非一味减价骗人，风尚使然，不似今日也。

兹举一例，天成桌椅，系拣选上等河料榆，经过一年雨晒，截成板片，用锯末燃火，下窖熏烤，暴性尽失，然后做成，用鱼鳔粘合，上漆（原色，故名靠木漆），再入堆栈，存放一年，查无裂缝等情，方出卖。余家所有天成桌凳立柜，陈列六十馀年，毫不损坏，即漆皮苟不碰损，亦照常鲜艳结实。又如仁记烟膏，择上等凉州为原质（俗名水浆货），加入胶城（取有力）、甘肃（取有油性）、武功陕土（取发泡）羼合，澄清，成膏。用杖（形如半截扁担）打扰数千过，使其色变黄，装入磁缸，每缸二百两，加封标明年月日，入地窖。其窖一丈见方，四围用细石砌成，毫无潮湿气（俗名干喑子），储存一年。临卖时，将浮上一层，及最下一层提去（仍归煮烟再用）。别家容量一两之盒，购仁记能装一两二钱，不但烧成泡，比别家加大十分之三，且无燥结之虞，香气芬馥，人多乐用。其后隆福寺针王家（从前制刺绣中国针著名，洋针行后，改业土膏）亦仿其制，故在北城亦享大名，究不若仁记驰名各省也。

同仁号东乐衍亭，吾友也（即今之老长房幼琛之祖），语余，万应膏、万应锭等，均赔本一成，乃至三成，其馀丸散，凡入细料者，均归太夫人掌管，亲自监视秤量兑入。光绪末，友人史振标君，自甘来京，代人拟购同仁丸散四百金，余托邮包后柜赵君说项，请求照普通发行例，八扣付价，赵云不但八扣，即二分底（即百金扣二金）亦不能办到，规律之严可知。岂如今日，竟彰明较著大减价，宣传费动需千金，不知从何取给耶？

近年官厅叠次禁令虚伪，各物标明实价，岂知北京早年，除鱼虾市外，任何物价划一不二，不如此即无人照顾。故矫正此风，先在端正人心始，购者不贪便宜，售者即无所施其技。物价如此，其他莫不如此，返璞归真，是在政府宜从根本施治也。

再此风败坏在甲午后，庚子后至光绪末，为尤甚。盖南人来京者日多，商界名南人为"豆皮"（此名不知何解），凡豆皮买物，必多加价，而南人知其弊，购物必打折扣，避免吃亏。久之并京人亦染此习气，相率为伪，徒为商家造暴利机会耳。

又吾杭有叶种德堂药店，营业不下同仁，但外省人邮购药品，除九五扣外，邮资亦不计索。价在十金以上，有时还加赠品。种德堂乃数百年老字号，与上海江湖药商，迥不相侔，尚且如此，其他可知。现在南北隐然界划鸿沟，来者去者日少，正宜此时，矫正习俗，以信实诚笃为根干，任何事物，皆宜如甲午前，物价不过一端而已。

吾为此文，混混与物价并论，似乎风马牛不相及，其意在北京早年，朴厚笃实，即混混亦重人格信誉，故南人久居北京，即不愿回乡。亡友沈南雅礼部（番禺人，己丑举人）曾致长函，亟言北京风习笃实，种种事实例证，末云不图竟染南人恶习，剧变至此，是何故耶？（先生来京在乙酉，故犹及见良善习俗，说此时在民十四。）余覆函，略述演变过程，及其因果。此两函均入《便佳簃丛钞》。先生与余缔交虽仅数年，即归道山，但两人信札往还无虚日。先生原函，余至今犹保存一大半，装入一皮包。余札先生故后，为其弟子张次溪悉数收去，次溪初不知，一日询余："吾师遗有信札一大包，牍尾悉署泰字，君知谁耶？"余笑云："此即鄙人也。盖对尊师不敢沿时习用字（牍尾署字始于清初，非礼也），亦不用官名，泰乃谱名之下一字，以示崇敬。二十岁后易今名，故知者少耳。"

（《立言画刊》1941年第157期）

故都夜的生活

老北京

　　一到了夏天，白昼是恁般的汗流浃背，到城外乘凉也不好，在屋里闷着看小说更不好，只好遵着李笠翁先生的主张——午睡。所以夏天白昼的故都，除掉为生活而奔忙的，和"主中馈"的媳妇只能打瞌睡而不能"长枕大被"之外，大半都要沉沦到床上面去。无怪乎故都夏天午间时候，小绺们乘机活动，的确因为这种时候，家家具有"山门不锁待云封"或"寂寂庭院里"的现象呢！

　　只要晚餐既过，凉风渐渐下来，人们的精神也随之而焕发，登时都活跃起来。闲人如此，就是整天工作的人们，到了这种时候，也得空闲。夏天比不得冬天——五点钟便要点灯舒舒服服地喝罢"绿豆水饭"，站门子，访朋友，蹓马路……足有时供君而为！足能使君十足消受夏夜的风光。因是，我们在夏夜的故都，可以看到下面的种种现象。

　　走到任何巷子里面，总有接连不断的胡琴声调，有时加杂着西皮二簧，拉着胡琴，唱着西皮二簧作为消夏夜的方法，故都人士已竟公认为太上无极。本来，几个朋友聚在一起，大家拉拉唱唱，省却了无数的交际费，少吃了不少马路上的尘土，只要大家不蹈"家有敝帚享之千金"的毛病，也连络不少的友谊。因为拉胡琴、唱西皮二簧，一如作文章之与养姨太太，有恰相反的认识，最好自己不必"自足"！

会拉胡琴的，从胡琴袋里，掏出胡琴，在头上搓了两搓，然后向朋友问声："消遣什么？"你推脱不会唱，我谦逊唱不好，结果唱开了头，你来，我来，他再来，拉胡琴的竟变成活动机器，自己毫无主张，正好像老北京话之所谓"磨房驴——听吆喝"。

但是有歌唱的，多半就有胡琴，可是有胡琴，未必准有歌唱，这是一个小定例。不过无论如何，人们已竟在"合工尺工尺……"的音调中，把长夏消逝过去！

老太太，小媳妇，白天在家里偷着摸着赤了一会儿背，还只怕人看见，好容易把晚饭盼到口里，揩揩面，涂涂粉，换一件干净衣服，带着孩子或是孙子，去到门口站一站，施行崇公道的"太阳一压山，门口一卖单"。隔壁人家也出来了。于是，"大嫂，吃饭啦？今天吃的什么？""早吃啦！大米饭炖鲫鱼。"接连着家常里短，张家长李家短，昨天王家死了两个蚂蚁，今天刘家跑了一只老鼠，田大姐的麻子，怎么今天没有填满？秦太太的肚子越发膨大了。……轻于鸿毛的小事，到他们嘴里也要变成重于泰山的问题。汽车走近来，尘土立刻飞声起来，掩着鼻子，决不回去，抱了无限的抵御精神，更夫"梆梆"的打了二更，大家才分别，说声"明儿见"。

（《健康生活》1934 年第 1 卷第 2 期）

故都天桥巡礼

平　凡

天桥位于北平南郊，即外城之外，南面先农坛。此倚故都城，绿阴碧草，环抱周围，古楼古殿，矗立于此，前门大街直贯其间，翘首北望，则与正阳门（即前门）、中华门、天安门、端门、午门，乃至太和、中和、保和三大殿而至故宫景山（即煤山）取一直线也。

天桥原为先农市场，盖以先农坛而得名也。此市场者，多半以售卖陈旧物品为主，间有新者，但亦甚少。"天桥"之在北平，虽童子妇孺，类皆知之，惟先农市场则知者甚鲜。盖"天桥"在人心目中，为一杂耍场而非市场也。

天桥为一低洼地带，夏雨季节，则水泥狼藉，成为一泞烂之区。有一、二两路电车通此。一路电车由西直门经天安门、前门而抵此，二路电车则自北新桥经过天安门、前门而抵此。以是乡民之到北平者，多乘此两路电车来天桥游玩。

记者日前偶游天桥，乘一路电车至前门，车即停止不前。询以何故，答云天桥积水甚多，路轨已坏，此车即当原车折回矣。乃改乘洋车而前，车至天桥边界，即被阻止入境，盖泥烂之道途，洋车亦不克前行也。不得已，下车步行，则电车轨果已陷于污泥之中，小工七八人，正从事于引水起泥工作。沿电车路东行，则泥水纵横，不堪踏足，择路而进，经过估衣之叫卖摊、洋布摊，及无奇不有之杂物摊，抵南端，拟越电车路而西，则水泥阻滞，无法可进。遂沿路返回，始得越过马路之西。

此处乃一露天之广大杂耍场，杂耍中大鼓占首要地位，次为梆子，又次为硼硼（即评戏）。大鼓为北人所特殊嗜好，有大鼓癖者，几至无日不到，且有所谓捧角者，每日必到，到必捧其所捧之角。梆子在城市已过时，在乡村则仍据有甚大势力，此等顾客，多为乡人。硼硼则为新兴之唐山（平沈路，在天津之东）戏，戏辞极淫荡肉麻，为一般下级社会所迷醉（妇女尤甚）。硼硼大王白玉霜，曾以演斯戏轰动一时，亦曾被平市当局驱逐出境。现在白玉霜虽已被逐，然硼硼之势力犹存，盖此种戏颇合下级社会之心理也。次等的茶馆，就是粗桌子，大板凳，他们的顾客，大概是苦力、摆小摊和乡民等。逛天桥的约可分为几种：一、看玩艺的；二、捧鼓姬的；三、寻友谈天的；四、喝茶乘凉的；五、没事做，又没处可去，于是跑到天桥去逛逛的；六、初到北平的，必到天桥去，看看这个不同的世界，或久不到天桥的，去看看天桥的新局面。天桥除了平戏、梆子、大鼓之外，还有打拳的，变戏法的，说相声的，清唱的，还有一些奇奇怪怪的玩艺，像在又长又宽的大板凳上画着棋盘的，就是这奇怪的一种。

总之，天桥是一个广大的茶馆场，露天杂耍场，在这汗流浃背的天气，到处又夹杂着一些喝"酸梅汤"的小摊，一大枚两大枚都卖的（北平没有小铜元），至于那纸烟兑换摊，则是常年开设着的。

（《福尔摩斯》1934 年 8 月 4 日、6 日）

北平的杂碎

了 平

一、富连成

凡没有听见过马连良、谭富英这些名字的请举手——没有举手的,可见谁都晓得马、谭是名伶。住在北平的人,除了少数的洋人和扶洋灭华的中国人,敢说谁都鉴赏过他们的色相。马连良的《断臂说书》,哼唱得如此动人,包厢里的姨太太个个麻醉,池座里的小伙子人人发愣;《断臂》一幕,表演得这样的逼真,当初王佐如果有这么点能耐,又何至于真的身手异处。谭富英的《骂曹》,就单指他那扮像而言,我曾听见有人说,简直和往昔的祢衡一模一样,再说他击的那几通鼓,可以使台下人个个侧耳静听,谁都会忘掉了打鼓的是谭富英——要晓得他们都是由富连成科班出来的。

富连成是北平三十年来惟一的大科班,小翠花、马富禄、李盛斌等等都是这里出来的。叶老板如何由东省来平办科班,其中如何的经过,不在话下。

北平有三个戏院是富连成出演的，西单刑部街的哈尔飞，前门外鲜鱼口的华乐，和前门外肉市的广和楼。前二者只演夜场，每场只有五个码子，池座票价不超过五毛。后者是富连成自己的园子，除了该班出演天津，过年封箱，以及其他特别细故，一年三百六十日，日日有日戏，每场有六七个码子，包厢每座连茶资五毛足矣。听名角儿的戏，只有一出可听；富连成的戏自开锣起，出出可听，除了跑龙套，个个角色可取。

广和楼一点开锣，十二时池子里便上满了座儿。几十张长板凳竖着摆，谁先来谁坐在台口，无所谓"先期售票，对号入座"。这个戏园里少有无理取闹的事，因为不卖军人的票；观众没有抱着吊膀子的心理，为的是不卖堂客（的票）。包厢里可阔啦，板凳上铺着青大布薄薄的垫子。

如今盛字的科班已经出了科，世字的刚上来，都还不满十八岁——文武老生骆连翔是马连良的同科，他的《登台笑客》、《大红袍》都很够味。叶老板（富连成班主）的两个儿子着实不错，唱文武小生的叶盛兰，《三气周瑜》、《游园惊梦》、《辕门射戟》都是他的拿手好戏，扮像，唱工，把子，今日的小生中谁能跟他对抗，固然各有其长，姜妙香今日老了，金仲仁没有把子。唱丑的叶盛章是丑角中的硕果，他这种丑昔日只有个王长林，《时迁盗鸡》、《祥梅寺》、《安天会》都是他的戏，美中不足的，这人就缺个嗓子。《天雷报》、《清官册》、《四进士》、《马义救祖》、《甘露寺》、《回荆州》都可以算是马连良的戏，学马连良的人，只学得他的大舌头，只有他的先后同学李盛藻将来或许唱得比他强。刘盛连活赛小翠花。其馀像什么孙盛武、邱盛隆、贯大元的儿子贯盛习、高庆奎的儿子高盛麟，都是富连成现在的台柱；小辈中的傅世兰、袁世海都是出类拔萃的孩子。

现在要特别介绍两个人：唱青衣的陈盛荪，他有荀慧生的身材，程艳秋的唱工，梅浣华的台步，独树一帜的扮像，能表演出别人不注意的细微，能揣测戏中人的心理和身份，道白不仅是清楚，唱词不仅是悠扬适度，而且有使观众了解和感动的魔力。还有一个未满十六岁唱武生的江世升，嗓子比较差点，不过还是小孩儿，他的长打短打练得非常有把握，有独到处，他去孙悟空又是一股劲儿，扮花蝴蝶非常得体，将来必有造就，今日暂且停笔，且观后果。

二、四大坤旦

这题目不通之至，一、"坤旦"二字是 doublene gative；二、音韵上有些不当，口吃的南方朋友，或许会把"四大坤旦"读成"四大混蛋"。本来可以将它改为"四大坤角"或"四大坤伶"，但坤伶、坤角并不一定是旦，生丑净旦都是伶人所扮的，都是角儿。为适合内容起见，将就用了"四大坤旦"这四字。所谓四大坤旦者，乃含羞怕丑的新艳秋，杏眼桃腮的李桂云，娇媚陶醉的雪艳琴，娓娓动人的杜丽云。

新艳秋自去年到上海、南京出演之后，回到北平一直没有露过，热边告急时，她也没有演过一次义务戏，又据说抗日募捐，她只捐了一只洋。北平市上对于她的谣言，不一而足。有的说她在南京受了某种刺激，回到北京疯了；有的说她如此这般,今后不再登台了。故都关于戏子的消息,无风尚且三尺浪,何况有点影踪,更是要闹得天翻地覆了。

新老板是个旗人吧,住在香炉营头条。只要见到她那高大的汽车,我们便可以想象她是生在一个守旧的大家庭里。她演完戏回家的时候,汽车里一定有个四五十岁的娘儿们,那不是她的大妈,想就是她的大嫂。假使你打电话到南局二二一二,新老板自己会跟你来谈话。她不认识你的时候,会放下耳机教别人来跟你接谈。

在平常,新艳秋的头发总是烫着,长长的拖在下面,用夹子夹住。那一副嘴脸大有珍妮盖那的那个样儿,可是,珍妮又哪里生有像她那样个小俏樱口,带酒窝的面颊,似笑非笑的柔态?新老板穿着得尽管极其时髦,而总柔不了北方的俗气,喜欢大花头的衣料,同时鸡头肉被缚得紧紧的,胸部曲线不能全部毕露。她的腿美而且健,被一双丝袜包着,走动起来一闪闪的足以震动人们的心弦。登在高跟鞋上的一双天足,我们知道虽没有缠过,从前总穿过小布袜套。由于她袜子紧皱的程度,知道她是不惯用 suspender 的。她跟熟人说话还有点畏畏缩缩,跟生人接谈更是含羞难当了。

凡听到锣声响亮中含有嗡嗡不断之音的时候,人们便可以知道新老板的码子快上场了。新老板有许多表情都是羞达达的难以为情,你眼睛合起来咬嚼她的音韵,才会领略到她的不凡。她水汪汪默默含情的秋波一扫,谁的心情不被一颤?何况委员、主席、老爷、阔少,当然更要作非非之想。我们总不希望这大家的闺秀,清白的女子,被魔鬼所掳。

奎德坤社，北平惟一女戏班的台柱李桂云，她只在平津演唱，所以南地很少知道李桂云这个人的。前门外大栅栏的庆乐园是奎德社的根据地，只就那破旧的班底来推测，这女班子不是在兴旺中前进。

李桂云已经出了嫁，家境恐怕是很艰难，但夫家并不希望她做戏子。她在军人、小资产的有闲阶级、无聊的商人的眼光中，已被举为一等的红角儿。谁也没有她的头发乌，而且烫得入时。她那窈窕媚动的眉毛，温柔圆睁的杏眼，鲜红肉感的两瓣嘴唇，雪白整齐的小牙齿，勾引去赏识她的人们的灵魂。嫩红的双颊，显出她饱满的青春。她的鼻梁生得如此的准正美艳，也就把她那美中不足的耳朵遮掩过去了。她的乳峰很高，一掀掀的足以使人迷乱。然而她那两手，并不见得是纤纤如玉。肢躯非常均匀，腰际臀部有醉人的颤动。她的小腿不免嫌肥一点，倒还不难看，一双脚一定是洁白柔嫩无比，但那丝袜未见得天天洗换，然而世上就有爱闻那味儿癖的人。

李桂云是个戏剧改良者，她排的是新剧，唱的却是皮簧，这种戏剧革命，附和的人太少了。她们是否以艺术卖钱，还是以色相……在下不得而知，走进庆乐的人们都是在演戏。

雪艳琴、杜丽云都是半路上出家的朋友，所以不提她们二位的家世。雪艳琴是个回回，她是名震全国，最近并和谭富英拍过有声的《四郎探母》；杜丽云的艺术是妙在独树一帜，颇博得一般的赞许。

雪艳琴上了装，比平常美艳得多。她唱得最好，但下了台并不见得是够会说话的。她学得上海的俗气，眉画得太粗，两目倒还算有神，耳朵上戴了耳珠，倒增了她几分媚态。她的下颚很美。其实，她的左臂上如果不戴手表，右臂上不戴镯，那自然美一定胜过装饰美。她喜欢深颜色的鞋袜。

杜丽云最美的地方，就是那一对倦态的柔目。她的头发很长的平整整的光滑滑的拖在后面，脸上有些碎麻子，更显得她的俏妙。她台上的道白，字字清楚，毫不含糊，下台后平常的说话也娓娓动听。她是北方都市美的打扮，大脚裤，平底鞋，又是一种劲儿。这个人非常爱整洁，好浅素的颜色。

三、蜜饯和炒肝

金丝蜜枣、杏脯、桃脯、苹果脯等是北平有名的蜜饯，虽南京路老大房，它既要做蜜饯这笔生意，不管它的蜜饯是不是道地的北平货，可是他必得挂上"燕京蜜饯"的招牌。前门大街通三益只是蜜饯这项货，每天门市要有二三百元的生意，逢时过节更是不必说了。苏州采芝斋瓜子的销路及不上蜜饯销路的一半，瓜子有人不爱吃，有人不会吃，瓜子会把肚皮吃饿了，蜜饯则不然，吃过道地蜜饯的人，他自然会领略到蜜饯妙不可言的地方。有许多姑娘、少奶奶、姨太太们尤其爱吃那酸溜溜的杏脯。

蜜饯之最上者，色鲜泽润，嚼在嘴里大有巧格力在口中那种黏糊糊的味儿，而且果香四溢，甜度适口。有许多人不愿吃蜜饯，并不是不爱吃，却是不敢吃。

有许多铺子生意不旺，而所存货物倒不能不丰，丰而不能畅销，因此生了问题，蜜饯这类东西放置久了，色必失其鲜，泽必失其润，甜涩无香。那表面光泽惟一补救的方法，就是大喷其糖水，恢复其光泽，这都是店伙亲口喷水的日常工作。我们若果化了钱买来，固然尝不到蜜饯的美味，还要吃些肮脏的吐沫。

到北平来，我才知道什么叫做炒肝。鲜鱼口的会仙居，门面极小，古旧非常，尘土四壁，专卖这炒肝将近四十个年头了。站在门口喝炒肝的生意人、劳动者、北京老头儿、唱戏的、票友，各色各样的人，由天曚亮起直到晚上十一二点钟络绎不绝的挤满了。

一日，《强普利日报》驻平记者成竹西，一定要约我陪他去会仙居，从人堆里挤进了店门，便是炉灶，忙乱非常，楼下三张桌子已经挤满了人。掌柜的招呼我上楼，上面也是济济一堂，伙计好容易替我们腾出张桌子。这里除了炒肝和几件下酒菜，别的什么也没有。成先生招呼几只酒菜，他自己要了炒肝。

所谓炒肝者，先把猪肠子炖烂了再和猪肝烩在一起。小碗只卖三大枚，中碗八大枚，大碗十六大枚，来到此地喝炒肝的至少要喝三四个中碗。我是一向不吃这类东西，成先生说别有风味，但我始终没有尝一下。

四、麻醉的船板胡同

东交民巷崇文门以东一带是华洋杂居的地方。从前凡遇着内乱政变等情，阔人们都向这带地方攒，所以封有"小租界"

的美名儿,船板胡同是其一。

船板胡同里并没有几家铺子,由崇内大街进胡同口的南角是爿油面店,兼售白菜、萝菠、雪里红;北角上是一座四层大洋楼,半年前还是卖摄影材料的,后来改成了最时髦的美国皮鞋铺,恭喜,去年腊月幸逢祝融之喜,如今仍是一座被毁的房壳子竖着。进去一点,是买烟兑钱的,挨下去就是皮鞋店、镜框铺子和冰房,冰房隔壁是女浴室改造的男澡堂。外国罐头食品铺统共只不过两爿,有一爿还代卖五金器具。终年掩门不知干些什么的好莱坞食堂 Mammy's Kitchen,在一个酱园的旁边。一家洗衣房的对过和旁边,有不可思议的外侨临街住宅,还有那不堪设想的集祥公寓和某某酒室也在这胡同里。日本的一声馆整年整月的闭着门,在替中国人做寿终正寝的准备工作。神秘的泰来、□□公寓、天津馆子十锦香,都是造成船板胡同麻醉区的主要分子和附庸。

这胡同里日本人、朝鲜人卖的毒物,是比雅片毒千万筹的海洛英,俗称"白面"。北平城里最毒物的传播处就是这儿。甚么食堂,甚么馆,甚么公寓,都是他们日本人传播灭我种族药物的机关,甚么住家,甚么酒室,更是公然行事,毫无顾忌。"白面"的出售是起码二十枚,谁都有购买"白面"三四块钱的自由,听说买多了,警察要抓去定私贩毒物的罪,除非另有合同。拉黄包车、当小偷儿的这班小顾主,时时光临,川流不息;大主顾则三五成群,日必数十起,兑了款,取了货,十锦香饱以酒食,飘飘然蹒跚而去。

这全是日本人孝敬俺们中国大爷奶奶们的,又何乐而不佑日本早来征服中国。几个公寓，除了从日本人那里批发"白面"做门市生意外，还蓄有一群淫娃，供外国丘爷泄欲之用，也可以算我们中国对外宾招待得无微不至了。

五、朝鲜丐

丝毫干净土都没有的船板胡同西口，却有一个高丽老者一年到头的站在澡堂门口袖手旁观。

他那黑白均匀的头发和长胡髭，除掉颜色不是纯白，活像圣诞老人。饱经风霜黄褐色的脸皮自然的皱成而堆满了笑容的神态，温和慈祥地充满在他脸皮的皱缝里。他穿的是坏棉袄、旧外国军衣，不破不褴，干干净净，倒是世界上另外一种文明的打扮，只是人们不加注意罢了。冬天他穿上中国草窝鞋，平常就穿那昂头裂皮的大皮鞋或千针万补的老布鞋。

外国兵没有一个不知道这么一个老头儿的。只要你走船板胡同经过，他必定退了他那顶瓜皮帽子向你招呼。观察你的服装和态度，他便知道用那一种言语来招呼着。无论怎么样吝啬的人，他对于这位老者总是愿意帮忙的，因为他的态度和言话，会使一个人自然而然的同情于他。他是这样的一个人。有一次我看见他藏在门背后在抽纸烟，他每天的收入完全靠运气，那一国的人都常会塞一卷铜子票或毛票在他那枯老的手里，但他并不因此对施舍他的人格外客气，只不过多欠一次身，和道声谢而已。

"不知怎的，今天把毛票都化完了，对不住得很。"

"先生，难不成你不给我钱，便要教我不认识你？"

"刚走过去的那位小姐多阔！你怎么……"

"我自高丽流落到中国来，没有招呼过一个女人或一个日本人！"

六、天　桥

不管到过北平没有，提到天桥大概个个都知其名。日本飞机仅来北平的上空兜了两个圈儿，全北平市够得上算是小康以上的居民，都惊恐起来；街道上再堆上几个沙袋，大家更慌了：能离开北平的都赶紧卷起铺盖往东西车站跑；离开不了的，有钱的把家眷往东交民巷送，小康的由西城往东城搬，没钱的也得在家里忙着挖地窖子避飞机。在这百乱的景况中，只有天桥仍是安然无事，热闹如常。东车站的拥挤，哪及得上这天桥的拥挤来得泰然无虑。

就在平津危急那几天的一个下午，我换了衣服，乘电车直达天桥。桥东旧货铺前，主顾盈门，最大的交易，超不过八九吊（约二毛）。这些旧货铺一家接一家的，直连绵到粉厂。粉厂这地方是臭溢四野，原来居民全是挑大粪推元宝车（装粪用）的。附近沟里乌黑的污水，被太阳晒得直翻泡，这水之臭或将胜粪百倍，一切传染病疫大则总机关设立于此，小则至少也设一个"驻平办事处"。

云里飞是天桥演杂耍的超等名角，凡能逗得天桥来的人们皮笑肉不笑的本领都可以享有大名。云里飞的场子里和故宫里一样，禁止摄影，天下本来就没有绝对的事，所以要摄前者的影只要有钱，后者的只要有势。在云里飞的南角有个卖药材的走江湖郎中，膝地而坐，地上铺满了一包包一瓶瓶的药。有一次看见他替一位老太婆用把铜镊子夹了粒黑丸子塞在牙缝里，老太婆付了三大枚去了。又挨上一个中年苦力，说眼有毛病，问他能治不能治，卖药材的道："什吗病都能治，包您永久断根！"他俩讲了诊费，江湖郎中又用那把替那老太婆上药的镊子擦也不擦，挑了些红药粉，翻开苦力的眼皮往上一敷，随即看见泪水直往下流。

七、奇货南迁

第五批古物已是安然南运，大家心里舒泰得多吧？据走阴曹的说，张大元帅在地下竖眉瞪眼的骂他自己的儿子道："你看，人家的子孙多好！一心一意把祖上的遗产费尽全力的往安全地带运，偏偏你这孽障眼睁睁的把日本人拚命帮我弄来的家产，如今被日本人一个大卷包又弄了走……他妈的，你这做强盗都不成的脓包！"本想乘张敬尧由六国饭店赴阴府之便，带个信儿给我们张大帅："儿孙自有儿孙福，莫替儿孙作牛马。事到如今，只得看开些，强喻当一生绿林好汉，也就算了——何必生气！气活了又怎办？"

话又说回来了，我们如今既不忍弃祖先遗物（有个声明，疆土不在此例）给敌人，就该尽量的设法迁徙，即使现在敌人不会来了，也该防个万一，免得临事匆忙，有所遗失，古物已经迁了差不多，在下觉得第六批应该先把北平的几件奇货迁到安全地带。

最要紧是八大胡同的姑娘，民国十六年前，她们对官老爷们有直接间接的效劳，如今南京大开娼禁，从速把这些白皮嫩肉的姐儿们南迁，以供急需，同时老爷、委员们省得再花二三万的国币去强奸女戏子！岂不是两全其美。万一弄到敌人手中去，那可就决干不出好的来啦！

其次便是为将来国家的栋梁青年学子作想，应该把北平仅有的几所野鸡大学迁到南京，如此，不至于使一部分学生无路可走，同时京中升官发财的资格问题上，可以藉此多开几个捷径。

八、淫浪的苏州胡同一带

"东城的暗门子，西城的姨太太，南城的窑姐儿，北城的女招待。"此乃北平当今嫖逛之典。东城暗门子之多，如过江之鲫，然而闺秀名媛也是东城的特产，你以为那汽车里的小姐定是大家闺秀，说不定却正是阔佬的公共禁脔。东城的大门楼子并不竟是大老官的公馆，有时他们的公馆还不及暗门子的窝巢来得富丽堂皇。假使你已结识了个暗门子，就得有眼力，当你向她求爱（这"爱"字是借用，应该用"欢"字）的时候，她如果慢吞吞的答道："那么你……"就是你可以在她家夜度。道听途说，朋友！你可千万不要认了真呀！按"那么你"三字，原是慈禧皇太后召见近臣公毕嘱其告退用的，那意思是"那么你还是先下去"，所以不说全了是优待近臣。如今畅行于暗门子口中，失去原意，却倒也含优待的意思。

"万恶淫为首"，好淫的人当然也就无恶不作，别人家的小老婆也想揩揩油，姨太太本来是块天生的干柴，遇着强烈的淫火，岂有不大烧而特烧之理？娶姨太太的准是好淫，好淫者淫好淫者之姨太太，淫人姨太太者之小老婆未见不遭人淫，是乃天理循环，不为之过。阔佬的姨太太多藏之于西城，想在别人家姨太太身上解决性生活的，多往西城去谋出路，和姨太太姘上的，经济上可以不用顾虑，自然有人效犬马乌龟之劳，还有倒贴的希望，淫徒非木石，又何乐而不往西城跑？窑姐儿和北平的女招待本来就是那么回事，不提了。可是供给外国丘爷在中国堂堂故都干"那么回事"的，却有专门的地带和异趣。

苏州胡同、范子平胡同、镇江胡同一带，大街宣淫，小巷强狎，中国警察通年的加岗保护宣淫和强狎。这些警爷在别处蛮横过人，到此地却循规蹈矩，目睹这活春宫，看上火来，也只得忍气吞声咽酸水。

这里的窑姑娘，多半是中国、日本、俄国、朝鲜人，欧美的也有，不过很少。她们不仅是外国丘八不分昼夜的泄精器，还要被他们剥得赤裸裸的强拉去照裸体像，以及其他异想天开的勾当。文明人的本来脸貌，在这地方完全毕露出来。他们狂呼着尊重女性，在此地却现出强奸、轮奸的兽性。美国兵喝醉了，简直是苏州胡同姑娘们的毒蛇猛兽；法国兵到这种地方来，也要跟着两个荷枪的安南人；英国兵从这个 Bar 团到那所

Restaurant 的寻芳猎艳；义国人也竟会忘怀了家乡里的娇妻，到胡同里来泄欲。

人色既杂，言语又不通，争风吃醋的种种误会，势所难免。有次，为了一时的醋意，牺牲了姑娘的性命；有次，美国兵酒后发狂，刺死了一个义国水手。这地方是中国领土的一角，却不容中国的王法存在，夜阑狂歌，狎舞达旦，任意所为，随心所欲，一切毫无忌惮。

世袭的龟子龟孙，仗着姐姐、妹妹、妈妈、姑老太外国姘头的势力，在左近一带地方无恶不作。由于他们家女子的操此淫业，方得耀武扬威的为非作歹。怪不道，有些大人先生的姑娘、小姐、太太们暗中干这勾当，原来牺牲色相肉体，是为自己子孙的威福上作想。

鲜红的嘴唇上留下了不知几许莫名的吻迹，一片良滋的朱舌尝尽了人们苦涩的吐沫，桃似的双颊接受着百般的狞笑，雪白粉嫩的一对乳头任人抚摸，神秘的柔腰任人拥抱，两条肉感惑动的大腿，整天的踏着狐步或 Waltz。客人问："love me？"始终只听见似啼似笑的答应着"ok"这类的话。左一杯右一盅的威士忌，直到醉沉沉的，也不足以兴奋她内心的一部分，即是醉了，也得赤条条的横陈在一切恐怖的欢乐中。她身体的任何部分，都受着金钱的驱使，令人摆布，令人摧残！

苏州胡同的窑子，却是两国的兵官是绝迹的，一是淫震宇内的日本，一是本乡本调的中国。前者是限于军纪，不敢冒犯；后者却是心有馀而力不足，只得望洋兴叹。但附近的侨民十九是日本人，我们知道其中有两位优生学家，其馀多半是负有研究和调查中国使命的，不然便是"白面"商，他们表面的职业是理发、成衣、食堂等。上海有同文书院，计划一切灭亡中国的阴谋，此地却有更甚于同文书院的机关。我们竭力的跟人家拉近乎，报纸上都不许用"敌伪"二字，人家却时刻的视我为敌人为眼中钉。苏州胡同的日本姑娘，表面上是卖淫，内情还不知是甚么迷魂药呢。

九、东安市场

由庙会集市蜕变出来的市场，平津很多。北平的庙会，固然仍是按时按节的举行，但已不是大众所需要的集市；届时赶集的完全是时代的落伍之流，和大部分的乡村土民，更有些没落的吃过带子饭的旗人。自北京政府寿终后，前门外的繁华也就随着下了台，劝业场这类老大老大的市场眼见着衰落下来。

如今东安市场、西单商场，东西遥遥相对，其实西单哪敌得过东安。西单虽然有女禁宫、艺术学院做后盾，右近有砂锅居一类大名鼎鼎、吆三喝四的老铺子帮着撑场面，本商场里尚有那么大的半亩园食堂在招架着。可是东安在洋化范围之内，也就洋气冲天，嗯！就这么点洋气，西单商场就不敢跟它打交手仗。

东安市场地点之适宜，北平城中可真难找出第二个。平安、光陆、真光这些北京城里有数的电影院都在附近，当电影散场后，要是没有事情的话，那么，谁也愿意到市场里去溜跶溜跶。贝满、慕贞这些女学校的女学生，因市场在左近，买东西不但贱且有还价的希望，都乐得去走走，却由她们拖汤带水的把协和、铁大、税专、汇文、育英的学生，甚至于由西郊不远千里而来的追逐者吸引进来。淑女骚妇，才子情种，都挤向市场来，摩肩擦背，挤挤挟挟，备极热闹。同时市场里诚是有好些铺子，足以号召些时髦古板各色各样的人。还有光顾的许多大人物，像吴佩孚承启处长常照顾市场里的南纸铺，于主席夫人是市场的老顾客，张宗昌的第二十某号姨太太在东来顺大涮其羊肉，李景林在日曾跟太太、小姐在市场看打实拳。外国人也不例外，詹森有一次掩着鼻子，伴着夫人到市场买玩艺；青年会总干事甘霖格骑着自行车，每天从门口经过；日本浪人、俄国叫花子更是每天必到。

市场有三个出入口，沿王府井大街两个，对着三友实业社的算是总门，可以存放脚踏车，其生意之好，存车之多，虽上海斜桥总会，每夜门口所停着汽车的数量也望尘莫及，连年停车的栅栏向外扩大，仍是不敷所需，此足以证明东安市场步步发达。可是这里自己打肿了装胖子的商人也很多，其实那及得勾结浪人私贩日货的来得比比皆是，除了道地亏本不卖洋货的商人，简直没有一家不存日货，不赚钱！贩日货而可赚钱，这钱从日本人那儿赚得来？还是从地下挖出来和天上掉下来？由此可见北地群众之所谓振奋！学生之所谓激昂！开在同陞和帽铺的一门最便出入，俗曰东门。还有一个门，是沿着金鱼胡同，赴吉祥听戏最便。

一进市场东门，便是香纸兼两替（两替者，替洋钱进去，替毛票出来；替毛票进去，替铜子儿出来是也）的铺子。走过花洋布的摊子，有种形容不出的味儿，就好像庙里终年到头脱不掉的香火味儿一样的成了一种必有的气味。走上阶台，有肉麻的照相馆，陈列着一位麻姑娘露出大腿上肉的照像。在照像铺的对过，一爿洋货店的玻璃柜里，陈列满了橡皮的月经带和绉巾（这种绉巾考究起来，三友社曾用做手绢，擦嘴用，很是风行了些时候），还有节育主义者用的东西，避孕丸、调经补肾等各种名药，中将汤也藏在一盒女士福的后面。玻璃上贴着"各式用品，一律俱全；专为造福，不在赚钱"。男学生走过时，死命的注视那只黄匣子；女的却咬着嘴唇，急迅的向棉花里的那东西偷瞟了一眼，还回过头来佯装看鞋跟，又追上一眼。假使有工夫，坐在国强咖啡店的楼口向下望，可以看见走过此地各人的表情。这咖啡店里固然是个好去处，但有一次北大的皇后，手里搦着小白扇子，口里衔着根纸管子，皱着眉头"粘哒哒"的道："这里有甚么好？那锣鼓打得人难受煞来！"原来斜对过楼上是北京票友清唱的场所，郝寿臣曾在这上头唱过胡子，后来才改黑头的；有时这上面也有女的唱打鼓，每天下午直到深夜，终是锣鼓喧天的闹得不得安。所以市场里的咖啡馆，虽然有荣华斋、美香邨（此间吃西餐，既经济而又实惠），但第一把交椅却要让给葆荣斋，一则地位静，二则座位好，三则招待（伙计）俊，四则光顾的女学生多，各色女子也不少，伙计多剪光头（因为生得既俊再油头粉脸的，岂不更招蜂引蝶），遂有和尚咖啡馆之称焉。冰淇淋每客八分钱，走遍天下再没有比北平贱的了！可是走遍天下再没有比北平贵的也多着呢，不过我那能说出许多呢！

向里走，第二重门的外边，有爿油炸面食铺，门面虽小，生意可真不错，雅座里常常有人立着在雅唉的。这里可以算得做的纯粹国货生意，偏偏用的是那雪白的日本糖。那些在大彰球社打台球（非乒乓），或在测字棚时里谈文王神课的时髦小子、旧式老头儿，常来吩咐把油炸芝麻团、果子、脆麻花等送去给他们吃。

进了东面的那个二门，有家专卖化妆品的铺子，各种化妆品倒是非常齐备，其中有个道理，原来这店里有伙计会几句法文洋泾浜，结识了个某洋行进口部的外国人，因此他们的东西来得取巧，当然价钱又比别人家公道些，又何况这都是造成北平繁华的主要品，它的生意怎会不"利达三江"？向里转个弯，有好些书摊子，除了大批的言情、武侠、神怪小说外，便是些升官秘诀、江湖口切；在这些的书底下，更有些妙不可言的书，大半男女学生躺在床上看的书，皆由这书摊上秘密出售。

丹桂商场完全和东安市场毗连，并且贯通。这里主要的铺子是书摊子、古董摊子、南纸店。这里书摊子不是专买卖旧书，就是只售当代出版的新书。古董摊子有旧的科学仪器，不能用的变阻器，十八世纪的刀叉，都替它们造个冠冕堂皇的履历。甚至于一只破黄花细碗，明明有光绪年间造的字样，他偏说是乾隆下江南时用的，还说出它沿途的经历。一块很旧的地毯，上面织着一九一八年号，偏要说是慈安太后用过，还在上面吐过一口痰，"你看啦！这不是一块痰痕迹么"？直到揭穿了这些假话，他也只得缄口无言，向你翻翻白眼而已。假使再拿起那裸体玉美人和春杯来看看，他会立刻抢过去，竖眉瞪眼的道：

"先生，你不用看了吧！等一会，又说咱们东西是假的。"这时真教人心里痒嘻嘻麻辣辣的，要看又不是，不看又忍不住。一直走过去有庆林春茶叶店，可以算是市场里仅有的。

北方馆子以东来顺的羊肉最出名，这不仅北方人欢喜吃，南方人也有爱吃的。人们所以不大吃者就是恶其膻，这里的烧羊肉最妙，是用陈年的卤子，烧新鲜的肉，其所以妙者，妙在更膻而别具一种的羊臭。润明楼也是市场里闻名的北方馆子，还是一爿迎合下层社会中朋友吃包子的地方，所以润明楼只宜乎吃家常便饭，要想借此地办大席，实在办不到。要是在这雅座上要只把冷菜，喝壶闷酒，固然不错，低头一望，下面广场上人头攒动，有打拳的、说书的，有算命的、说相声的，类似一个小天桥，可是价钱很大。南方馆子大鸿楼宜乎吃面，一碗鸡丝汤面放在人面前，宁愿回家去吃点果子盐，也一定要把碗面吃完，连汤都喝光。做出菜来，是常州味儿。大鸿楼有点欺负穷措大，譬如要一只干烧活鲫鱼，因为人既穷，则必酸，既难得吃次把大活鲫鱼，则必欲目睹那鱼是否活的，当伙计抓上一尾活的来看，其实下锅时早找了个死的做替身，直等到动筷子吃得正香的时候，才知不是活鱼味儿，但又奈之何。大鸿楼除了对付穷酸，也不敢胡来的。五芳斋的菜肴在市场要算得最上，每天生意也是最好，平常外国人去吃的，着实不少。五芳斋菜肴的本身，固足以诱引顾客们去，其号召外国人的尚另有个道理，原来五芳斋厨房里的大司务曾在美国使馆一个参赞家里当过厨子，当初外国人便闻其名，如今这厨子到了五芳斋，因此五芳斋成了外人在北京吃中国菜的好去处。

五芳斋对过是一爿北方小馆子,名曰萃芳林,什么菜拿出来都不是味儿,偏偏生意特别兴旺,常常每晚满座,原来雇用的是女招待。既提起女招待,说来话就长了,留待下一段谈吧。

(《时代》1933年第4卷第5、6、8、11期)

北平琐记

边孟起

凡是到过北平的人，没有不对这座古老的都城，怀着一种顶好的印象的。实在，北平的一切，确实具着许多的迷人的魔力，她（北平）好似一个女人，虽然徐娘半老，然而丰韵并不减当年，正因为她老，更增加了妩媚，招人怜爱。她处世已深，阅历较久，对客人真能体贴入微，温存备至，决没有像年轻姑娘那样的倔强、不逊，所以无论你是谁，一投到她的怀抱里，大有终老温柔乡的情况。她的一颦一笑，处处都具有最大的魔力，能使你感到特别舒适，精神快慰；使你觉得只有她朝夕相亲，相依相傍，才能快乐，才不负此生。的确，她家中的设备，太讲究，太完备了。无论你嗜好什么，她都有特殊的设备，供你欣赏，供你游玩。会使你留连忘返，乐不思蜀。假如你是个学子，那里有伟大的国立图书馆，供你阅读、浏览；那里有著名的学者专家，供你请教、受益。假如你是艺术家，那里有数百年金碧辉煌的宫阙，有全国惟一的公园。琉璃厂，珠宝市，可以使一个考古家把玩古物，爱不释手。昆明湖畔，玉𬟽桥前，可以启发诗人的幽思，可以创造出不朽的杰作来。

按街道来说，街道是那样整齐洁净，东西长安街上，路旁遍栽着合欢树，浓密成荫，即使在夏天，在路上走着，也是清风飘然的。若坐在轻松舒适的人力车上，在柏油马路上跑着，更使人发生一种特别的快感。在吃的方面，前门外的正阳楼、馅饼周，东安市场的东来顺、润明楼，真是价廉物美。说到平市的商人，他们总是那么和气，只要你在店前玻璃窗外一站，伙计们便急忙笑面相迎，鞠躬礼让，你到里面，尽管看，看上两点钟，仍一文不费的，空手走出，他们还是满面笑容，开门相送，绝不像南京的商人，那么不和气。至于北平的女人，更值得使人留恋，她们既不似南朝金粉那么浪漫，更不似北地胭脂那样局促，她们总是落落大方，温恭尔雅，一口北平腔，也胜过"苏侬软语"啊！

当然，以上几点，不能说明北平的美点。她具有许多令人心解的地方，因此能把元世祖从蒙古勾引了来，把明成祖从南京诱惑了去，更增加了她的美丽，艳丽了她的姿容。于是三教九流、医卜星相篦各界人士，都被她吸引了去。甚至有些名流学者，被她迷得神魂颠倒，宁愿终老北平，也不愿再回南土了（如刘半农之类）。

北平既具有这样幽雅美丽的环境，人口也特别多。民国以来，最盛时，曾达到一百四五十万。自政府南迁后，人口也逐渐的减少，然而在三年以前，前门大街一带，仍是摩肩接踵、项背相望的挤着，大栅栏有时挤得人都走不动，这时人对人，车对车，把车人排成几列，你夹在中间，会进退不得，转动不能。具有数百年历史的大商店,像瑞蚨祥、同仁堂之类,顾客终日围得风雨不透,伙计应接不暇,至于东安市场内,更百货俱全,陈设迷目,那里有茶食店、古董摊,有饭馆,有戏园,还有新旧书籍皆备的书摊,有货皆洋的广货铺。一到晚上,电光争明,游人如鲫,熙往攘来的,形形色色,各样俱全。谁初次来临,不感到目晕头眩,眼花缭乱呢?谈到北海,每当夕阳西下,月出梢头,正鬓影衣香,男女秉烛来临的时候,看!漪澜堂、五龙亭一带茶园内,家家满座,处处喧腾,"茶博士"往来蹀躞其间,直忙得喘不过气来。其馀的花前树下,扶老携幼,来往盘桓的,更不知计其数了。

以上的叙述,并不是追溯若干年前的王家盛事,这只是我在二三年前所目睹的事实吧。

但是现在不然了,时代已经起了变化,北平一再的没落,最近没落得已经达到不可思议的地步,人口是奇异的减少,商业是过度的萧条,街市是特殊的冷落,平市的一切,已改变往日的面目,现在只有哀怨、凄凉、怅惘。虽然前门楼上的燕子,依旧呢喃地出没于雕梁画栋间,大栅栏已经不似昔日的繁华了。人,不知都到什么地方去了,多数商店每日还照常开市,但顾客却寥若晨星。汽车绝迹了,来往的行人,大多数是安步以当车,否则以脚踏车来代步。商店的老板,只管在柜台傍边站着,两眼直盯着路上的行人,真有拉他们来买东西的神气,但他们过去了,竟连一眼也不看的过去了,急得老板要嚷,要使行人知道这是惟一物美价廉的商店,不过一看到他们衣服那样的褴褛,老板也突然失望了。昔时每日有几千元收入的大买卖,现在也门庭冷落不堪了,伙计们还是那么多,和往日一样的多,但这时他们闲得只有在柜台上瞪眼睛,瞪得发呆,没事做,数门前来往的行人,一五、一十、十五、二十……过去了,但还是没人来看看货。"大甩卖"、"大廉价"的广告,直碰眼睛,商人虽怎样的牺牲血本拍卖,勾心斗角的以广告来诱行人,无奈行人囊内空空,又如之奈何呢?再往里走,门窗俱闭的卖买,渐渐的多起来。奇怪!最初我以为时间太早,商人还高卧未起,但表的短针,已经指到十一点了。再向前一看,"本号清理账目"、"此房出租"的小红条,高高的贴在门上,我这时才知道,这接连着的四五家卖买,已经关门大吉了。昔日最繁华的区域,现在竟变成这样的荒凉,抚今追昔,又岂只令人有沧桑之感呢?"不再走了,进城!"我这样的想着。

进城,本来在前门上电车是很方便的,便宜的,但是我刚向电车站一走,谁知洋车夫们,竟采取大包围的形式,蜂拥而上,"先生,到哪去?""马神庙,北大西斋。"我不禁脱口而出,"二十枚。"一个洋车夫先抢着说。我一听,愣了,以为他听错了地方,再大声的嚷:"马神庙,北大西斋。""二十枚,去不去,先生?"地点未改,二十枚还是二十枚,我听了,真纳闷,莫非他们疯了吗?或者他们今天是许了什么愿?车价何以这样便宜?两年以前,这段路程,非两毛不可,现在为什么仅仅二十枚?二十枚尚不到四分钱呢!我又转眼看了看洋车夫,是不是他有些神经错乱?免得到了麻烦,没有,他虽然形容枯槁,颜色憔悴,但决不像有精神病的样子。他见我只是游移,他好似又有些后悔方才要价过高,把主顾要跑,见我又看了看他，还像有几分的希望，于是又急忙的问了一句："先生，要不要？"我听了，还有什么话可说呢？毫不迟疑的跑上前去。我知道，平市的洋车夫，是最和气不过的。他们的车价，任你还个一折八扣，他也不会恼，说你无赖。例如他们要两毛，你尽可以给他三十枚，不成，走着，慢慢的走着，他们一定要跟上来，同你讨论价钱，于是四十枚、五十枚的往上涨，终于五十四枚雇妥。他们抱定"漫天要价，落地还钱"的主张，要的虽多尽管少给，又何伤？"耍幌"，虽在不好，但落得和气，讨得便宜（无经验者，便容易上当），又有什么关系？已往的情形是这样的，但这一次，我再没有勇气还价了，在南京有自下关至新街口这么远的路程，只用四分钱（平市每角可换铜元五十馀枚），还说什么？

我坐在车上，不住的纳闷，奇怪！人工何以贱到这般地步，于是问车夫道：

"你每天可以拉多少钱？"

"先生，别提了！好的时候，至多二三百枚，坏的时候一百馀枚。"

"那么够吃的么？"

"咳！还提什么够不够，这种年月，有吃的就不坏呀！我们一天拉得百馀枚，还得交八十枚的车价，剩下的自己吃吃也就完了，家里我也有母亲、女人、孩子，但是我也顾不了他们，让他们自己找饭吃吧，这时谁也顾不了谁了。"

"那么你为什么不到旁的地方去，或'改行'呢？何苦非拉车不行。"我又这样的问他。

"先生！你哪里知道，我也不是从小就干这个的，我从前也读过几年书，后来在张宗昌部下也当过两年的连长，当时也是出入过壁垒森严的军营，跨马持刀，作威作福，尤其在作战的中间，我带着百馀名弟兄，驻在防地，那时当地的父老官长，个个都热烈的欢迎，殷勤的招待，哪一个敢藐视我？咳！谁知好景不常，盛缘难再。以后张宗昌被革命军赶跑了，我们的队伍也被遣散，我立刻失了业，后来展转流落在北京。因我的饥肠，再不允许我有从容的时间，进行旁的事，无奈何，只好拉车，暂图一饱。谁知转眼这已经是六七年的陈迹了，车，至今还是拉着。在最初，拉车的生意还不坏，每天好的时候，可以拉到两三块，最坏也可以得一块多，这样供一家温饱而有馀。但是现在不行了，日本鬼子成天在北京城闹，有钱的阔人都逃走了，尤其上月廿九一乱（指白坚武攻北平），逃的更多，但拉车的却不见减少，人民一天比一天的穷，穷得都不敢出门了，请想我们去拉谁？我们向那里去找卖买？到旁的地方去吗，我们现在负债累累，再没力量离开北京了，'改行'？好容易？我现在知道，不拉车立刻就得饿死。有些人他们不干这个了，他们跑到关外去当'华工'，当时就有些人劝我一同去，但是我不去，我觉得跑到'满洲国'当汉奸，于良心上过不去。现在听说人家去的都阔起来，都发了财，当了小头目。咳！谁知这种年头，越有良心的越得受罪呢！"

我听完了这话，心里是说不出怎样的难过，我对他，只有十二分的同情，但我想不出什么适当话来安慰他的心，终于默无一语的过去。这时已经来到马神庙，我掏出一毛大洋给他，他欢声道谢的走了。

到了西斋，同朋友们谈起现在北平洋车夫的状况，和方才的情形。他说："你不知道洋车夫的生活还有甚于此者，他们每天的收入，只能够自己的吃喝，家中的妻小，养不起，只有使他们自谋生计。最近常有'租妻'的情事，租妻大约按包月来说，价目每月八元、十元、十二元不等，这需看她们姿色而定，价钱当面讲，只要得了三方面的同意，交易便算成功了。你想，一个男人，终日血汗所得，尚不能养活一个妻子，尚需将妻子忍痛出租，你说可惨不可惨？在此种情况下，如何阻止他们不当汉奸，不做土匪？"我听了，知道华北的乱阶，自有由来的啊！

我们去逛北海，走到了五龙亭。此时北海的荷花，还和往年一样的盛开着，红白相间，翠盖相交，游艇在岸傍系着，被风吹的不住的飘摇，几十个茶桌，整整齐齐的在那里摆着，但喝茶的却看不到一个，这时水边柳树上的蝉叫得更响了，仿佛为茶馆"叫座"似的，但是来往的行人，都好似结了秘密条约，谁也不肯进来。远望白塔，高耸云霄，平时塔下充满了游人，凭栏远眺，俯瞰全城，此时除了几只乌鸦在附近的树上叫唤，几个园工在树下打盹外，再看不到什么游人了。这种凄凉的状态，除了予人以无限的悲伤外，还有什么呢？北海原是我最喜爱的地方，身在南京，一提到北海，在脑海中起了极深刻的回忆，恨不能梦游各处。现在旧地重来，理应加倍的快乐，畅游各地，但是我不敢再停留片刻了，这种冷落的情况，只有使人触景伤怀，心情怅惘啊！

在北平两日的勾留，所得的印象，所有的见闻，真是使人嘘唏流涕，市面是萧条了，人口是减少了，平民是愈加穷苦了，可怜数百年来的都城，现在竟变成这样的荒凉。但是，目下的情况，又能保持长久吗？

（《政治评论》1935年第172期）

北京夜话

斯 人

北京，伟大壮丽的北京，你的一切，使我留恋，使我怀念。

整个中国，也可以说是整个的东亚，我足迹到过的地方，原也不在少数，可是加以细细亲炙、深深体味之后，不管上海、东京的繁华热闹，京都、苏州的古雅幽静，广州、香港的神秘奇艳，哈尔滨、青岛的异样风情，甚至武汉的杂嚣，渝蓉的紧张……总比不上北京的可爱，北京自有北京一种卓然独特的魅力！

每逢良朋群集，闲谈天地之间，大家问我在旅行生活中以哪一地方最堪回忆，我当然提出北京来。北京荟萃了东方文化之美，所以，一个人的一生，旁的地方都可以不去，但北京则非去不可，而且多去几回也好。最好是在古城深处，住上一年半载，才能完全领略到她的好处。但，草草劳人，衣食所驱，此愿不知何日才了呢？在这两年间，我以为偶然机缘，到北京先后两次，每次是匆匆地去，匆匆地来，对于她实在划梦搏魂，未能忘情。唉，北京才是我梦里的情人！

最近一次的北游，印象还是鲜明地展开着。

一、先说两件好处

周作人先生说:"北京第一是气候好。据说北京的天色特别蓝,滩羊特别猛,月亮特别亮。习惯了不觉得,有朋友到江浙去一走,或是往德法留学,便很感着这个不同了。"第一次北游,从酷热的南京出发,乘着漫长漫长的津浦车,一到北京,便觉得空气清凉,浑身舒服,既没有黄梅那样的不愉快,也没有炎暑那样的讨厌。第二次北游,从寒冷的东北,出山海关后顿时轻寒轻暖,别有天地,到北京抬起头来就是青天白日,不禁为之欢喜赞叹起来。那澄碧的天空,没一丝浮云,活像一个透明的水晶盘。这时候,正是牡丹将谢,芍药欲开,照例要刮一些风沙。北京的风沙是著名的,从蒙古塞外戈壁中吹过来,但并不算怎样大,与南京等地差不多,并不像传说中那样可怕。所见到的,在中山公园里的牡丹都笼着一层面纱,游览的女郎靥上也笼着一层轻薄的面纱,宛如娇媚的新嫁娘,另有一般迷人的风韵,这还不是北京风沙的好处吗?

其次,北京的人物,可以说集中了当代精英,上自贵官富商名流学者优伶艺人,下而至于负贩拉车铺小摊的人,都可以谈谈,都有一技之长,而无憎人之貌。到随便哪一家购东西,掌柜的店伙照例是招待周到,吐属居然温文风雅,绝不会像南京那些人拉阔了喉咙伧俗迫人,"金陵卖菜佣,都带六朝烟水味"这句话,只能移用之于北京而已。周作人先生是用一种坐在茶馆里品茗的优雅的客套,口口声声说着"借光"!"劳驾"!请别人让路,你能不为之感动吗?人情势利,在北京表面上也看不见，什么人一律穿着一套青布大褂，就这样子走进皇宫禁城，尽管大胆放心，决无人予以挡驾。就此一点，即可知北京人情风俗的朴素敦厚了。

二、物价依然如故

这一次到北京，在正阳门下车，巍然的箭楼别来无恙，在如梦的夕阳里，投宿西单牌楼花园饭店。一条大树丛中的胡同，一座花草芬芳的花园，推开窗来，空气多么清鲜，真有闹中取静之妙。房金不贵，最大的每天不满十元，小的只须两三元。一切生活程度，和两年前差不多。北京的物价，似乎无大变化，回顾南方，这两年来就有惊人的涨落。假如告诉北京人说，上海的物价在一夕间会涨起数十倍的奇迹，必咋舌而不敢置信。直到现在，北京的面粉还是十多块钱一袋，牛肉猪肉还是一块钱一斤，和两年前依然如故。不但一两角钱可以坐洋车，五分钱还可看一场电影呢！一个公务人员，每月有一两百块钱也够生活。请一次客，八九人在东来顺吃得酒醉饭饱，算起账来还不过二十元，其滋味比上海千元一席鱼翅筵要好一些。寻常吃小馆子，一个人扯不到一块钱，物价之廉，去年是如此，今年也是如此，明年还是如此。

为什么原因呢？北京的币值始终没有跌，于是物价也始终涨不起来。

三、北海看新绿

搁下行囊，首先要急急去探望的地方，第一是北海。一路树荫深沉，道途平坦，洋车夫踏着三轮车，悠然而过，将近北海，就遥遥瞧到矗立空中的一座小白塔，是那么玲珑可爱。这小白塔在北京，犹如画龙点睛，妙不可言，无论在哪一方向都瞧得见，都有意思，尤其倒影映在北海水面，织成如何奇丽的一帧舒锦秀画！北京的树木特别的多，院里有树，路旁有树，街头巷尾，无处无树。只教你登上白塔之巅，向下一望，目为之眩。偌大的一座北京城，整个像一座公园，眼前只是一片绿，一片绿海，千门万户，都隐藏在这绿海里。琼岛春荫，本来是北海一名胜，也可说是北京一代表作。第一次到北京观光的人，第一天一定要起一大清早而到此一览，便不难看到北京的轮廓，因为地处中心，绿色都会的全貌在望。伦敦、巴黎、罗马，与堪司坦丁堡，曾被称为欧洲的四大古城，但是怎能赶得上北京的北海呢？……

四、玉佛九龙壁

名胜古迹，在北京数也数不尽，随处的一拳石，一株树，都可能的蕴藏着丰富的历史，耐人寻味。实在的，单只那座古老的城墙，摸着那苍然绿苔也够你低回一天，油然而生思古之幽情。至于那几十座皇宫大殿里，稀世之珍，盖世之宝，更是琳琅满目的看不尽呀！几年以前，故宫的古物，一批一批的转运着南下，分散各处，差不多完了。最后会计算到九龙壁和团城玉佛，打算拆卸而结果未成事实。那一座九龙壁，是在北海五龙亭后，连理柏旁，广面约五六丈馀，纵面约二丈馀，全部是五彩琉璃砖瓦砌成的。上面嵌着九条临空立体的龙，各具姿式，奕奕欲活，似乎要破壁飞去。在色调和塑造上面，别具匠心，天衣无缝，九条龙的姿态颜色不一。我坐在它的对面，呆呆地看了半天，暗自赞道："全世界惟一的艺术品！"至于团城玉佛，我也特地走上那座全世界最小的城——团城，拾级而登，城的面积不过百步，古木参天，庙宇俨然，中央一座玉佛的庄严妙相，那一块浑然的白玉，莹洁无比，佛的眉目又那么妩媚可爱。庙前，还有一只绿翡翠酒瓮，是元代遗物，雕镂绝工，就着玉上的白章雕出鱼龙变化之形，最可惊人的是能容酒数十石之多。清朝奚赫拉娜氏——慈禧后，在蒙尘逃难时，对这些宝贝还念念不忘着，如今呢？

五、煤山吊思宗

北京宫殿太多了，只教你有空，每个人都可以进去冒充无冕皇帝，随意参观。但是据我看来，不如上那座煤山去凭吊做皇帝的下场更为得计。当你踱出北海，行经神武门的时候，和你视线接触的，就是一带蜿蜒的古朴红墙，沿着墙里是浓荫垂垂的古树，树叶中烘托着一座半规形的小山，山上品字形安排着三座亭台，朱红斑斓，檐牙飞舞，这就是富有历史意味的煤山了，本称万岁山，亦称景山。登这座山，可以饱览全城风景。

称煤山的由来，因为本是内庭积煤之所。明崇祯帝殉国，就在这山上，至今山上一株苍老的古槐，相传就是他自缢的所在，这株槐后来被人囚以铁索锒铛，当它是一株罪树，不久憔悴枯死。可是到现在，数百年后这树忽然复活了，枝干上绿叶茁起，葱翠如旧。唉，是不是魂兮归来，看一看这故国河山呢？在中国历史，多少亡国之君，都是昏庸误国，自赴没落，像思宗之殉国，则又可歌可泣的一个悲剧！在当时他处于外患内忧中，左右非一人敢于进取，可怜他挣扎到最后，独上煤山，目击敌人已兵临城下，竟以一死而殉国。临死在他的衣襟上标着血诏，自称死无面目见祖先，愿贼寸磔朕尸，勿伤百姓一人，何等光明壮烈，不失为一代政治领袖！我们不禁想到中日战争，名城陷落，万民涂炭，而当局者还不肯以罪人自居，其贤与不肖也可知。

六、中央公园茶座

天气渐渐暖起来了，到中央公园去，又是裙屐纷集、士女如云的时节。的确，凡到过北京的人，哪个不深刻的怀念着中央公园呢？尤其久居北京的，差不多都以公园的茶座为日常业馀俱乐部。有许多曾经周游世界的人这样说，世界上最好的地方，是北京；北京顶好的地方是公园，公园中最舒适的是茶座。这说法一点也不错，因为那地方滨临御河，空气清新，有古气盎然、庄严宏大的建筑，有精致典雅、引人入胜的景物，更有极摩登与极旧式的各色人等，可以说充分代表东方的艺术美。

无论如何，那几千株粗可数围的老柏树，浓阴森森，古色古香，非寻常地方所能比拟。一到晚上，一串一串的红绿纱罩电灯，在树荫里掩映生辉，倘使牡丹花还开着，那么烂漫如花海一般，真是飘飘欲仙，是诗是梦的境界了。上海、南京的夜花园，哪里能够比得上它的万一呢？中山公园的茶座，分做几处，来今雨轩、春明馆、长美轩、柏斯馨，有吃西菜的，有吃中国点心的，有专售咖啡冷饮的，有光是泡着香片茶，还出卖慈禧太后窝窝头的，形形色色，应有尽有。你只教向柏树荫下，坐上藤榻，自有无限风光，尽收眼底。第一是看人，那岸然道貌长衫马褂的老者，说不定就是北京著名通儒傅增湘之流；那西装革履油头滑脑的少年，说不定就是北京著名的票友小梅兰芳辈；那挺胸凸肚挟着大皮包的大亨，说不定就是北京第一流政客；那袅袅娜娜涂粉抹脂的女郎，说不定就是八大胡同里的红姑娘……在灿烂灯光之下，鬓影衣香，伴奏着悠扬的音乐，使得你感到"仙乐风飘处处闻"，完全粉饰着太平盛世。

七、王府井街散步

唉，说能忘记北京那壮美的城门，特别宽阔整洁的长街，到处高耸的牌楼，金碧辉煌的宫殿？谁又能忘记那阔大、庄严、舒服、雍容、大雅的气象呢？北京有海一般的伟大，似乎无空间与时间之划分，她新旧兼收，古今并容，虽然也有洋楼，有汽车，有电车，但北京还是北京，似乎永远不大会改变。所以，在皇宫巍然矗立的旁边，可以存在着外国的租界，也可以存在着比乡下还不如的小胡同。一墙之隔，可以分别城乡，表示今古，极冲突、极矛盾的现象，在她受之泰然，半点不调和也没有。北京的市街，以王府井大街为最大，但她就是富有混血儿之美，古老的成佛处、古董店，与英文招牌的油画店、运动器具店排列在一起，西药旁的隔壁就是中国人参药材店，汉满全席菜馆的对门就是法兰西风的西餐馆。在同一街道上，来去着极时髦的汽车、电车、脚踏车，但是马车、骡车，和红绿呢轿，照例还是同时来去着。最奇怪的是，在许多赤裸大腿的北京小姐群中，还夹杂着三寸金莲的小脚，哈，还有辫子！总之，你在王府井大街上走，走个半天一日，也不会厌倦，尤其在下午薄暮时分，男女老少，拎着大包小包，慢慢蹓跶，笑逐颜开，春风满面，又何曾看得出事变的痕迹，乱世的忧郁？东安市场，就在王府井大街之首，范围之大，无与伦比，几千几百的小店小摊，足够你十日盘桓，乐而忘返。北京的货物繁多，只要你有空，在一个店家随意选挑，就是磨上两三小时，掌柜的也不会讨厌你。这种欣赏货物的趣味，也只有在北京才能享受得到！

八、幸福的住家

住家在北京，当然是最好也没有的。环境之美，乃惟一条件，而那些住宅房子的结构也堪赞美，房子大多是四合房，一个宽敞的院落，家家有树有花，天天见得着阳光，房金又便宜，无论谁都租赁得到称心如意的住宅。北京在人为之中显出自然，几乎是什么地方既不挤得慌，又不太僻静，最小的房子里也有院子与树，最空旷的地方也离买卖市街不远。这种分配法，非常合理化，在全中国、全东亚可以算做第一。北京的住家，一年四季，各时各节，只要翻开一册《燕京岁时记》，便说不尽的玩意，其记五月的石榴夹竹桃云："京师五月榴花正开，鲜明照眼。凡居人等往往与夹竹桃罗列中庭，以为清玩。榴竹之间，必以鱼缸配之，朱鱼数头，游泳其中，几于家家如此，故京师谚曰：'天篷鱼缸石榴树。'盖讥其同也。"我去过几个北京人家，园亭点缀，果然几于家家如此，不禁哑然。住在北京的人，生活负担比南方为轻，却能真正享受到家庭的幸福乐趣。盖北京的四季，每季每节，都有她的特别的好处，春天好看新绿，夏天饱受清凉，冬天在家里煮酒吃涮羊肉，秋天到家外骑马狩猎，在在逸趣横溢。至于雍和宫的打鬼，丰台的看芍药，广和楼的听戏喝彩，西山八大处的寻胜避暑，在在可以随心所欲，细细的领略，深深的体会。这样北京住宅生活，只可惜两次旅行，时间都是奇短，未能多住几天，徒付之梦魂而已。不过，今后再去的机会还有，所怕的是去一会回来又要苦苦忆想不已。唉，怪不得周作人先生久居北京，连他的老家绍兴也不想回去了，这北京的魅力！

九、食道乐如何

在北京说吃，是再考究不过了。北京为三百年来满洲旗人聚居之地，当时一般养尊处优的贵族整日游手好闲，除了声色犬马之外，惟有靠吃来消遣其光阴，因此北京城里酒楼菜馆以及巷头小吃之多，也为国内任何都市所难望其项背。不论穷通贵贱，在北京都有其食道乐，一饭千金的阔客，自然是陆地神仙，其乐陶陶，就是一个苦力用了五分或一毫，也就吃到慈禧太后的玉米窝窝头，其味津津。普通人家，寻常百姓，什么人都吃得到新鲜蔬菜，应时水果，北京本地城里都有出产咧。至于酒楼菜馆，分门别类，共计有山东、四川、广东、福建、江苏、湖南、山西、河北、天津等等，作风不同，各有巧妙。其间最脍炙人口的几家，特色如下：东兴楼（拌鸭掌、炸脆肫），致美斋（五柳鱼、抓炒鱼、炸馄饨），丰泽园（乌鱼蛋、红烧鱼翅），全聚德（烤鸭），居顺和（俗称砂锅居，白肉），玉华台（砂锅豆腐），春华楼（锅贴鸡），西黔阳（腊肉豆腐），东来顺（涮羊肉、烤羊肉），广福居（炒疙瘩、炖牛肉），同聚馆（俗称馅饼儿团，馅饼、水爆羊肉），厚德福（铁碗蛋、瓦块鱼、烧猴头）……几家馆子吃过，自以东来顺德羊肉、全聚德的烤鸭最为够味。但我最爱到那古旧不堪的两家小店，砂锅居与馅饼儿团，那才是地道的北京民间滋味。此外，北京民间食品，还有不少，到北京的人不可不尝：信远斋（酸梅汤），香蕊轩（牛奶酪），正明斋（萨其马、茯苓饼），魁素斋（豌豆黄），王致和（臭豆腐）……这些小吃，恰似苦茶一样别有风味，"足抵十年尘梦"！

十、隆福寺庙会

要深入北京社会的内层,理解一般平民生活,那么庙会是非去不可的。北京的庙会,有隆福寺、土地庙、白塔寺、白云观、蟠桃宫等处,但普通游北京者都不大去,盖卑卑不足为大雅赏识也。但是我嗜痂有癖,不厌去几遭的,其间以隆福寺较近,就在王府井街之后。到那里,地大庙破,人多物杂,老远望去就觉得一团糟,进去以后,更是高高低低,东一摊,西一桌,使人摸不着头脑。其实,粗中有细,由小见大,一粒砂里可以看出一个世界来。其货物花样可真多,大至绸缎古玩,小至碎布烂铁,无论是居家日用,足穿头戴,或斗鸡走狗,花鸟虫鱼,无所不备。等到你看久了以后,然后你就会了解它,买你所要买的,玩你所要玩的,吃你所要吃的,北京普通人家,寻常百姓,对于庙会都很熟悉的。我在其间逛来逛去,看到三三两两的小家碧玉,花一毛钱买一只别针,两毛钱买一块手帕,俨然是五年前在苏州玄妙观看见的情形,所谓贤妻良母者,大抵是此辈布衣荆钗,深知长久过日子之道。反之,今日上海摩登女郎挥金如土,驱男子如猪猡的嚣张状态,证明欧美式女子教育之失败,而欲睹唐宋以上妇德的遗风,只有在北京见之。到隆福寺逛庙会两次,看到事事物物亲切可喜,恨不满载而归。结果以十块钱购了三头白色狮子猫儿,搭津浦车而归,至今还是活泼泼地,惹人爱怜不已,这可算是庙会的纪念品。

北京好像一棵千年的老树,她每一根枝干,每一条脉络,每一瓣叶子,都是可以珍重宝爱的。中国几十个都市,其内容都赶不上一个北京,北京真是东方文化的结晶体。本文虽然没有触及大题,只就所见所闻谈一些,琐琐碎碎,写几万言也写不完的,简直可以著成一部厚厚的书。"在北京时不觉怎样,才一离开,便想的要命",许多人这样说。我自与北京别,至今念念不忘,只渴想着有机会再去一遭。大约去过北京的人都作如是想,而没有去过北京的人也未尝不想。那么,千年来文化所荟萃的北京,一年四季无时不好的北京,我在遥忆,我也在深祝,祝她的平安健康,永久为我梦里的情人!

(《太平洋周报》1942年第1卷第30期)

壬子宫驼记

叶楚伧

索靖宫门，感怀荆棘；参军赋笔，追慨芜城。盖一姓之兴亡，亦千古所凭吊。非特阿房楚火，红啼蜀道之鹃；锺阜繁霜，白染明陵之草已耳。秋间行次北京，遍览宫阙。延秋萧寂，中夜闻乌；太液潺湲，三秋折柳。斯亦齐云摘星之遗迹，玉仪御仗之遗徽乎。

宣武门一称顺治门，即曩日福临窃帝位所自入；崇文门，一称哈达门，胡语也。二门东西夹辅，中辟御道，为君主郊祈出入所由。其门曰大清门，近改大清门为中华门。都中盛传谶语，谓明亡于崇祯，清亡于宣统，崇文、宣武二门，早启明清结局之兆。而禁城东西二门，一曰东华，一曰西华，今改大清为中华，又预合华夏昭苏之符。琼岛在北海之沚，为清光绪养疴之室，或谓光绪不得于西后，后乃锢诸琼岛，讳言养疴。室凡二三十楹，海中植芙蕖，北地秋深，露盖风柄，不复得见。琼岛遥对分科大学，昔大学造讲室，岑楼已构，避窃觇宫禁嫌，竟致改筑。天子声威，炙手如此。

南海、北海、中海有二三石梁可渡。梁侧守河监，一善操京语者，可微探曩日宫禁事。其一语余曰："君吴人，应识陆师傅。"余颔之。监曰："师傅常来授万岁书，月入宫数次，俸千金。"读书人究饿不死，若某王某王者，今且设白肉部作狗屠生涯矣。

东华门常扃，出入以侧户，守门阿监，见西服者拒之綦严，必大袍阔褂，且娴京语者，乃得偶然放行。入门颓垣靡芜，红紫剥落，社屋未年，已若杜陵野老春日曲江之游矣。清室典制，惟二物触目无恙，即阿监颅上粲若朝霞之缨帽，与鬖鬖如蓬之辫发也。

煤山之巅，万卉葱郁，冬青霜冷，衰柳枝黄。一亭兀然，俯临御街，乃思宗殉国地。亭凡二层，承以六柱，甍色惨绿，亭顶朱漆葫芦，闪烁云际。百年松翠，凤子凄凉，一树残阳，鹃声悲惋。山巅初许拾步游眺，自什刹海甘水桥炸弹案发，遂禁登览。盖山下御道为清摄政醇王所必由，桥下马惊之警，犹未已也。

禁城殿阁，鲜有华朴适宜者，江南农舍，差胜燕北皇居。盖栋橑之拙，丹碧之俗，惟此不识寸尺之天子，始居之弥安耳。自前门沿禁城而进，历览禁中诸殿，蝙蝠宵飞，棘荆风咽，所谓正大光明者，直阒若古刹，非特长林丰草，禽兽居之已也。

有唐太监者，积资巨万，设球房于东安市场，日与诸少年逐。其义子为前某部郎官，照例值署以外，辄欹帽袒襟，挈叫天笼，从乃父游，京师竞称之小唐郎中。春间兵变，东安市场夷为瓦砾，独唐监球房岿然，未罹劫火。渠述宫禁事甚悉，余有绝句云："凤屏春晓日迟迟，六院分饲哈叭儿。昨夜千秋亭子上，为听霓羽立多时。"即唐亲述诸余者。

东安市场有女卖技者一，昔为南皮张香涛家侍儿，舞双刀如飞，幽燕健儿叹为未及，貌妩媚，双瞳剪波，长眉拥黛，而英武之概，奕奕飞舞。自言北道健儿，沧州为著，他则未见有胜我者。渠尝走岭南，能打高马，此派为北方所无者。

什刹海，杨柳四围，芙蓉十亩，萧然有江南村落致。初为清主夏宫，后渐颓废，而南皮张香涛筑读书室于此。今改图书馆，临水回廊，倚城小筑，文窗斐几间，幽寂可坐，最宜暑夜迎风，秋宵弄月。

天坛在前门外，与先农台相望，矮垣绵亘，周匝十里许，遍植松柏，几数万株。初禁闲杂，近稍稍有游迹。自侧门入，行数十步，乃履御道，夹道长松，如群龙拿天，夭矫欲飞。数百步至便殿，折而出，度矾石桥一，即遥见圜丘。丘圆形，历阶数十，均砌以矾石，骊首龙髯，琢工綦细，于万松苍翠中望之，如玉宇琼台，仙人之居。圜丘前接御道，后望丹甍碧瓦，光夺朝曦者，为祈年殿。殿中栋楹，金碧缋藻，穷精极细，而崇阶文窗，尤至闳丽。殿侧有九巨龛，为郊天时列代君主之位。殿下东西配殿，殊颓废矣。瞻彼杰筑，与同游陈止斋君慨然久之。

天坛辽阔，君主既熄，郊天之礼当不再举，故开放改建，事所应有。近农林、内务、教育三部，方逐鹿未已。农林部欲改农事试验场，教育部欲改植物院，而内务部欲辟公园于此。

颐和院在西直门外西山之麓，规模闳丽，可征君主宫室供奉之侈。太圆宝境，为园中正殿。中供西后画像，闻为美人某画师之笔，银铠立凤，绣袄飞龙。围椅一，约可骈肩坐二人。后障铜屏风，刻云中宫阙及锦衣云裳之仙女数十人，其一飘裾回袖，倘非合德之舞，不殊霓羽之盘。左侧一室为西后卧处，金钩锦帐，衾枕俱以黄缎为之，床外书案一、围椅一，案侧白玉美人，高二尺许，莹白倩好，嫣然双靥，如闻笑声。茜窗锁月，兰麝馀香，一代风流，犹可想见已。

自太圆宝境而上，曲廊绕云，飞檐揽月，如见曩日晓妆初竟，宫女送花，阿监传膳之概。廊凡二百馀级，曲折而上，不啻唐元宗踏红访霓裳羽衣人。覆道中折，渐入山径，有亭翼然，凡栋楹薨瓦，以及桌椅窗槅，悉为铜制。其地山色四围，长松数树。自山麓至此，微觉热燥，得此清凉境界，泠然意远，乃信铜亭造作之妙。铜色黝剥，绝似紫檀，叩之琅琅，如万树夕阳中一声清磬。铜亭而上，至众香阁，为西后拜佛处。俯视太圆宝境，已在云下，凭栏远眺，视禁地一带，真有"云里帝城双凤阙，雨中春树万人家"之概。阁门扃锁綦固，非西后拜佛，中户不辟。闻阁内有巨大之玉佛一，当日受自和阗者。

颐和园为西后长驻之地，闻诸人云，每岁西后至园，其宫人之求得随侍入园者，不啻京吏之外放，幸而获选，则尚膳应茶之馀，嗔花骂草，备极谑浪，甚且有偶假出入之隙，流落人间，作厮养卒妇者。故余入园之顷，颇留意花阡曲阑间，冀有马嵬妇人、太真遗袜之奇遇，然竟不可得。而触目皆是者，惟状元、宰相徒增人厌之应制诗耳。

昆明湖上，长堤精舍，掩映生姿，而桥卧明波，柳礁近黛之致，恰似明圣湖头。余谓姚雨平曰："此处惜无三五明月，不然荡桨载酒，吹玉笛，歌秋水伊人之章，差胜莫愁湖招饮矣。"

上林花草，葳蕤殊甚，秋老风凄，自非杨柳芙蓉、未央太液之比。沿路得长相思草一种，花色浅紫，叶如碧玉，掩映红栏曲砌间，颇饶姿态。旧时依裙惹带之卉，乃今露零月冷，记我游踪。

石舟在昆明湖阴，筑大理石为础，凡两层，其上层悉装五色琉璃。游踪至此，恒具小饮，惟必自携樏具，而湖中银鳞雪翅，垂钓即是，虽非尚方之供，颇似西湖酒家活水青鱼也。舟首四眺，桥堤绵亘，一角为龙王庙，一角为三潭印月，而龙王庙翼然湖中，以一长桥通东岸，尤多薄暮渔歌、中宵碧海之概。

湖中故有一艇，明波寥岸，橹声欸乃，呼语相应，不复如北地名园。湖凡十馀里，湖上建筑，悉依西湖。而西山塔影，倒映湖中，尤为西湖所未有。

湖上回廊，周匝十馀里。栋间俱词人应制之作，今渐驳落破裂，如所谓张百熙、孙家鼐诸人，其字在鄙夫得之，引为荣誉者，在此中视之，直不值一顾。

戏台在园东侧，其额似为"阳和协律"，不能详忆。凡三层，构造系旧制，而轴轳帷幕之制，颇似沪上诸舞台。剧中神将仙女之俦，则饰以彩云，破空而下；幽魂故鬼，则出自台下。惟今则锦幕尘封，管弦零落，不复霓裳羽衣之观矣。

后园颓败弥甚，霜枫露荻，萧瑟不春，惟牡丹一坪，每干高四五尺许，凡二三百干，幸而无恙。惟时值秋杪，不克睹魏紫姚黄之盛，倘花开时节，踏春访之，应胜于太液芙蓉、沉香芍药也。

后园之西，有仿田舍家风景者数椽，临水蓺荍，绕池荇藻，颇有南亩唤耕、北丘叱犊之致。小溪之阳，有修树数十，叶至繁茂，不待风动，叶叶自能作声，飒飒与泉水相应，令人如读欧阳子《秋声赋》。余历览全园，虽金晖碧映，而适然可观者，无逾于此，惜非张茂先不能名此异卉也。

　　后园毁于火，余初疑即圆明旧址。据导者言，则圆明旧址在后园外，榛莽益甚。然比近未闻有圆明而外罹于劫灰之宫苑，或者园非圆明，周遭曩日之劫火者乎？

　　颐和园外，旧有各部办事处，华丽整洁以外务部为最。当日西后居园中，各部尚侍，例随跸至此。入值之外，虽居私第之时多，而随扈门面不可不设。但"粉饰太平"四字，为前清君臣所优为。名园歌舞，曾陪华黼于丹墀；春殿琼筵，时颁御厨于戚里。而政治之咨询，则元之又元者。

　　海淀毗近颐和园，酒家有莲花白一种，实为十馀年酒肠得意之作，味醇而腴，直可瓦砾视玫瑰、葡萄诸酿。尝沽一尊，于车中引吭酺然，轮蹄尚未至颐和园，已倾一瓶许。馋酒之癖，行足自笑，而普天下酒人，幸而至海淀，实不可不拿榼以随者。

　　京人忌骂，舆夫走卒之酬对，亦绝少江南恶口头，而尤恶辱及祖宗父母之谩辞，苟有犯者，立攘臂与斗，甚且白刃相加，决诸生死。京东诸郡县如之，殆亦燕赵烈士之遗风欤。尝见两御者，毂相击于道，其一偶施恶口吻，立解控，令车中人他适，夺搏不已。然此风独锺于市野间，彼高冠华盖之伦，虽日唾其面，亦鲜有自省羞恶者。此屠狗之交，所以为古人隽思不忘者乎。

词曲中率常用一"您"字,如"相思已是不能闲,又哪有工夫恨您",都读如"你",其实"您"字应读纳应切,京语用之以称所敬爱者。今渐搀入市井语中,因所加于人者异,意义亦渐变。余愿甚存此风流隽永之意义,为词章家煊染笔墨之材也。

金台馆为小德张资本所设,为清吏运动机关。骏骨不来,豺狼当道。顾念名义,可堪悲叹。

与程月贞离婚之张静轩,即前述之唐监(友人沈鼎圣语余如是)。庚子之变,西后、光绪仓卒奔秦,官禁弛懈,张悉检珍器以出,值数百万。后后与光绪归,廉得其状,大怒,欲置之重典,张以所得珍器,遍贿内外乃免。今岁兵变,东安市场被焚掠,张集质球房在市场之尾,度迁亦必不幸,竟不果迁,而火亦弗及。

旧时宫人,清亡以后,流落人间,多有沦为倡家女者。但自讳甚深,非若八大胡同,大张旗鼓者比,故最忌问姓氏。间有自述身世者,则感今念昔,不啻天宝宫人谈开元遗事。余诗云:"自言歌舞胭脂巷,不及琳琅天子家。"盖有所见而云然。

崇文门大街华东饭店中,多宫中珍物,闻庚子时为日人所携出者。华东固日人业,说或可信。其第六室中有漆鼎二,高三尺许,缋藻绝精,举之轻若纸剪,较曼殊赠余之日本古漆盂尤坚致。(曼殊赠余之盂,黝表银里,内缋茶花一,金叶红蕊,灼然姣艳。曼云是日本古代物,今市肆中无复有此佳制。)又八音匣一,巨大无匹,金色双龙,衔珠匣盖,洵异制也。

京内国耻纪念,为巍然高峙崇文门大街之克林德碑,交民巷之大铁门，星期日之车路取缔，城上只许西人涉足之特例，皆属触目伤心之事。

马神庙之大学，旧为大公主府。公主为乾隆爱女，故傍宫营建，俾亲听夕。梳妆楼上，金碧交映，凡七室，近花绕廊，远山送黛，自宜为玉人之居。今改为藏书楼，计十馀万卷，《图书集成》而外，零编残帙，历落藏庋。彼司其事者，并经史子集之普通类别，亦不能识，可慨已。

京中妇人再醮之风，甚于南方。再醮时，居然仪仗奕耀，鼓吹登堂，惟例不得日间迎娶，故中夜戌亥之交，遥闻乐作，则群相告，某家妇作新嫁娘矣。传闻此例，始于满俗，汉族习之，遂成定例。读吴梅村"大礼恭逢太后婚"之词，应知作俑者之为大贵人矣。

万牲园即珊贝子园，人称三贝子园者误。吾友浦醒华，居园中者月馀，有《意难忘》一阕云："天锦初裁。是五云楼上，仙子描来。青娥偷药，怨玉杵捣霜才。花薄命、月成胎。箫管正琼台。知甚处、帘栊风起，环珮魂回。　倚阑人，兴豪哉。有杨枝艳曲，荷叶新杯。蟾光溶宝雾，蛾影剔残灰。新旧恨、梦为媒，往事未堪哀。听十里、藕花塘外，声走轻雷。"

清室祀祖宗之宇，曰堂子，《啸亭杂录》记之綦详。在吴人闻此名辞，颇可发噱。以一代祀典尊严之区，与江南歌伎乐倡争此两字，亦一曲巷佳话。京师有东堂子、西堂子之二胡同，即依义于此。

陶然亭一名黑窑厂，又名江亭，在宣武门外，去寓所仅数百步。斜阳衔山，时一登眺，芦荻酿秋，烟云向晚，清旷殊甚。

壁间题咏，绝少佳什，惟闽中林秋叶《买坡塘》一阕，慷慨悲抗，为此亭生色不少。亭北为香冢，或云某闺女埋玉处，有石碑一，铭云："浩浩愁，茫茫劫。短歌终，明月缺。郁郁佳城，中有碧血。碧亦有时尽，血亦有时灭。一缕烟痕无断绝。是耶非耶，化为胡蝶。"旁为鹦鹉冢，亦有碑一，铭文已不能悉忆。鹦鹉为粤产，皎然雪白，后为狸奴搏杀，其主人哀其死而葬此。嗟乎，以海南名羽得一知己，便铭千古，而英俊义侠之士，伦傺无偶，泯然以没者又几人哉。

大清门外之前门，前清时非帝后出入不辟。有执青鸟术者言，此门一辟，必生兵燹。今岁凡辟二次，一为临时政府迎袁专使蔡元培、宋教仁诸君之入京，一为孙中山先生之入京。然第一次辟而京津兵变，第二次辟而通州兵又变。不虞之事，每假术士以曲证，亦异事也。

东安市场后有一扁食店，非稔者不能入。内凡精室三，壁间绢帙，都非人间所易置，且衣香鬓影，时蹀躞窗外，笑语可接。云是曩日怡王府中下堂妾所设，文君当垆，风流过之，而才人沦落之感，则此尤难堪矣。

琉璃厂某书贾，有宋板《礼记》一，计四册，卷首有赵千里画读书像一。后为明代洛中陈氏所得，亦效千里画己像于后。今书贾索价五千金，袁克定君拟以三千金购之，该贾尚执前价未允。曩日潘芝轩诸书迷之馀韵，不谓至今尚存。

采蘋别墅在红罗厂，为良弼别墅，精舍画栋，殊似时下新筑。京中屋制殊于南中，一院一隔，三明两暗，已为仕宦之居，院中花砌两行，屏风一角，几于千家一律。惟采蘋别墅则游廊疏帘，不啻江南制作。今为陆军学会编辑部。

北地妇女多杀气，丑劣可憎者无论矣，即值娇好，亦不过如小说家言花碧莲、鲍金莲而止，求婀娜轻倩，若飞燕、合德者，实可谓绝无仅有。但天锺精灵，本无轩轾。今举其修饰之徒增厌恶者，一脂太红，二黛太黑，三髻太高，四衣太宽，五腰太硬。有斯五事，已足生西子蒙不洁之慨，况更益以一尺脚围、三寸耳环之殊饰乎。

东华门内之缨帽，尚为居人常饰，驱车过之，触目即是。盖居于是者，旗人为多，而横髻一尺，黄色半肩之服饰，亦时与灿然腥红之帽缨辉映道左。旗女喜炫妆，尤胜于汉族，室如悬磬，出必绫罗。余尝戏谓，旗女宁忍腹饥，不可面黄。盖脂粉之需，殊急于米盐也。

自前门入，沿禁城而行，路政之不修，实甲于都中。禁城墙为红色，砖厚二寸许，纵尺许，横六寸许，上覆黄色甍瓦。墙内殿阁之脊，时可望见。而禁城之麓，环而居者，皆绳户瓮牖之民。咫尺之间，尚隔聪明，况中原万里，山遥水远，民间疾苦，宜乎其不闻矣。

西山在西直门外，颐和园即在其麓。山上有温泉、醴泉，泉水清腴，昔供尚方，以之煮茗，不啻金山下铜杓铁绠中物，故京中亦以"第一泉"名之。山多佳筑，夕阳春风，时入诗人笺墨间。山下西厦骈接，为禁卫军营房。故颐和园近亦为禁卫军所管钥。余侪之入颐和园，其管带忠君实导之。

八大胡同者，陕西巷、韩家潭、大李纱帽、小李纱帽、石头、胭脂等八胡同也。曩在南中，闻人述八大胡同，意必崇楼华路，如海上福州诸路。孰意其逼仄屈曲，乃大非余意中之八大胡同哉。韩家潭中颇多吴伎，大名鼎鼎之栖凤园主亦居于此，在幽燕间，自是足矜绝艳，置诸金昌、山塘侧，庸庸无足称矣。

京中胡同名，有极雅者，有极秽者。手帕、胭脂等，自是香艳绝伦；而烂面、猪血、煤渣诸名称，实令人口吻不耐。

南味斋之酒，杏花村之鱼，江南春之鳖，丞相胡同口之烧鸭，皆擅胜一时，而林家咸瓜，尤在世俗咸酸以外。

男女合演之习，于京为盛，文明、广德诸园，皆杂聘女伶，孙一清、金翠英辈，声誉藉甚。孙貌颇艳，唱亦清脆可喜，故京中女伶，数孙第一。近日广德楼之活剧，孙亦起衅之一，剧场声价，于此可知矣。

京师无文章。封禅雄才，既寄怀于阿谀；长门赋藻，亦托兴于买贫。其他前清翰詹之遗，则应制八韵，足策一篇，尤汨没性灵不少。惟江叔海、伍崇仁辈，尚存文士门面，颇能留意于古学。至于时下新人物，则尤鲜有此志者。

图书馆在什刹海，主之者即江叔海。四库馆所有，现均移至图书馆，有《唐经》三千卷，为明代雁宕僧某所手抄，弥可宝贵。但余谓既为京师图书馆，不应仅比于海内藏书家之惟古是宝，当遍罗中外应用各科学书，以建闳规。

余于九月十日入京，十月二十二日出京。歌残水调，偶来花萼楼头；红到劫灰，不啻灵光殿畔矣。是为记。

（《楚伧文存》，叶楚伧著，正中书局1944年12月初版）

京华纪游

陈善祎

天　坛

在正阳门之南，永定门之北，有天坛焉，往时天子祀天之所也。坛周十里有奇，圜墙高峻，门设常关，游人不易入也。余以民国元年九月往，入头道坛门，老柏古桧，拔地参天，荒草离离，弥望皆是。门内有神乐署、关帝庙二处。至二道坛门，而千章夏木，愈觉森森矣，遥望若雨盖张空。瓦作蓝色者，祈年殿也。殿高出于平地者二十七级，每九级为一层。殿之檐亦三重，高约八丈。殿之柱大可三人抱，顶上敷金莲，继续相衔，俗称"转莲花"。正面为高台，有金色围屏一，雕镂龙文，极为精致。台高于地者凡五级，左右各有稍小之金色屏四，盖祭时置天之神牌于中，而两旁配以八祖之神牌者也。殿之阶划为三道，其两旁为齿级，而中间铺以白石，上为凸形之云龙形，而人不得履于上焉。殿之左右，各有殿九间，中贮祭时需用之物品。后为皇乾殿，平时置神牌处。殿侧有一门，外为长廊，两面砌墙置窗，人行其中，如长弄然，约二十馀间。廊之尽处，又为一院，有殿五间，内亦贮祭时物品。旁有屋，亦五间，空如也。出祈年殿之正门百馀武，有平台一，约以石栏，为天子祭时更衣之所，然无屋，仅临时搭以棚焉。下有隧道，颇为幽邃。继至皇穹宇，形亦如祈年殿，但高只一层，门扃未入焉。其南为圜丘基，凡三层，每层历级九，四周围以石阑，丘面石多圆隙，亦临时用以支篷者。前面有杆三，曰"三才杆"，祭时各悬以巨灯。侧面有翠砖所砌之圆炉一，又有铁炉八，祭毕焚祀天之文及八祖之文于内。其北为打牲亭、神厨等处。丘之南为无量殿，门亦未启，闻内藏有巨大木质之御座一，他无所有焉。殿外有廊，天河绕之，两岸以石甃成，宽深皆二丈而无水，灌木丛生。四围各有桥，桥各有三，正中之桥有龙纹，两旁皆刻云纹。坛中之建筑，如祈年殿、皇穹宇、圜丘、无量殿，皆作圜形，殆取诸天圆之义云尔。

先农坛

与天坛相对者，为先农坛。坛周七里，门以内亦乔木森列，有藉田，高于地者约数尺，为长方形，四面以石砌之，即往时天子三推之所也。墙内现经市政公所辟为公园，入二道坛门者，须投资购券焉。门内竖木为栅，豢驯鹿十馀头。前行右折为太岁殿，殿凡二进，两厢各有配殿十馀间，现为警察休憩室。前殿为茶社，后殿为祭品陈列所，若簠，若簋，若鼎，若尊罍、笾豆，均得指其名焉；乐器若琴、瑟、钟、鼓、敔、磬、柷、围，以及干羽之属，亦复灿然大备；而耕藉时之农器，亦列其间。殿四周杂莳花木，栽藤作架，编竹为篱，亦复楚楚有致，有茅亭、玻璃亭各一。太岁殿后，又有殿一处，左右皆有配殿，平昔神牌悉置于此。对面为雩坛，有坛二所，左右诸石座，有刻云形者，有刻山形水形者，盖祭时所以供神牌者也。其南越门二重为庆成宫，宫前有水环之，列桥凡三。太岁殿左侧，有殿一所，为巡警传习所驻在地，未入焉。

孔庙国子监

孔庙在安定门内，地曰成贤街，规模闳壮，以外省视之，不逮远甚。由西侧门入，有阍者导之。门内石碑密如排笋，谛视之，皆前清二百馀年来之进士题名也。棂星门内，老柏古桧，黛色参天，气象极为肃穆，丰碑屹立，为数尤夥，碑质皆白石，高在二丈以外，碑各有亭，以清康熙、乾隆所建者为多。大成门外，左右各有石鼓五，文在鼓面，清晰可诵，系乾隆御制。旁有一碑，为张得天书。而所谓岐阳十鼓者，则陈于门内，石黝以黑，殊不似鼓形，且有破裂痕，文在四周，旁亦有碑，为木栅所捍，不能逼视，二千馀年之法物，犹在人间，洵可宝贵也。阍者云，新旧二鼓，皆有拓本可购，新者每份一元，旧者倍之。大成殿因清季升孔子为大祀，改建九楹，现方从事工作，尚未落成。继至国子监，在孔庙之西，中间仅隔一弄，正门未启，由后方之小门入，亦有阍者为导。正殿七楹，两厢各有屋十馀间，接近正殿者，东曰绳愆厅，西曰某某（其名不能忆矣），其馀则石碑屏列，碑之二面所镌者，皆乾隆御笔之《十三经》。前为辟雍殿，殿为圆形，廊下环以水，四周有桥，桥各有三。殿内有木质之御座一，馀无所有。距殿前百馀武，有以五色琉璃砖砌成之巨坊，上有花纹，极为精致，有美术观，建筑亦极坚固。正门左右有屋数间，方垩以蛎粉，空如也。来时见门前树有木标，题曰"历史博物馆"，历览之，无所见，询诸阍人，则正在搜集中，尚未开办云。时民国二年三月，同游者仅杞县耿光甫一人也。

中央公园

北京向无公园也，有之自中央公园始。园在午门外，天安门内，为前社稷坛旧址，内务部葺而新之，以为都人士憩息之所。入门者以小银币一角，易入览券一纸焉。迎面为一圆亭，白石筑成之，亭柱刻先贤格言，示人以进德修业之旨，意至善也。亭之西，草地一片，软碧如油，临池筑小屋数椽，名曰水榭。过亭而北，沿路西行，路侧复有一亭，额题"习礼"，殆从前演礼地耳。更前行百馀武，有唐花坞，屋四面皆窗，上覆玻璃，用代陶瓦，俾冬令阳光得以透入，夏则于外搭以凉棚，皮板为架，盆花上下罗列，亦复错落有致。虽其中所蒔者不尽琪异之品，而闲花野卉，得此位置，亦能楚楚，旁人坐卧于斯，觉媚色幽香，在我襟袖。出坞而西而北而东，沿路皆有棹椅，为茶肆设以售茗者，而裙屐杂沓，座上客常满焉。又积土为一小阜，构亭结茅，间以点缀风景。西有鹿囿，畜鹿数十头。临于北者为内金水河，有桥跨之，以通于古物陈列所。东邻宫墙，有十字亭、八角亭各一，憩坐其间，颇觉幽静。盖番菜馆、茶馆皆设于西面，而游人故较此为盛耳。前有屋面南，题曰"来今雨轩"者，亦茶肆也。西南一隅，有球房，有网球场，更有喷水机一座，飞沫如雨，盖至此已为园之出口矣。园之中央，即为社稷坛，有殿二进，现为图书阅览室。西偏为卫生仪器陈列所，入览者须另购一券。院中牡丹甚夥，花时五色俱备。园之路径，绕坛一周，夹道古柏，蔚然苍秀，悉皆百馀年以上物，沿路遍设长椅，游人可列坐而休焉。昔柳子厚作《马退山茅亭记》，谓"美不自美，因人而彰"，斯园也，向虽处于尊贵之地，然禁闭终岁，荒芜不治，榛莽丛生，今一转移间，而政客文人，名媛淑女，时有觥筹交错、鬓影衣香之盛焉。是则景之盛衰兴废，不得概谓之曰天矣。是为记。

陶然亭

陶然亭之有名于都下，由来旧矣，公卿大夫，骚人逸士，往往觞咏于斯焉。亭在右安门内之南下洼，去市廛绝远，地尚清幽。亭之址高于地者数十级，拾级而登，入门得一碑，读之始知为慈悲庵，建于辽寿昌五年，清康熙间重修之者，水部郎江藻于康熙乙亥督黑窑厂时，创建斯亭，名曰"陶然"，盖取自乐天诗"与君一醉一陶然"意也，人以其亭为江藻所建，亦曰"江亭"。大士殿、普陀殿、文昌阁而外，有厅数楹，略具曲折，静爽可坐。亭北有香冢，相传有某名士屡试京兆不第，愤而瘗生平所作文于此，或云为校书蒨云葬花地，更有以其名曰香冢，谓此即葬香妃者，然无志可稽，不能臆断也。碑题一词，不著年月及题名，极为哀感顽艳，词曰："浩浩愁，茫茫劫。短歌终，明月缺。郁郁佳城，中有碧血。碧亦有时尽，血亦有时灭。一缕香魂无断绝。是耶非耶，化为胡蝶。"旁有鹦鹉冢，旧为粤人某宦京师，携一鹦鹉，杀于狸奴，哀而葬之，冢已就圮。清嘉庆时完白山人亦瘗鹦鹉于此，以踵其事。又云，为张春陔给谏以言事罢官，瘗落花谏草，许托鹦鹉以寓意。铭曰："文兮祸所伏，慧兮祸所生，呜呼作赋伤正平。"更有一冢，碣题"醉郭"二字，则更无从考矣。亭之大致若此，非必有带山负水，风景清奇，具天然之胜概也；亦非有崇楼杰阁，气象矞丽，极人工之构造也。即亭北香冢，亦仅在传闻疑似之间，非真若虎丘真娘之墓、钱塘苏小之坟之足以动人凭吊也。纵充其量，亦不过曰处兹繁华都市，得此清旷之地，差强人意已耳。倘弃之荒野，亦惟僧徒聚处，经声佛号于其间，乌睹公卿大夫、骚人逸士觥筹交错之盛哉。然而陶然亭之得名，今已二百年于兹，骎骎乎喜雨之遗制、醉翁之流亚矣，此何故欤？世固有不尽负瑰琦，怀蕴蓄，一旦得公卿大夫游扬而成名，而人亦以奇材异能视之者，比比然也，名不副实，地亦宜然，于斯亭又何尤。

北　海　（又曰琼华岛）

北海者，西苑三海之一也，在西华门外，为从来翠华巡幸之地，向例禁人游览，而人亦以蓬瀛三岛视之，历金元明清皆为禁苑，吾侪小民，从不敢有越雷池一步。今由帝制改建共和，凡从前禁地，如天坛、先农坛、中华门、东西长安门，均早已开放，天安门外，今且马龙车水，行人络绎于途矣。至民国二年，共和纪念日，友人复告予曰："三海又开放矣，盍往游乎？"余遂与日照李君萍溪、聊城姜君凤寰、封丘张君晓鸾偕往。入门有一石桥，长约数丈，宽二丈馀，白石为阑，饰以雕镂，两岸巨坊对峙，西曰金鳌，东曰玉蝀，横亘太液池上。桥北曰北海，南曰中海，瀛台以南曰南海。过桥即入一门，危阶直上，是为承光殿，殿即元仪天殿旧址，其状为高台，四周围墙作圆形，雉堞森列如城，称曰团城子，屋宇数十间，颇为闳厂。院中有古栝一，槎枒如龙，相传为金时遗植，更有白骨松十馀株，类皆数百年物。殿南有一石亭，置墨玉酒瓮一，可贮酒三十馀石，上有白章，随其形刻为鱼龙出没之状，雕琢极工，玉质温润无比，瓮内镌御制《玉瓮歌》。石亭楹柱，刻郑吞松学士仿昌黎《石鼓歌》体韵恭和词。闻此瓮乃元至正年造，委弃人间迨四百年，清乾隆时进于朝，敕建石亭以贮之云。此处颇高，四顾海水，尽已结冰，如置身琉璃世界。殿中有匾，题曰"大圆宝镜"，下有联曰："七宝庄严开玉镜，万年福寿护金瓯。"均清慈禧后御笔；更有清咸丰帝御笔一联曰："九陌红尘飞不到，十洲清气晓来多。"可想见其大概矣。流连片刻，乃出门去，折而北，过一亭，曰朵云，有清乾隆帝诗额四，惜未携笔墨，不能记忆也。旋入承光左门，前行过木坊二，题曰"堆云"，曰"积翠"，中间石桥一道，石栏微损。当前有一古殿，转过殿后，已至琼岛之麓，石阶危峻，可百数十级，颇为整饬。拾级而登，及阶之半,见若城门之穴者数,由洞中上升,则台之东、西南二角,又有小台二。登台小憩,见踞于上者,复有台焉。盖自山麓至此,已不下里许,然尚未临绝顶也,再登数十级,已至其处。有殿曰善因,中供神像,如世所谓千脚千手佛者,壁上砖皆绿色,光滑可鉴,悉印释迦牟尼佛像。四外约以石阑,凭阑俯视,京师九门,了如指掌,至若市廛之栉比,衙署之林立,洋楼之奇丽,宫阙之庄严,莫不尽来眼底。更极目远眺,太行则山势蜿蜒,白河则奔流回薄,俨然京师屏蔽,不禁叹观止者再。殿后有一古塔(俗称白塔),较此处又高数丈,塔形下方而上圆,高十馀丈,围八九丈,下层有木门,上有符箓形之文字。惟台基高峻,无阶可登,未能悉其中之所储也。塔之前又有广寒殿,面列刹杆五。浏览既竟,由岛之东面下,及山之半,有见春、峦影二亭焉,亭壁间有石洞,可达酣古堂。磴道萦纡逶迤,达于山麓,丰碑屹立,题曰"琼岛春阴"(向列京师八景之一),碑阴镌诗一首,亦清乾隆帝御笔也。北过一楼,楼下为广衢,上有榜曰"倚晴"。滨海筑长廊,规形环结,回抱湖堤,额曰"湖天浮玉",屋宇空阔,约百馀间,曰漪澜堂。院中以艮岳之石,叠为假山(山之阴镌有"艮岳移来石岌峨,千秋遗迹感怀多"之句),极绉透瘦之妙。其上若阁若亭,若台若榭者,不知凡几,大有山阴道上,应接不暇之势。岩洞相连,极为窈窕幽邃。余遂抠衣而上,李君从之,履巉崖,披蒙茸,行经洞中,左右曲折,忽上忽下,几若无路可通,乃行到尽处,豁然开朗,得一阁,曰延南熏。再上,复历一轩,曰盘岚精舍。始至其巅,筋力渐觉罢困,因与李君踞石少息,盖有二客已不能从也。见湖上游人，咸作踏冰戏。若当夏秋之交，必上下天光，一碧万顷，而芰荷香里，荡漾扁舟，当更别饶异致，惜今非其时耳。隔湖有大西天、小西天、阐福寺、万佛楼等处。临湖复有五龙亭，楼台隐现，如在烟云漂渺间，恍惚海上仙山。已而夕阳西下，霞绮满天，一片苍烟，四围暝色。余等游兴渐阑，相将循径下山。出酣古堂，转过岛之北面，经大院落二，复回至游廊。廊之尽处，又有一阁，额曰"分凉"，盖至此，则至岛之西面，背山面水，有屋数楹，已经倾圮，楹柱犹有灼痕，仅馀一额，曰"琳光殿"。岛中之游，大概若此。惟酣古堂后之铜人承露盘，阅古楼中之三希堂石刻，以及庆霄楼、静心斋、春雨林塘诸名胜，乃事后闻诸友人之曾经游览者，惜当时指导无人，未获一寓目耳。爰觅来时之路，不复由桥上经过，由桥下踏冰以渡焉，仰见桥旁有额曰"银汉作界"，联曰："玉宇琼楼天上下，方壶圆峤水中央。"北海之外，尚有中海、南海二处，以为时已晚，又以阍者敦促，惜乎近在咫尺间，而未能一览，并北海诸名胜，亦不能窥全豹焉。时民国二年二月共和纪念之第三日也。

农事试验场

农事试验场，在西直门外里许，普通曰三贝子花园，又曰万牲园，创于前清光绪季年，属现今之农林部，周围十馀里有奇，其中水木明瑟，冈峦衔接。董其事者，为叶君基桢，叶君邃于农学，布置极善，凡一桥一亭，一台一榭，一楼一轩，皆令人流连不置，即作平原十日游可也。余游于园者屡矣，欲有以记之，皆蹉跎未就。民国纪元，国庆前一日，复游是园，遂纪其梗概焉。余以午后二时及园，投资以入。园之内，正室为客厅，右行复入一门，溪流涓涓，小桥横卧。过桥即动物园，珍禽异兽，荟萃于中，不能尽述，即欧美非之产，亦罗而致之，洵大观矣。有马一头，为刘洪基君所赠，以为纪念者，其马躯干虽小，而神骏不凡，傍悬一牌，署曰"追风"，并注云："此马性质灵敏，能登山涉险，南京、武汉之役，皆乘此马，当时弹落如雨，炮声震天，而此马进退自如，善适人意。"噫，亦奇矣。虽然，世不患无千里马，特无伯乐耳，向使此马或服事于耒耜，或致力于负载，亦不过老于枥下已耳，今待遇若此，岂非此马之大幸耶。出动物园之北门，有马车、人力车、藤舆等，以备游人雇用者。北行数十武，有一亭，亭之西有厂厅三楹，一面临水，曰松风萝月，廊下系有画舫数叶，欲泛舟者，于此解缆焉。对面曰荟芳轩，轩中陈列，为动植物真型。轩之南为四烈士墓，墓之四周，砌以文石，其巅树以方碣，四面悉涂以金字。四烈士者，彭君家珍、杨君禹昌、黄君之萌、张君先培，令人对之，不禁肃然。惟营奠甫毕，适逢国庆，全国人士，莫不舞蹈共和，而烈士墓前，则白杨宿草，秋色苍凉，地下英魂，不获睹兹盛典，良可慨已。由松风萝月而西，为豳风堂，设有茶肆，游人啜茗者，多憩于此焉。左侧游廊环结，有海棠式轩二。轩之西南，板桥三折，有东洋式楼房二幢，与陆地不相联接。折而西，有最高之红桥一道。当其前者，为卐字楼，盖因其形式以名之也。舍楼而北，渡一石桥，沿冈而西，当路有藤花一架，亦百年前物也。更西有一茅亭，再进则竹篱之上，有榜曰"自在庄"，中有老屋数楹，覆树皮以代瓦，曰观稼轩，为清帝后幸此观稼之所，茅茨土阶，窗棂皆依树枝之权桠，穿成文理，椽柱不加修饰，颇为古朴。门前为园蔬试验场，菜畦芋区，一望苍然，大有田家风味。与之相邻者为植物园，有温室，玻璃为瓦，前后两区，罗列花草，美不胜述。过此则又有一亭一楼，楼之额曰"来远"，乃园中售番菜处，对向者曰咖啡馆。沿廊之檐，长廊斜坡，可百馀武，直接一楼，楼之闳壮，华丽无匹，曰畅观楼，楼中陈设精雅，多珍贵之品。迤逦而西，有亭翼然，临于山麓者，曰"旷然"焉。登高眺远，鳞塍叠叠，阡陌纵横，悉园中之田亩也。更西望，则一带红墙，朱门双扃，而游人亦止步于此矣。更回至畅观楼前，越一砖桥，桥之左右，有喷水池二。喷水机作二狮俯仰形，口中喷出之水，有若千条银箭，溅地有声。南行数十武，乱石叠为墙垣，薜荔罩于其上，华屋数幢，曰鬯春堂，为前慈禧后游园时驻跸之所。由堂而东，复越一桥，桥之北有西洋式亭一。亭之东南亦有一桥，折而南，绕山上行，过燕春番菜馆、镜真照像馆，更前行经养蚕室、蓄蚕室、切蚕室、蚕室、标本室、器械室，复有西式楼房数处，大都为办事人所居，无可流览。盖至此则为园之出口矣。至于松风萝月之对岸，有洋房一所，鬯春堂前有古刹二处，以及果园菊圃，药栏花坞，皆未暇观焉。及出园时，已四钟而强，夕阳西下，游人大半散去。余亦兴尽而返，归而砚墨犹濡，遂泚笔而为之记。

（《新游记汇刊》第一册，中华书局1921年5月初版）

燕京揽胜录

章　鉴

北京地址，历辽金元明四朝，颇有变迁。辽为南京，依唐幽州镇旧治；金为中都，始扩其东南而大之；元为燕京，又扩其西北而截其东南（案今德胜门外八里土城为元建德门遗址，是元之北城，尚在今北城八里之外）；明初徐达又截其西北，至永乐时，扩其东南，始名北京，迨嘉靖二十三年，又展其南，包京师南面，是曰南城，当时亦谓之新城，近时称曰外城。此北京地址沿革之历史也。讲谶纬学者，谓东城崇文，西城宣武，中为正阳，城门题额均按历代亡国君主年号，元亡于至正，明亡于崇祯，清亡于宣统，则冥冥中尤若有数存乎其间也。

崇文门居正阳之东，元为文明门，明改今名，土人呼为哈达门，以元时哈达大王建府于门内，故称之。此门历朝以文命名，即左文右武之意。至哈达大王不过一时势力之雄大，乃得袭其名称，相传至今勿替，亦可见习俗移人之牢不可破也。

正阳门俗称为前门，元时名丽正门，明始改为今名，前清因之，民国亦仍其旧。此门两层，内一外三。外左右二门，通行人，中常闭禁，前清时非帝王出入，不启此门，迄今犹沿是例。政府为交通便利起见，曾议洞启此门，以通行人。去岁内部长朱桂莘整理市政，而此门遂改筑一新，内层一门，今改为三门，一如外层。套城内修筑马路，移石狮二，镇峙其间，外层堞楼，环以石栏。由城根起筑一梯桥，拾级而升，颇足瞭远，夏日乘凉，披襟当风，尤为绝妙胜境也。

安定门大街，北新桥迤北，有雍和宫，初为雍正帝潜邸，即位后赐与章嘉呼图喇嘛。相传雍正得承大统，事颇暧昧，该喇嘛实与有力，赐以雍和宫，所以酬报也。后雍正不时幸其地，阳为崇奉宗教，实借为淫乐之所，有刺客杂优伶中击之，虽不获中，而此后清帝不复再莅雍和宫。去岁此宫开放后，余购券入览，则见殿宇荒凉，朱漆剥落，大有故宫禾黍之慨。惟蒙古僧人，犹沿旧例，喃喃诵经，为未来帝王祈福。各殿供列欢喜佛，大抵青面狞鬼，或牛马各兽，拥抱美女，恣行淫乐，此真野蛮陋俗，匪夷所思者也。

古物之可宝贵者，为名人手书，最足启后人之崇仰。如北京崇效寺内，有"无尘别境"四字扁，为明杨忠愍公法书；又"静观"二字，为王觉斯书。礼部前街刘必通水笔招牌，为董思翁书。龙泉寺福殿，有清初王文靖公题额。琉璃书肆，亦有名流题额，如"乂素存斋"为梁文庄公书，"文光阁"为张文敏书，识者一见，知为巨公手笔也。自庚子拳乱，一经兵燹，或存或不存，独有严嵩所书之"六必居"三字（前门外粮食店北口路西），严世蕃所书之"鹤年堂"三字（菜市口路北），依然无恙。分宜父子，贪淫误国，罪通于天，与桧贼同恶，至今三尺童子，皆羞道之，乃其题额犹几阅沧桑而不毁，岂天之独厚于权奸欤，毋亦使之常留遗臭也耶。

民国初年，前清禁地，大半开放，任人游览。自总统府移入新华宫，而内廷名胜，遂不许游人以饱览矣。新华门为总统府出入总门，与宝光门前后对峙。门之东北为瀛台，前清西太后曾幽德宗于此，宫殿荒凉，空梁泥落。某杂志载有光绪帝幽囚之苦况一则，今已强半遗忘，大致谓棂穿户破，窗上湘帘，破须下垂，室中铺设，亦极简朴，德宗曾有"风来为吾翻书，雨过不啻洗砚"之句。迨后为黎副总统所居，已捐金修葺，雕梁画栋，又觉焕然一新。第堂廉崇高，门禁森严，此日之瀛台，不能使余等重复瞻仰，亦一恨事也（按瀛台近已开放）。

瀛台之北，有勤政殿，前清两宫居海子时披阅章奏之处。其东有小院，院有大槐，俗呼为槐树院子，当日军机大臣办公处也。勤政殿之西，为今统率办事处，即总统府办理军事之总机关。再西之南端，为丰泽园。园之北为颐年堂，大总统接见各官之处。前有某官循例随班觐见大总统，训词后例行一鞠躬礼而退，乃某官竟三鞠其躬，方鞠躬时，见各员均已礼毕，而己独伛偻，未免张皇失措，只鞠半躬而止。此等事实发生于前清，当然以不敬议处，而在共和时代，不复拘拘于礼节，故大总统亦再鞠半躬以还之，亦一趣闻也。

政事堂办公之处，为遐瞩楼及含和堂。含和堂系政事堂参事等办公之处，佥事等则居前面诸厢房；遐瞩楼为国务卿及左右丞所居。而大总统办公处，则移于西偏之春藕斋，每日国务卿、左右丞、各总长及统率办事处人员，回禀公事，皆在于此。春藕斋与遐瞩楼中间，隔一纯一斋，往来蹀躞，颇费脚步，然而廊腰缦回，檐牙高啄，行此一带雕栏画槛之长廊，足以忘奔驰之苦。春藕斋之后为居仁堂，为大总统住所。其后有洋式楼台，红砖碧瓦，矗立霄汉者，为总统瀛眷所住。其东北有怀仁堂，总统宴会之地也。春藕斋之南，有一小池，清波绿漪，嫩藕新菱，当此新秋时节，皓月当头，苟假一叶扁舟，荡漾其间，仰视月光，低唱新曲，则俗尘万斛，洗除一空，几疑身在西子湖头，不复忆及厕身上林苑里也。再南为戏鸿堂及虚白室，则绿阴蔽天，清溪绕屋，青藤紫石，别饶幽趣。其西为太平庄，前清西太后灌溉花木之地，外有长廊，曰万字廊，槛外花木，四时鲜艳，近为袁公子克定所居，假此流连文酒、宴乐嘉宾者。此外有流水亭，二公子所居，亦幽雅宜人。三海之中，除北海外，政事堂诸公，俱得领略个中风味，此等清福，正不知几生修到也。

龙泉寺在陶然亭西，相隔不过半里，京中巨刹也。寺内佛殿，凡十馀处，而别院客轩亦相等。此寺阅时甚久，而殿宇完好，如新甃者，足见寺僧保护有方。寺之内外，古木参天，多百年前物，虽逼近尘市，仍饶幽闲之致，不愧为一清净禅林也，且其规模较胜陶然亭十倍，然陶然亭名播海内，而称龙泉寺者绝少，胜地之传与否，亦有幸有不幸也。前章太炎先生读书于此寺，赁西北别院数间，室内极整洁，除文具外，有《大清会典》一部，堆累案头。寺之东隅，即龙泉孤儿院，为长老所建之功德事业，是能以佛地开方便之门，不愿与俗人结香火之缘也。

法源寺即悯忠寺，相传为唐太宗征高丽时，于此建水陆道场，追祭阵亡将士。寺中有元至正年间石碑，及明崇祯年间石碑，皆略载其事。方丈室中，墙壁嵌以石刻，清初翁方纲等加以题跋。寺拓地颇广，院中古树多百年前物，三春百花盛开，木本海棠，高触檐牙，初夏则牡丹盛开，种类亦多。地当城南尾闾，幽闲清净，无尘嚣气，然游人绝少，远不如崇效寺牡丹盛时，车龙马水，络绎于道上不绝也。

癸丑年十月国庆节，项城正式受总统任。是日太和殿开放，始得入内观瞻。游人于天安门外停车，徒步前行，进端门、午门而至太和殿。午门楼俗名五凤楼，前清行受俘礼，颁时宪书，均在午门楼。毛奇龄有《午门谢恩》诗云："嵯峨阊阖启双镮，帝阙遥看彩仗班。伏地敢违阶咫尺，瞻天只在殿中间。枫门剑佩朝方启，草野衣冠拜未娴。但愧圣恩无可报，遥呼万寿祝南山。"太和殿为皇帝践祚，受百官朝贺礼，平时不轻易戾止。今总统就职，与践祚大典，无分轩轾，故亦于此行礼。是殿宏壮伟丽，金漆辉煌，中设宝座，四围席地均铺锦褥，五彩纷披，两旁朱楹合抱，可三四人。由太和殿入内，则为中和殿、保和殿。再进则为乾清门、乾清宫，清宣统帝所驻地，限于门禁，未能遍历也。

太和殿外，院地甚广，砌以石栏，如白玉然。院前列古鼎六，色质甚古，又有铜铸鹤鹿，缀列其间。历阶而下，王道荡荡，王道平平，洁白无尘，悉如玉琢。金鳌玉蝀，左右建筑两桥，御沟一泓，迤逦蜿蜒，如长蛇环绕数里。"方知天上神仙府，即是人间帝王家"。幸在共和时代，使吾侪得以饱览也，眼福可谓不浅矣。

太和殿左右，东曰文华，西曰武英。文华殿东曰传心殿，武英殿西为咸安宫故址，今改筑宝蕴楼，为古物陈列所储藏宝物处。文华殿近亦重加修葺，拟仿武英殿陈列珍品，以备游人瞻览。武英殿于民国三年改建古物陈列所，奉天、热河清宫珍品，均辇载入京，陈设于武英殿。殿分两进，前为武英，后为敬思。殿旁有浴德堂，相传为香妃赐浴处，旧时一炉一灶及汽管流通之处，今犹无恙。修葺武英殿，并修葺是堂，以见保存故迹之一斑。

东华门至西华门有里许，马路整饬，洁净无尘。武英门外，草地平铺，两行列树成阴。游其地者，于宫廷风景，皆得一览无遗。"金阙晓钟开万户，玉阶仙仗拥千宫"，还想当年，令人感慨不置也。

杨椒山先生，直隶容城县人，以弹劾分宜父子，身遭惨死，事载《明史》。后儒《碧血录》一书，本《春秋》之意，贤奸并录，为之予夺褒贬，昭千秋之公议，洵足以传先生矣。今其故宅在宣武门外炸子桥西，老屋数椽，仅蔽风雨，颓垣薜荔，蔓草荒芜。有明迄今数百年，虽几经兵燹，而此宅如鲁灵光殿，岿然独存，亦可见呵护之有灵矣。前清时为察院公地，内设椒山先生神像，左右都御史每封章奏事，先斋戒沐浴，焚香抽签，然后入奏。此则后人景仰之诚，而并不关乎迷信云。

京师国子监太学，为全国学校冠。清初时代，琉球、俄罗斯均送其子弟观光中国，入学读书，可称极盛。国子监故多碑石，均系名人书撰，监堂匾额为严分宜手书。前清沿明制，设学额八十人，学官二人。监旁设南学二，分六堂，曰广业、崇志、率性、修道、诚性、进德。诸生入学读书，春秋试擢高第以去者，每次数十人。科举既废，而旧时斋舍，无人过问，殊不胜今昔盛衰之慨也。

通州燕郊镇，为山海关出入要路。道旁有废寺，殿宇倒塌，荒凉不可言状，中存巨炉一，烛台二，炉高八尺有奇，台高丈馀，重莫能测，以故久而获全。前清乾隆四十二年，皇帝谒陵，经其地，见巨炉，知非常物，以鞭扣之，鸣声不类铜铁，命侍卫锥破之，灿然露黄金色。盖外涂火漆甚厚，乡人不识，以铁类视之也。清帝归后，即发命运入内库。惟此寺缘起，则志不详，后于倒壁处掘一碑，系明嘉靖时太监李玙家庙。案世宗约束内侍颇严，李玙之名，不详史册，似非权阉可比，而豪富已如是，足征专制时代，帝王虽甚明哲，亦不免为左右所蒙蔽。古来宝物，蔑弃于陇亩丘墟者，不知几何，风风雨雨后，不难次第出现，颇足动好古家之摩挲也。

由直隶遵化马兰峪，路经茅山。茅山东北三里馀有一山，山坳内有古刹一座，是明代戚南塘为镇边使时所建。刹旁有温泉池，见方十丈，深有三四丈，四面用大理石砌成，泉口作螭吻状，泉水从口中流出，热度颇高，在摄氏表七八十度以上，置一杯酒，浮于出口处，泉水经过两回，即温暖可饮。池旁有一亭，题曰"曲水流觞亭"。后有浴室，即引池中温泉为挹注，惟热度太高，非和以冷水，不能入洗。有一奇异处，温泉一带，竟不能生长植物，惟池底所生荇藻甚多，隐约可现，是真物理之不可解者也。

（《新游记汇刊续编》第一册，中华书局1923年12月初版）

故都屐痕

张涤俗

　　草草劳人，百感萦怀，念浮生之若梦，宜及时而行乐。是以弹铗之馀，辄喜作汗漫之游；征鞭甫驻，便觉万虑全消。碧水青山，似曾相识；晓风残月，恍对故人。盖余于旅行，几视为惟一消愁之事矣。顾年来游踪，恒不出于苏浙之间，屡欲作故都之游，以旷眼界，而俗尘难卸，辄因循未果。近读《旅行杂志》《旧都四日记》及《北平导游录》诸篇，顿觉游兴勃勃，若不可抑，于是拼挡一切，决计只身作故都之游矣。

　　余为好奇心所使，决取海道北上，陆道南下，如是则一往一返之间，海陆风景，均得饱览，宁非快事。

　　先期函托沪友代向中国旅行社定购中国船票，嗣得电告，已代定妥招商局新铭轮房舱，该轮于八月二十八日午时开行云云。届期余自锡乘早车抵沪，下车后迳至轮埠，一切手续，均已由旅行社会办妥，殊感便利。十一时许，吾船即于汽笛长鸣、人声嘈杂之中，离沪出发。海上市楼，愈离愈远，卒至渺不可见。出吴淞口，海面渐大，船行亦速。下午六时经佘山，远望若镇江之焦山,斯时风浪渐大,船身微颤,然行坐尚不觉其苦。迨夫夕阳西沉,晚霞如血,景殊美丽。夜来明月正圆(按是日为废历七月十五),登舱面,夜凉如水,寒光万里,披襟当风,洵飘飘然欲羽化独立而登仙矣。遥见西北隅有灯光一点,乍明乍灭,盖灯塔也。

二十九日,晨五时起身,未及盥漱,亟登舱顶观日出,而天已大明,余意谓日已出矣。遥望极东海天尽处,晓霞片片,如展锦绣,已而霞彩愈明,或红或紫,幻为奇观。正凝视间,忽见一轮红日,跃然上腾,迅疾无比。斯时红光普照,海天景色,璀璨夺目,而转瞬之间,再视旭日,已光芒四射,不可逼视矣。曩者余欲尝一登泰山之巅,以观日出,人事牵率,斯愿卒未能偿,不图今日竟获睹沧海浴日,中心愉快,宁可言喻。

旭日既升,明月未坠,仰望长天,似东西各有一日。惟一则如英雄及时,不可一世;一则如美人迟暮,掩袖敛容耳。今日海水已作深绿色,浪花飞处,洁白如雪。询诸船役,曰:"此处俗名料木洋,介乎南海、北洋之间云。"以余度之,或已入黄海境耳。

三十日晨六时,抵威海卫。水色澄清,波平如镜,群山环抱,绝似吾锡之五湖;峦翠为朝曦照耀,作紫红色,又绝似展视一幅西洋画图也。泊一时许即开,自威海卫至烟台,风平浪静,远近诸山,峰岚起伏,连绵不断。十一时抵烟台,有一小山,突出海岸,上有西式建筑物甚多,而形势之佳,又大有吾锡鼋渚之胜,临海依山,实一良好之避暑所也。下午二时半,鼓轮向大沽口进发,夜梦醒来,闻奔涛澎湃声,辄疑风雨之骤至,起视窗外,则正明月窥人也。

三十一日晨起，海日初升，晓霞朦胧，西北角湿云弥漫，似有雨意，风狂浪急，船身为之颠簸。七时许，天渐开朗，遥见风帆无数，知将近大沽口矣。八时许抵大沽口，海水又作污泥色，如吴淞口然。船泊六小时之久，潮始涨，再鼓轮前进。下午四时许，至塘沽。近日北方水浅，不能进口，于是由轮登陆。七时乘北宁火车，晚八时抵津。

总计自沪至津，在途历八十小时。余乘轮航海，生平尚属第一次，是以只觉其乐，未知其苦。每当朝曦初上、夕阳将没之际，辄喜登临舱顶，饱览风景，举目四顾，第见水天相接，茫茫宇宙之间，几不知更有山与陆矣。海上生涯，虽嫌单调，而置身其间，颇能洗心涤虑，万念俱消，觉此身如与水天同其纯洁，仿佛已有出尘之概。余年来颇能摆脱一切，作汗漫之游，顾历次旅行，辄遇殊景，而尤与明月有缘。如两次游杭，一为月夜泛湖，一为雪夜步月。前年作白门之游，曾于月夜渡江之浦口，胥为三五良宵。今次乘轮赴津，又适逢月圆之候，碧天如洗，皓魄当空，历数前游，惟明月最觉多情，亦巧遇，亦佳话已。

间尝默察同舟之人，果为谁辛苦为谁忙，实则类皆为生计所驱使，熙来攘往，角逐于名利之途。如余之一无罣碍，专为寻乐而来者，未识共有几人。惟觉一二海鸟，飞翔上下，其乐或与余同耳，一笑。

津门小憩，一日有半，热闹市区，曾几度踯躅徘徊其间，虽凡百事业，亦应有尽有，而繁盛究不逮沪上。盖一则于热闹之中，仍带清静；一则红尘万丈，胡帝胡天矣。

津地人士，朴实无华，俭素堪风，十之八九，仅穿灰色竹布衫一袭，女子亦有御之者，与江南之专以华丽为表者，其奢俭实不可以道里计矣。

九月二日下午四时，在津乘车，八时抵北平，寓东长安街东安饭店。该店附设有白宫跳舞场，是以每日倦游归寓，更有清歌妙舞以娱耳目，藉此亦正可调剂心怀也。

三日起，正式从事游览。上午十时，先至故宫博物院。该院在神武门出入，即紫禁城之后门，内分三路开放。每逢星期一、五，开放内西路；三、六，开放外东路；四及星期日，开放中路。每逢星期二，则停止开放。游览时间，自上午十时起，至下午五时止。入览者宜于晨间尽量果腹，努力加餐，盖故宫中并无点心饭食出售，游人自晨间起，须挨饿至下午四五时，始得出外果腹，若因五脏殿内起讧，而提早出门，殊不值得。此则欲往游览者，所不可不知者也。再，该院有《故宫图说》出售，入览者得此，便可按图索骥，绝无遗漏矣。是日为星期四，系开放中路。余购票入门，门券每张五角，即童仆亦不减价。近为普遍起见，每逢月初之一、二、三日，减售二角。入门时除所带日记簿、铅笔等不加干涉外，其余如摄影机及他种物品，一概不准携带入内。进神武门后，即为顺贞门，向东出延和门，即为御花园，楼阁亭榭，苍松古柏，自饶胜概。有假山一，甚高，曰堆秀山，惜禁止攀登，盖防危险也。其旁有浮碧亭，亭内有"杏花春雨"、"蓬岛烟霞"等匾额，为隆裕太后御笔，惜字体甚恶劣耳。亭前有连理柏者，干实为二，及至分枝之处，则合而为一矣，所谓"在地愿为连理枝"者，始于今日见之（按宫中连理柏甚多，如天一门后及澄瑞亭前均有）。其后为摛藻堂，现为图书馆第三陈列室，内藏《四库全书荟要》一部，共四百七十二种，计二千函。此书原有二部，惜藏于颐和园之一部，已被毁，今所存者仅此，殊可珍已。此室不能入内，只可于玻璃窗外引颈探视，吾侪有嗜书癖者，如过屠门而大嚼耳。再进而至绛雪轩，隆裕太后御笔甚多，盖为其游憩之所也。轩前有太平花，枝叶甚繁盛，闻系外国所进贡，惜此际花时已过，未获一餐秀色。其旁有"木化石"一方，视之，节纹宛然，木也；叩之，铿铿然，石矣。出御花园为琼苑东门，向左而进大成左门，为锺粹宫。此处藏历代名人书画甚多，琳琅满目，美不胜收，即此一室，已足留恋竟日。余所萦洄脑际而不能忘者，为唐六如之《高士图》，以极不经意之笔，写来奇趣横生，殊有凌云之气。又有《山居图》一幅，则又工整谨严之至，如出两人手笔。古人才艺，实足惊人。六如居士自题云："霜前柿叶一林红，树里溪流极望空。此景凭谁拟何处，金阊亭下暮烟中。"又有宋人《西园雅集图》长卷，五代关仝《秋山晚翠图》，宋范华原《临流独坐图》，王时敏旧藏之范华原《旅行图》，宋人白描大士像，董其昌题词之元人朱德润《烟岚秋涧图》诸大幅，均工细之至。又有元顾定之墨竹一帧，摇曳生姿，迎风欲动，此非写竹，实画风矣。而宋人无款纨扇尺页多种，均精妙无匹。出锺粹宫，东行至景阳宫，中藏宋元明各种瓷器。内有瓷质古琴一，乾隆御笔题曰"修身理性琴"。前进为承乾宫，内藏清代各种瓷器，乾隆年间所制者最多。承乾宫前为景仁宫，中列商周秦汉各种铜器，古色斑斓，洋洋大观。宫门廊下有故宫博物院所制牌,上书"景仁宫为珍妃寝室,后渐荒废。十九年春,美国盐业大王摩登先生示一,来游北平,慨捐中洋二千六百二十五元,作铜器陈列室装修费,经院中决定修理景仁宫前院,作此种陈列"。是以该宫现已焕然一新。由景仁宫出,向南行至日精门,此即乾清宫之左门。旁有一室,陈列瓷、玉、珐琅、水晶、翡翠、珊瑚、玛瑙所制之各种鼻烟壶,不下数百件,往往同式同类者,有四件或六件,盛以锦匣,罗列满室,洵为奇观。嘻,小小鼻烟壶,居然一室以陈列之,其他可想见矣。乾清门之左为上书房,昔为皇子皇孙读书之所;右为南书房,据故宫牌示所载,"旧为文学侍从之臣值事处。凡翰林院人员得膺南书房行走头衔者,皆视为异数。现在屋中所悬'南书房'三字匾额,系刘石庵所书"云。今则尘封盈寸,什物零乱,诚不胜沧桑之感矣。乾清门内有广庭一,中有一殿,雄伟高大,丹墀玉级,气象庄严,盖此即乾清宫也,广九楹,深五楹。此宫为明万历、天启、泰昌、崇祯四帝居处,至清代,则临轩听政,召对百官,引见外国使臣,皆在此处。今则几成为一自鸣钟陈列室矣。上有一极大之匾额,曰"正大光明",旁有乾隆御笔联曰:"克宽克仁,皇建其有极;惟精惟一,道积于厥躬"。又有一联云:"表正万邦,慎厥身修思永;弘敷五典,无轻民事惟艰。"其边识云:"康熙己酉圣祖御笔,乾隆丁巳恭摹皇祖御书。"中为宝座,座下有一小方台,似今之演说台然。另有小阶,作半圆形如桥堍状,前出者三,东西出者各一,两旁围以短阑。宝座后有金漆盘龙屏一。正中悬不夜琉璃灯一座,大小电炬,当以百计,如贯珠络。帝皇居处,诚伟丽极矣。其后为交泰殿，现藏御用玉玺多种，及皇后册宝等物。东间有乾隆年制之铜壶滴漏，西间则为一大自鸣钟。交泰殿之后为坤宁宫，此宫在明为皇后寝宫，即中宫是也。满制凡祭，必于正寝，故中间四间改为祭天跳神之所，现尚遗痕宛然，如宰牲之长桌，煮祭肉之大锅，盛祭品之大缸，帝后受胙进肉之大炕，皆在焉。东间则为大婚时合卺之处。坤宁宫之西暖阁，现藏各种新玉。其后曰第一陈列室，则藏各种珊瑚嵌宝之属。第二陈列室，则藏各种象牙雕刻，尤以宝塔龙舟镂刻最精。由此出，则经天一门至钦安殿，复折回御花园，仍由顺贞门出口。时已下午四时，匆匆进膳，即径至三海。先游北海，门券售铜元二十枚。入门即见长桥卧波，行其上，胸襟大舒，精神为之一振。桥堍两端，各有大牌坊一，前曰"积翠"，后为"堆云"。迎面有一小山，曰琼岛，盖四面临水也。最高处有白塔，塔前有方台，登其上，远近诸景，悉收眼底。其下曰漪澜堂，长廊一带，作半圆形式，额曰"湖天浮玉"。廊外沿湖处，砌以白石短栏，间以石柱，道亦甚宽，实两重长廊耳。此间满设茶座，士女如云，盖临水依山，风景殊佳。湖中荷花颇盛，惜是时已值新秋，花时早过，间有未谢者，真如硕果之仅存，然游艇往来，尚喜打桨于青茎翠盖之间也。游艇租价，大船第一小时须一元五角，即最小最廉者，每小时亦须五角，较之西湖昂矣。北岸有五龙亭，适与漪澜堂隔湖相望。五龙亭建筑精美，突出湖滨，有长桥屈曲贯之，蜿若游龙。游三海者，自以北海为最佳，而北海之中，当以漪澜堂、五龙亭二处为最胜。五龙亭后有万佛楼，中储小佛无数。出而向左，见有盛大之牌坊，曰"华藏界"。内为真如宝殿，殿内有大铜塔四，最后有一楼，纯是磁砖砌成，砖上均镌小佛像，此即琉璃楼也。其旁为九龙壁，此物曩曾于照片中见之。意谓九龙壁者，定已斑剥不堪，无足观矣，孰知该壁系五彩磁砖所砌，两面各有九龙，照耀于阳光之下，灿烂夺目，美丽无匹，与余心中所逆料之九龙壁，适得其反，洵中国之大艺术也。总之，北海公园处处可爱，亭台楼阁，星棋罗布，均能引人入胜，余亦不遑枚举，入览者，徘徊倘佯其间，未有不留恋忘返者也。继至中海、南海，门券合售铜元二十枚，人力车亦可入园，惟须另购车券一角。中南海地甚旷大，惟稍觉荒芜，因是游人甚少，实则清幽之境，别饶风趣，长桥流水，浓阴覆道，景殊不恶。若南海之翔鸾阁、涵元殿、瀛台等处，大足洗涤尘襟，然惟其游人之少，于是俊侣独多，或轻车并驰（自由车），或携手同行，或徘徊于绿阴深处，或小息于藕花亭畔，有此点缀，固亦不负名园矣。由三海出，即返寓邸，时已暮霭苍茫矣。

四日上午，仍至故宫博物院。是日开放西路，仍由顺贞门进，经御花园而至漱芳斋。前有戏台，台前有联曰："日丽瑶台，寰宇休明传鼓吹；风清玉漏，万方欢乐入歌谣。"西人游览故宫者甚众，是日见一西人，年事已高，亦以日记簿随处摘记，及见是联，竟作中国字抄录联语，想该西人对于华文亦颇有根柢也。其旁为重华宫，昔乾隆为皇太子时曾居此；当溥仪未出宫时，瑨太妃（同治妃）亦居此。是以宫中各种陈设及床帐之类，悉仍其旧云。其前为崇敬殿，额曰"乐善堂"，尚系乾隆为皇太子时所书。中有宝座，其靠背靠手，均有楄楞如鸽舍，中储各种玉器宝物。以吾人思之，椅中有此琐琐者，身坐其间，恐反以为累，不能舒适矣。座后有雕玉人物山水屏风，旁有雕漆红匣，内储乾隆诗文稿，惜无由启视，一观究竟耳。出重华门，至储秀宫，此处为溥仪后寝宫。中为宝座，其旁有风琴、钢琴各一，东间为卧室，床帐、被褥、枕函及什物，仍完好存在。西间为浴室，浴盆、衣橱等物俱在，又有溥仪结婚照片一。其前为体和殿，系溥仪后书室。东间有铜床一，溥仪戎装照片数帧。西间案头盘龙蛋圆镜一，各种新小说及洋装书甚多，面上一书为《女性养生鉴》。中三间多系各种磁玉陈设。噫嘻！宫中什物依然，而人事全非，设令溥仪见之，当不胜今昔之感矣。再前为翊坤宫，昔为西宫嫔妃所居，慈禧为贵妃时亦居此。东间有慈禧像一，廊间有秋千二，今则以铅丝系于柱上，苟秋千有知，恐亦兴盛衰之感矣。笑笑。其中有西洋乐器及各种盆景甚多。其旁为长春宫，系宣统妾所居，亦五楹，中为宝座。西一间为卧室，床帐均全。西二间为书室，有大风琴、大钢琴各一。东两间为浴室，一切木器均为西式。围廊四壁，绘《红楼梦》大观园全图，精细之至。宫中什物略有零乱，据《故宫图说》所载，诸妃出宫后，宫监来储秀、长春二宫取物，遗馀物品，杂置各处，暂仍其旧，以存原状云云。近日溥仪与妃离异之事，腾载报章。妃子离异，自古罕闻，今吾人适游览其居处，为之慨然。其前为体元殿、太极殿，瑜太妃曾居之。出太极殿，折而南，至慈宁宫花园。该处由某西人捐助五千金，重加修葺，现虽楼阁一新，而蔓草荆棘，仍不脱荒凉景色耳。由花园出，至抚辰殿、建福宫，此二处为各种木器陈列室。再进为惠风亭，有"木化石"、"石化铜"各一，均属稀有之物，又有明代遗物景泰蓝缸二。由此往西，即西花园旧址，民十二失火之处，今则草长没胫，一无所有矣。东北隅有鞋帽亭，内有硕大无朋之帽一、鞋二，亦吾人所罕见者。西路参观，至此告终。出门后，即至景山。景山俗名煤山，在故宫博物院对面，仅隔一通衢耳。入门券售铜元二十枚，人力车可入内，另购车票一角。景山之麓有一墓，即思宗殉国处，今故宫博物院为立一碑，上镌"明思宗殉国处"六大字。其上有一古槐，倚斜杈桠，或名之曰罪槐。山上有亭五，最高处曰万春亭，登其上，出望远镜窥之，故宫殿宇，近在咫尺矣。景山最后一殿曰寿皇殿，此殿陈设，仿太庙而约之，今仍悬挂清代各帝后像，正中为太祖高皇帝，左旁为太宗文皇帝，右旁为顺治，以次而下，自康熙以至光绪，其像均一帝两后，三幅挂于一屏，占一祭桌。瞻仰之馀，独慈禧之像，双目炯然，英气勃勃，望之生畏。古人云："以貌取人，失之子羽。"今于慈禧，则貌似其人也。自景山出，已下午五时，即至中山公园，门票铜元二十枚。入门即见一白石牌坊，巍然高耸，盖即公理战胜坊也。再进有铜像二，均为辛亥革命滦州起义之烈士，一为总司令施从云先生，一为大都督王金铭先生，戎装并立，令人肃然起敬。北海公园以长廊胜，而中山公园之廊尤长，惟一则临水，一则介于园之东西。入门不数武，有廊二，分东西蜿蜒，回环屈曲，人在其间，似在画中行也。东部廊尽处，即为来今雨轩，是额为徐世昌所书，前有广场，满设茶座。西部之廊尤长，经三数曲折后，又枝分为二，中有花棚，茹各种花草，额曰"唐花坞"。园中占地甚广，各种设备，应有尽有，如中山堂、中山图书馆、卫生陈列所、网球场、跑冰场、高而夫球场、鹿囿、弹子房、小运动场，盖对于公共娱乐、卫生、教育、运动，靡不注重。各处亭榭楼台，亦极饶胜概。园后有荷池，甚大。公馀休憩，此园最佳。

五日上午，至故宫博物院参观外东路。入门迆至皇极门，门前亦有九龙壁，华丽大小，与北海者仿佛。内为皇极殿，乾隆为太上皇时退养之所。今为文献馆第一陈列室，内有工细惊人之长卷，为《乾隆南巡图》，卷凡六，均储于玻璃长橱内，一曰启跸京师，一曰渡黄河，一曰自金山放船至焦山，一曰杭州驻跸，一曰入浙江，一曰谒大禹庙。又有《康熙南巡图》绢本长卷，凡三，一为出永定门至南苑，一为渡钱塘江祀禹陵，一为幸江宁祭明太祖陵。观此，当年盛况，可见一斑矣。后为宁寿宫，今为文献馆第二陈列室，内有《光绪大婚图》，绢本六大长册，计分大婚征礼、册立奉迎、纳彩筵宴、皇后妆奁、凤舆入宫、庆贺赐宴等等，均精细之至。大幅有《击鹿图》、《挟矢图》、《落雁弋飞图》、《采芝图》、《殪熊图》、《刺虎图》、《是一是二图》等，均系乾隆小像，点缀布景，神情生动，洵非凡品。其后为养性殿，文献第三陈列室，内储各种《礼器图》、明清玉册及珍妃、慧妃册文，睹此眼福非浅。靠东一间，专藏清代各帝后妃嫔各种金、玉、晶、铜宝玺，不计其数，亦洋洋乎大观也。其旁为阅是楼，内储各种戏衣、戏帽。后为乐寿堂，昔是乾隆寝宫，今为文献第四陈列室，内有各大臣奏折、各帝后朱批朱谕、乾隆御制诗文、溥仪膳单。最觉滑稽而有趣者为光绪遗泄单，上书"三十四年二月二十五夜一次"；"三月初五前半夜一次，后半夜一次"；"三月十九夜丑刻一次"；"三月二十二夜子刻一次"……等云。又有脉案云："遗精之病，将近二十年，前数年每月必发十数次，近数年每月不过二三次，且有无梦不举。即自遗泄之时，冬天较甚。其近数年遗泄较少者，并非渐愈，乃是肾经亏损太甚，无力发泄之故。且前数年所遗者较稠，近则愈泄愈稀，下部久已虚冷痿弱。遗精之故，起初由于昼间，一闻锣声，即觉心动而自泄，夜间梦寐亦然。近来气体渐亏，昼间虽闻锣声，亦不能动，夜间则时或仍犯此病，腿膝足踝，永远发冷。"……等语。末后则有光绪三十三年七月三十日交力钩看过字样。西间则有安南、韩、日、俄、比、西班牙等国书，又有暹逻金叶表文，缅甸银叶表文。溥仪作品亦陈列满室，其中以快镜照片为最多，其馀则为谕条、函稿之类，内有致胡适函稿，左角黏有胡适名片，片上有"今日有课，不能入宫，请恕罪"数字。又有溥仪大作七绝一首，妙绝人寰，诗云："□□（诗笺缺去一角，第一字已无，第二字则为重叠字）明月上东墙，淑妃独坐在空房。娇弱飞燕常自舞，窈窕金莲世无双。"作此诗时，溥仪又宁料今日有脱辐之事耶？靠西一间，为慈禧寝室，床帐被褥，一仍其旧。套间陈列慈禧日用必需之品及衣履等物，约三十馀件，内有水烟袋一，其大亦足惊人。后为颐和轩，文献第五陈列室，有各帝所御盔甲、各种刀枪、御马鞍、御用宝刀宝剑。最后则为景棋阁、珍妃井等处。珍妃为光绪宠妃，不获慈禧欢，庚子之役，慈禧出宫前推珍妃于此井。其事《故宫周刊》曾出珍妃专号，载之綦详。是日下午，至天坛，门票售洋三角，如附购车票，则街车、汽车均可入内。天坛占地极广，建筑亦伟大，来游者西人反较华人为多，盖为欣赏艺术来也。最后一殿，作圆形，曰祈年殿，曩于影片中见之，辄为神往，今竟身历其境，能不快然。殿内大柱及圆顶华丽异常，正中有金漆大屏一，左右金漆小屏各四。出祈年门前行，则为皇穹宇，亦圆形，殿宇玉级，一如祈年殿，惟体积较小，殆不及三分之一耳。皇穹宇前，有一大圆形之高台，石级凡三层，曰圜丘，又名拜台。自天坛出，即至先农坛，门票铜元十二枚，车辆亦可入门。绿阴深处，遍设茶座，俨然一公园矣，中有诵幽堂、观耕亭等，徒成陈迹，无甚足观。旁有大鼓场，余亦曾厕身其间，啜茗听曲，但一闻弦鼓歌声，顿忆及张恨水君所著《啼笑因缘》第一回中"哀音动弦索满座悲秋"情事，特未知此日此地，尚有樊家树、沈凤喜其人耳。一笑。

六日晨，至古物陈列所，即紫禁城之前部，东华门或西华门皆可入内，门票计文华、武英两殿各售一元，太和、中和、保和三殿（俗称三大殿）合售五角，东、西华门入口时售门票五分，若购联合游览券，只须二元四角。入览时间，每日自上午八时半起，至下午五时半止。是日，余亦购联合券，由东华门入内，先至文华殿参观，东为本仁殿，西为集议殿，此三处均陈列历代名人书画，举凡宫中所有名贵精妙之品，尽荟于此，置身其间，只觉四壁琳琅，目不暇接。如王石谷之工笔青绿山水《春游图》，袁瑛《雪山旅行图》，李相山水，高其佩《海天初日》，郎世宁《嵩献英芝》，宋缂丝织品《瑶池集庆》，清乾隆缂丝《极乐世界》，均为大逾丈外之巨幅。又有巨然《山居图》，马和之《五台胜概》，赵孟𫖯《汤王徵尹》及《松阴饲马图》，唐六如《采莲图》《煎茶图》，倪云林《岩石图》，仇实父仕女屏八幅，上有文徵明题诗，仇实父《西园雅集图》、金面仕女扇，唐六如金面山水扇，郎世宁西洋画《万寿长春》及《猎犬图》十幅，文徵明山水尺页十页，王石穀山水尺页十六页，黄庭坚、董其昌字屏，文徵明行书丈匹大幅，均精妙之至。其他如邹一桂、汪承霈之花卉大幅，尤不计其数。又有清人以香笔所绘观音大士像两大幅，亦所罕觏。馀如绣线观音大士像，乾隆年制彩绣《七夕图》围屏十幅，尤属富丽之至。宋徽宗诗帖，明太祖朱谕，亦陈列其中。又有大象牙一，计长七尺四寸，系乾隆五十六年安南所进贡者。旁有八音自鸣钟一，余至时，适为报时奏音之际，钟上有一鸟笼，中有彩色小鸟一，能于此枝跃登彼枝，双羽张翕，灵动如生，钟声既歇，小鸟之动作亦止。嘻！亦奇矣。继至太和门，广宇九楹，丹墀二十八级，前有金水桥五，御河绕之，在桥堍望太和门，雄壮之至。内即太和殿，深广各十一楹，前有广大之露台，龙墀高耸，计三层，共四十有一级，庄严伟大，气象万千，盖是殿为历朝帝皇登极之所，宜其殿宇建筑之宏丽矣。中有宝座，较乾清宫内者尤大。现其中所陈列者，有铜珐琅塔，钿翠嵌金山水屏，金漆各种围屏，各种铜器，又有鹿角制成之御椅二，构造甚奇。后为中和殿，有星宿亭、珐琅塔、大钟鼓各一，又有暖气管二座，为民四袁氏筹备帝制时所制。再后为保和殿，昔系殿试之所，中有宝座，旁为紫檀嵌珐琅炕床一，鹿角椅一，缎绣群仙祝寿及金龙海水等围屏数座，又有汉寿亭侯像，英气勃勃。自三大殿出，即至武英殿，此处专储各种文化古物，珍奇之品，不遑枚举。如翠云裘，系孔雀翎与色丝所织成者，为清高宗御用之物。又如薏叶蓑衣、金线喇嘛祖衣、璎珞衣、东瀛古代皮甲、顺治御用钢盔鱼鳞甲、象牙缕丝宫扇、象牙丝嵌金叶宝石之佛帽、金银累丝盘碗、犀角蛇、瓷箫等等，尽属罕觏之物。各种金质亭塔壶瓶，不计其数。又有金释迦佛一尊，高可三尺。噫！昔之帝皇不惜民间有用之钱，以恣一己之豪奢欢乐，至可慨也。又有各种翡翠、珊瑚所制盆景，栩栩如生。其他如商彝周鼎，磁铜玉石，各种古器，以及各种弓矢刀剑鞭鞍之属，尤记不胜记。最奇巧而令人惊异者，厥惟自鸣钟，余谓苟集皇宫中各殿所有之自鸣钟，荟萃于一室，其数断不减于鼻烟壶，不亦洋洋乎大观也哉。惟武英殿内所陈列之各钟，均能计时使用，毫无损坏，盖已挑选而置于此者矣。余参观时，适值招待者启拨机关之际（闻该处每日必由招待员启拨一二次，俾游人得一观究竟云），大都为八音钟，机既拨，音节抑扬悦耳。内有一钟，上有一小棚，枝藤蔓绕，果叶繁盛，俨然一葡萄架也，叶际有小松鼠，能往还行动，穿枝觅食，灵活如生，四角有龙头各一，口中各垂琉璃小丝，转动之时，如喷银波，构造者，诚神乎其技矣。各钟顶上或两旁，嵌有琉璃花纹者，均能翻动作种种旋纹；钟面有细小之车马人物者，亦能回环行动，如走马灯状，或有小人三四，并立一排，各以小锤击钟，如奏笙簧。又有西洋乐器一，为铜丝琴，高大如风琴，前立一人，如三尺童子，两手各执小锤，即须以机关一拨，双手即能奏琴，音韵动听，更能颈项俯仰，作注神奏琴及谛听之状。凡此各物，昔时皆为外国所进贡，构造之奇妙，诚不可思议，恐今之所谓机械人者，亦不过扩大其工作范围而已。武英殿之西北隅，有小室，为浴德堂，系仿土耳其式所建。昔为香妃浴室，今则除郎世宁所绘之《香妃初入中原戎装像》外，他无所存矣。出武英殿，已为下午三时半，更贾馀勇至历史博物馆，在午门城楼。紫禁城各门，以午门最伟大，门票一角。登城楼即为第一陈列室，内有孙总理初次入殓之西式木棺，及总理手制国旗等物，参观者至此，均不禁静默致思，肃然起敬，追念国父也。第二室有宋大观时桌椅瓦瓷等物，又有汉砖、石斧、古钱之属。第三室均为汉魏碑板，陈列满室。第四室有各种箭镞、刀剑、宝鉴，历代制币及各种铜印，又有太平天国玉玺二方，甚大。第五室即城楼之正间，地位最广，内藏明清各档案，亦不克一一详读，又有《康熙万寿图》印本长卷一，上有吾锡大金石家曹衡之先生题字，曰"希世之珍"，又有大成殿模型、金山模型、祀孔礼服三种，各种文虎嘉禾章，及各种关于历史上之纪念章，尤不计其数。第六室铜质人体模型、贝叶经、元代帝像。第七室则为各种枪炮刀剑弓矢之类，又有斩刀及凌迟刀等。至此，即下城楼出门。总计是日自上午八时半起，参观至下午五时半始毕，腹枵腿酸，甚矣惫也。实则古物陈列所与历史博物馆，须分两日游览，文华殿与三大殿一日，武英殿与历史博物馆一日，如是则参观时可以从容欣赏，即身体亦较安适也。

　　紫禁城内，四日之间，差已踏遍。宫殿建筑之堂皇富丽，处处均足表示吾国艺术之伟大精神，而宫中所藏各种珍奇精妙之品，更为吾人所无由得见者，今获一一恣意饱览，眼福洵非浅鲜。至于镀金铜狮、铜龙、铜象、铜麟、铜缸之属，则宫门之前，陛墀之旁，广庭之中，尤觉触目皆是，不遑欣赏。惟帝后用具，如衣橱、床帐、被褥、宝座之类，其体积辄较平民所用者大逾倍蓰，殆非此不足以示帝后之尊严。实则帝后之五官四肢，亦与常人等耳，是以吾人对此硕大无朋之用具，往往见之愕然，而思之哑然也。宫中修葺之处甚多，玉宇琼楼，焕然一新。闻蒋主席亦曾捐洋五万元，以作修理之费。如故宫博物院之城楼，及东西角楼，高耸云表，画栋雕梁，金碧辉煌，尤令人瞻仰徘徊而不忍去也。

七日，至万寿山颐和园。万寿山远在西直门外约十七八里，如乘电车至西直门，再乘公共汽车，则既廉且速，最为合宜。余往游时，适值公共汽车停驶，雇人力车往，在途历一时五十分，一往一返之间，费时须三时四十分，道路崎岖，颠簸殊甚。然颐和园为中国之第一等大花园，既来北平，安可不去？实则失修已久，颇觉触目荒凉，盖范围太大，修葺殊不易也。门票统票售二元四角。园中最伟大之建筑，当推排云殿，面湖依山，位置亦最胜。殿凡三层，其上曰紫霄殿，最高处曰佛香阁，登高一览，昆明湖全景尽挹怀袖。其后有智慧海，建筑一如北海之琉璃楼。山后残景甚多，败垣瓦砾，徒供吾人之唏嘘凭吊而已。园内楼阁亭榭，争奇斗胜，不遑详述，而道路迂回曲折，更不克作有统系之记载。然凡属特异之建筑，或足供吾人欣赏浏览者，又不忍略之。如湖边之清宴舫，又名石舫，高二层，身入其中，大有浮家泛宅之概。如西堤有六桥亭，盖仿西湖六桥所筑。龙王庙位于湖心，颇饶胜概，长桥贯之，即十七孔桥也，沿堤桥塊有铜牛一，八方亭一。其他如谐趣园，为光绪钓鱼之所；景福阁，为西太后膳食之处；乐寿堂，为西太后寝室，此处陈设，最为富丽，西间尚有西太后所用之轿车、人力车存焉。园中即有各种古玩珍宝，均藏排云殿各处，名曰颐和园陈列室，共有六室。排云殿前，有盛大之牌坊，左右长廊，共二百五十八间，可谓长矣。殿旁有转轮藏者，似一亭，内有如塔状者，贯以长轴，推之挽之，可以旋转，未识何用耳。又有宝云阁者，纯是铜质所制，工程之大，令人咋舌，内有长桌，亦为铜质。园中有茶座、菜馆，余即于对鸥舫午餐，此处适对十七孔桥，举杯独酌，湖光恍浮杯底，时适细雨濛濛，烟雨湖山，又恍如卖醉于西子湖畔也。下午二时，驱车返逆旅，即整归装。搭五时十五分由平开之平浦通车南下，当晚九时抵天津，翌晨越黄河铁桥而抵济南，十二时抵泰安，望泰山，九日晨八时半达浦口，渡江至下关，乘十时开之京沪车，下午二时半抵锡。归途得睹黄河之大，泰山之高，殊足畅豁胸襟，此行洵不虚矣。

总计留平不足五日，而皇宫三海诸胜均已饱览无馀，各种建筑之美丽伟大，文字实无以状之。总之，故都之游，觉事事物物，于历史上、文化上、艺术上均有莫大之关系。在余生平过去历程中，洵为第一壮游。

不佞倦游归来，匆匆作记，遗漏殊多，良以宫中之伟大，储藏之精富，实不克一一详记。盖所以见事物之愈奇，而更计吾文之愈平，实为憾事。惟对于各处名胜及特异之事物，均不惮琐屑，笔而记之，聊志鸿爪，并可使未游故都者，读此亦略知其大概。即欲往游览者，照此游览程序，亦极经济。惟不佞则因好奇故，由海道出发，较为周折，往游者如欲经济时日，尽可乘京沪平浦通车直达，自沪至平，单程不足三日。如向旅行社定购来回票，则价既较廉，手续又省，且有一月之期，尽可从容游览也。

(《旅行杂志》1932 年第 6 卷第 2 期）

游北海记

我 一

北海，三海之一也。入西安门，有金鳌玉蝀桥，桥北曰北海，南曰中海，瀛台以南曰南海，总名太液池，南北亘四里，东西二百馀步，池水导玉泉山水潴成者，风景以北海最胜。中海为总统府，南海副总统居之，北海则有政治会议处在焉，禁游览，入者须托辞访议员。余以四月十二日，由汪波止君介绍往游。金鳌玉蝀桥广二丈，长数百步，横亘太液池上，栏楯皆白石，饰以雕镂，桥洞凡九，铁栅蔽之。桥旁有额曰"银潢作界"，有联曰："玉宇琼楼天上下，方壶员峤水中央。"桥之两头，巨坊对峙，西曰金鳌，东曰玉蝀。明人董穀、查慎行有玉蝀桥诗，题无金鳌字，殆省文欤。《芜史》称御河桥，又名金海桥。吴长元以嘉庆间曾建金海桥于西苑，谓名金海较典切，余以为不如金鳌玉蝀佳也。渡桥至团城，团城位于桥之东，其状为高台，上有崇墉，雉堞森列如城，而基址为正圆形，故曰团城。中为承光殿，四围花木亭榭，境绝幽静。承光殿为元时仪天殿旧址，清康熙时重建者，今政治会议即设其中。殿南有亭，中置玉瓮，花纹作鱼龙出没波涛状，皆凸起，雕镂绝工，瓮径可四尺，深三尺许，为元至元二年遗物，底刻清乾隆御制《玉瓮歌》，字迹无损。某君为言此瓮，于某年得之一小肆，肆人贮蔬菜，售价十二元，因购之，移置于此。按郑希文《玉瓮歌》，有"呜呼隐见会有遇，委弃道院岁已多。冬蔬实腹泥没足，学士凭吊资吟哦"等语，则当时瓮固在道院者也。亭外有古栝一，姿势奇古，相传金章宗偕李宸妃坐此待月，章宗以"二人土上坐"属对，妃应声曰："一月日边明。"清高宗《古栝行》云："徒闻金元饰栋宇，两人并坐传齐谐。"即指此也。由团城之左入北海，有巨坊二，曰积翠，曰拥岚。有桥绝巨，石栏有损。更北行至琼华岛，岛兀峙水中，多怪石，相传为宋艮岳之遗，自汴移来者，余臆度之，未必然也。山下有碑，书"昆仑"二字，石色净白，颇似石玉。又阅古楼后，有一石曰庆云，峰峦怪幻，是殆艮岳石耳。琼岛之名，始于金代，一名万寿山，一名大山子，清乾隆帝有碑记之。岛上有古殿，相传为辽太后梳妆阁，历金元明清，皆为禁苑，吾侪小民，不易至也。有庙曰永安寺，榱崩栋折，倾圮可怜。正觉殿后，有一铜亭，门窗皆铜质，覆玻璃瓦，颇极轮奂，壁面镌无数小佛，有铜质佛像，千手千眼，状甚狞恶。更前历阶数级，至岛之最高处，有白塔，下方而上圆，顶矗起，有金色之环罩之。下层有木门，上有符箓形之字，其内当有宝物存焉。塔高十馀丈，围八九丈，亦巨观也。山下有碑，记造塔事，曰："有喇嘛僧瑙木汗者，请以佛教佐治，清雍正帝从其请，耗金五万二千馀，建此白塔，为喇嘛唪经之所。"《鸿雪因缘》谓建于顺治八年者，误也。伫立塔下，纵目四顾，左为煤山，与塔竞高。今清帝所居之宫殿，金碧檐瓦，前后毗接，恍如南方四月之麦田，黄云蔽地，连阡累陌。前为中海，遥见西式房屋，耸峙入云者，总统府也；其亭榭临水，林木葱蔚者，副总统府也。去琼华岛，循河而西，为悦心殿，空无所有。其内为庆霄楼，楼后下山，山石峻峭，有一方亭，石为梁柱，清乾隆帝题诗殆遍。更至阅古楼，楼凡五楹，梁柱皆髹朱，其梯之制甚异，中立一柱，绕柱为级，旋转而登之。楼之三面，皆回廊，壁间砌石碑，凡四百馀方，大小宽广皆一律，世所传御刊《三希堂帖》是也，精搨全份，值银币百五十枚，其次亦五六十枚，有数人正从事于此，入夜席地而居，人言是故宫旧役，清帝室总管许其专利者也。楼下有"阅古楼"额，无"三希堂"。楼后临水，景物绝佳。由此至分凉阁，阁门扃键，不可登。自阁而前，滨海筑长廊，不知几何里，间以台榭，有漪澜堂、碧照楼、远帆阁、湖天浮玉亭诸胜。廊尽处，为倚晴楼，楼下有广衢，小山峙于旁。山麓有碣，曰"琼岛春阴"，为清乾隆帝御笔云，余等今日来游，正此天气也。由石碣而左，寻径上升，得一亭，壁间忽现一穴，俯而入，有两山洞，石骨谽谺，色苍黝，曲折十馀丈，幽暗中时得一线天光，约略辨足下崎岖，殊饶幽致。北海中胜景，此其首屈一指。出洞经酣古堂，不数武，有仙人承露盘，仙人铜质，独立石上，手承一盘，不知建于何年，殆金元遗迹，其必目击四朝宫史，悲禾黍，叹沧桑，兴亡之感，当视吾侪倍蓰。越延南熏亭、盘岚精舍，迤逦下山，至小昆丘而止。得康庄，广可并十骑，道旁老树垂垂，深赖庇荫。经一处，屋凡两进，四面为廊，中潴荷池，前后轩有二额，曰"空水澄鲜",曰"春雨林塘"。再进,有额曰"濠濮间"。自此出门,已绕山角一周。又经静心斋,其右为抱素书屋,陆子兴氏任民国总理时尝寓此,门临海,与琼华岛相对,天然胜境也。其内为镜清斋,后为沁泉廊,西有枕峦亭、叠翠楼,东有罨画轩,建筑皆精致。更至西天梵境,益宏丽,门前一坊,矾石及玻璃砖为之,雕镂绝精,他处罕见。坊两面俱有字,前曰"华严界",后曰"须弥春"。由此至阐福寺,寺前有五亭,错列海滨,中曰龙泽,左曰澄祥,曰滋香,右曰涌瑞,曰浮翠,统称曰五龙亭,其间皆有桥可通。其北又有一亭,即贮快雪堂石刻之所。更进,又一古刹,门前巨坊,题曰"震旦香林",内殿甚广,以土石堆砌,作云山沧海状,高及屋顶,丹朱金碧之间,尚有数十神仙,现欢喜相,作羽衣舞。后殿一巨佛,背有千手眼,状亦庄严,殿前有碑,谓仿自真定天宁寺者。吾见北海诸古刹中佛像,形骸不完,抛弃阶下,尘灰寸积,不堪回首。因思民国改革,京师无烽燧之惊,胡禁地反有禾黍之感,是必典守者失其责也。又有一坊,上题"现欢喜团"及"证功德水"八字。自此向西,红墙延蔽,近逼海滨,甚少馀地,遂自后门而出。既归,因忆及北海中,尚有先蚕坛、浴蚕河、染织局等,规制必佳,今未之见,其殆荒圮不可复辨欤。

(《新游记汇刊》第一册,中华书局1921年5月初版)

游南海中海记

我 一

三海清时为禁地，鼎革后，北海开放。民国二年四月，余曾一游，登琼岛，上白塔，眺望中海、南海，琼楼玉宇，蔚为云霞，然犹是海上神山，可望不可即也。今年十月，以教育联合会事来京，值国庆，总统府开游园会，始得尽历其胜，画栋飞檐，游目无禁，长廊高阁，登涉为劳。在昔那拉氏之世，达官贵人，如李文忠，犹且以擅入颐和园得罪，今一介儒生，居然有此眼福，则拜共和之赐也。

游南海，须入新华门，为民国某年辟，闰阌朱扉，略称旧制。入门，即南海，是为人工挖掘之太液池，广袤可数百亩，中多画舫，府中人出入，藉此以渡。予等缘岸右行，道途平坦。道旁皆假山，土质而小，极蜿蜒有致，一方清波涟漪，人行其中，已觉此境不可多得。首经五神庙、自在观，皆在山上。过印月门，东南为船坞，云绘楼耸峙其前，凡三层，北向，其南有清音阁，上下与楼通，百城书楼与之比接。旁有爽秋馆，有警军擎枪鹄立。稍前，为焦雨轩。入之，空无所有。过日知阁，位在石梁之上，其下有水闸，盖太液池之尾闾，或言池水由此达织女桥，桥未知所在。阁后为春及轩，更北憩于鱼乐亭，山石曲蔽，境颇幽迥。步响雪廊，穿石洞出，至千尺雪，是为响雪廊东南一室，当鱼乐亭之西，登假山，见素尚斋。折而南下，至流水音，一亭也，地面以石砌水槽，盘旋曲折若蜗篆，或云当水流其间，澌澌汩汩，清响曲细，此时固涸也。对面即清音阁，盖亦以水声名者。从清音阁后入韵古阁，在昔为蓬瀛在望，乾隆乙卯平回捷音甫至，适江右大吏献周鼎，鼎凡十一，得自江中，以为瑞也，贮于此堂，因名韵古堂，不知何时改堂为阁。今则剩有虚堂，鼎已不翼飞去，为之怃然者久之。左行有短垣，门题四字，曰"曲涧浮花"。门之东曰流杯亭，门之内曰俯清泚，为临流一方亭。再前即政事堂，是为袁总统时中央集权之机关。数十武，达仁曜门，有兵驻守。门前一堤，直达瀛台。堤之中有板桥，不甚巩固，着足其上，板任重，显弹力，榱杌有声，以为是宜遇之荒村茆店、山蹊林麓之间，禁苑庄严，忽然有此，无乃不类。同游某君告余曰，昔德宗幽居瀛台，孝钦毁桥以隔内外，嗣后遂未修筑欤。果尔，此桥于清史有关系也。渡桥，堤渐高，拾级而登，入翔鸾阁，是为瀛台之后殿。瀛台殿宇，南向面水，自新华门舟行，则达其前，余等由新华门右遵陆来，故先至后殿也。更进曰祥辉楼，曰瑞曜楼，得一大院落。入涵元门，景星、庆云两殿，左右对峙，涵元殿居中，是为南海正殿。偏东为绮思楼，其西为崇台，北为长春书屋，三楹南向，后室曰潄芳润，西偏为藻韵楼，相传德宗崩于此，室甚湫隘，非正殿也。因思当日两宫升遐，后先只隔一日，而鼎湖上仙之地，又为此湫隘之藻韵楼，虽宫闱事秘，謷说无征，青史他年，终留疑窦矣。由藻韵楼更至补桐书屋，相传前有双桐，其一早枯，乾隆九年补植之，故名，翌年复枯，斫其材为四琴，置室中，年湮代远，人琴俱亡，桐亦无有。由侧屋转出香扆殿，而至祥辉殿之旁，出一小门，豁然开朗，湖光耀目，山色上襟。有六角亭，曰镜光，孤踞于石岩上，老树四绕，浓阴如云，小憩其间，尘襟为涤，觉别有天地也。绕曲堤，达牣鱼亭，亭在水中，与镜光相对。先时有人字柳，为明初遗种，清乾隆二十四年仆于风，曾重植三株，故高宗有"岸旁人柳非昔树"之句。今柳不止三株，亦不类人字，张绪已非，灵和亦改，岂树亦随人代谢，非复当年耶？西为待月轩，多假山，玲珑可观。历春明轩，至蓬莱阁，下有木化石，高可丈馀，直立院中，望之如枯干，扣之如石笋。此殆数千年前物，入宫后亦数百年，雅似麻姑仙子，饱阅沧桑，惜非白首宫人，能谈天宝。左转为迎熏亭，中一石座，光泽如玉，夏日于此观荷，最佳。南望新华门，如正面之列屏。东行过湛虚楼，至长春书屋，屋后有剑石二，其一长二丈，题曰"插笏"，下临池，其西有亭曰怀抱爽。游踪至此，已自西而东，折回绮思楼。乃由瑞曜楼之侧，道翔鸾阁而出，瀛台之游尽是矣。

出瀛台，将往中海。先见清香亭、翊卫处及丰泽园、西苑宫室，皆元明旧址。惟丰泽园，系康熙间所建，为皇后蚕桑处，屋尚朴实，稻畦数亩，馀皆种桑，每岁皇帝躬耕，皇后育蚕于此，以劝农事，盖犹行古之道也。清季摄政王特建西式楼房，以为王府，即今之大总统府也。其东为总统府庶务处，或言是即古之静谷。沿堤东行，抵一门，入之，佳树茂密，美卉繁英。西南行，入山洞，邃而曲，为大圆镜，中盖一佛宇，临池北向。又经一门，有双圆亭，题曰"熏圃珠泉"，其前则曾经举国瞩目之金匮石室在焉。石室白石为壁，四面皆石栏，朱门南向，金球数十，并列其上，中有数球为秘钥。民国三年，袁总统修改大总统选举法，继任总统，由大总统预书三人，藏之金匮，及期启视，由国会于三人中选举一人。当日袁总统所预选者，言人人殊，袁氏既没，此法即废，不知何时为人私启，而至宝贵之历史材料，遂不可知。假黄屋左纛，何似尉陀；比肤箧窃钩，终惭魏武。袁氏已矣，此金匮石室，嗣后不再生问题于历史，则民国之幸也。石室对面为芳华楼，北行过平湖漾绿、卍字廊，有德宗遗墨"卿云万态"四字。又过小兰亭，有"飞鸾引凤"四字，陈设整洁，门窗皆严扃。由一狭廊至春藕斋，是丰泽园之西斋。自春藕斋迤逦而行，至纯一斋，亦丰泽园中精舍之一，已自南而北，绕至丰泽园之后矣。向北有石路，折而西，出宝光门，至景福门前。在花木丛中，见一白石方柱，仿佛有字，趋视之，正面题"纪念树"，右题"中华民国二年四月八日"，左题"国会成立"，后题"大总统袁世凯手植"。国会初成，袁总统留此绝大纪念，曾几何时，而洪宪改元，喧传全国，西南起义，赍恨以终。于此见以私害公，虽位至极贵，权至极重，亦不能致胜也。旋入来熏风门，其内即怀仁堂，袁总统曾停柩于此，堂前大院，尽盖玻璃棚，当时吊者，在此棚下，不得登堂。右入移昌殿，左为延庆楼，凡七楹，三面楼廊，左上而右下。院中有铁香炉三四，雅似神庙。楼后出门，折而北，有坦途，老树森然夹列。登紫光阁，是地明代为平台，清初改建此阁，常于阁前校试武进士。乾隆二十五年，平伊犁回部，功臣大学士傅恒、户部尚书兆惠等一百人图像于内；四十一年，两金川平，复图大学士阿桂、户部尚书丰昇等一百人。南向壁间悬平定伊犁回部纪功碑文及两金川图，阁上藏得胜图及俘获兵器。方其盛时，威及荒服，至于末路，不能自存，后水前水，千古一辙。今共和立国，天下为公，观此一姓功臣之战绩，贤于鸡虫得失者几何，不觉流连凭吊，慨叹无穷也。由此沿中海而北，为草地，有亭可憩。过时应宫，宫之东边，向北为福华门，门外为金鳌玉𬯀桥，此为中海之后门。兹游以此为终点，驱车返寓，笔而记之。

（《新游记汇刊》第一册，中华书局1921年5月初版）

总统府游记

陶亚民

民国五年十月,总统府每至星期,特开放一日,任各界游览。盖黎总统新履任,以示与民同乐之意,洵民国之旷典也。本月八日,予偕刘君敬篯、张君子珍、把君惟一、宋君葆民等,各持游览券,前往参观。

是日下午,天气清煦,新雨之后,惠风和畅,尤能令人愉快。至新华门,缴券入。登南海之岸,见海中荷花,亭亭玉立,惜为秋风所败,已呈残落之状。沿岸东行,达颐年堂,旁有土山一,山上置瞭望台,高约五六丈,登山可望正阳、崇文、宣武诸门,登台可观全城景物。台上国旗悬挂,随风飘展,至足乐也。

下山至五神庙,复寻岸东北行。过船坞,又北过云绘楼、蕉雨轩,再北至鱼乐亭,闻水声潺潺,即流水音也,有亭覆其上。亭中为蓄水计,以石砌成沟渠,曲折作"乙"字状。环此亭而观,则回廊宛转,垒石为山,有景数处,曰云绘楼,曰清音阁,曰春及轩,曰鱼乐亭,曰韵古堂,曰淑清院,曰千尺雪,曰俯清泚。由俯清泚而西，至人字柳故址，柳已无存，惟石碑尚在，碑之东南西三面，皆咏柳之诗，后面述人柳之情状尤详，为高宗御笔。

由碑处西行，至仁曜门，折而南，为瀛台，体制雄伟，地高插天，下有崇阶，徐行而上，有引人入胜之趣。瀛台三面临水，形如海中半岛。进翔鸾阁，东有祥晖楼，西有瑞曜楼。再进涵元殿，东有景星殿，西有庆云殿，中即涵元殿。又东有藻韵楼，又西有绮思楼，正南相对，即香扆殿，上为蓬莱阁。殿东曰春明楼，殿西曰湛虚楼，殿南曰迎熏亭。殿以内，玉碑石碣，苔痕斑斓，拂尘读款，皆前朝御制及各名臣题咏。室中四壁，悬挂小红牌甚多，如"新春大喜"、"万事如意"等类，皆德宗所书，想见当日幽囚于此，抑郁可怜之状。南至迎熏亭，亭与新华门相对，一衣带水，风趣横生。中庭有石质古木一株，据志书所载，皆曰木变石，周圆二尺许，高仅五六尺，远视之如木桩，近观之实为圆体碑石，尚有字迹可寻，惟不甚真切完全耳。缘台东南，有补桐书屋，北向为随安室。由补桐书屋又折而东，为待月轩，有牣鱼亭、镜光亭等处。此瀛台东面之景也。缘台西北，凿石为山，石洞回环，亦有深趣。有长春书屋，屋后小室曰漱芳润，屋西有亭临池，曰怀抱爽。其旁有矗立之剑石二三，宽尺馀，厚三四寸，高丈馀两丈不等，刻有文字曰"插笏"，高宗所书，其石质即地质学上所谓水成岩也。

出瀛台而北，复至仁曜门，折而西为结秀亭，又西为丰泽园，又西为静谷。静谷外有亭，额曰"荷风蕙露"。再西行即达石室金匮，石室金匮者，袁氏总统选举法之纪念物也，亦即吾国宪法史上之纪念物也。地面约两方丈，四周围以石栏，南向与芳华楼相对，题额曰"石室金匮"，朱门重锁，而又不知其锁之所在，从门隙窥之，黯然无光，究竟金匮何似，殊不易见。石室外围，长约一丈五尺，宽约一丈，高约两丈，均用极细白石为之。初造时由德人包工，代价十万金，皆吾民之脂膏也，可胜痛哉。石室之北，有曲折长廊，蜿蜒缭绕，曰卍字廊，盖象其形也，曲径横斜，如往斯复，游观者多假息焉。廊之题额，其前曰"蕙圃珠泉"，其后曰"风亭月榭"。西有亭曰"平湖漾绿"，东曰"霓萦绣栌"。再北有楼，题曰"飞轩引凤"。北而东至纯一斋，为昔日袁氏秘密会议之所，其制宏敞深邃可观。至是遂入宝光门，复有一门，曰景福。其北曰来熏风，再北即怀仁堂，堂中气象万千，恢瑰壮乔，足容十数百人。黎总统为优待游览各界，特备茶水于此，为游人解渴，尚有二处，一在瀛台，一在紫光阁。堂前有松树数株，故总统袁氏生时所植，高四五尺，特设纪念塔，以纪其事，规模不大而制作颇精，四面镌字，如"民国二年四月八日国会成立"及"大总统袁世凯手植"等文。从堂中侧门而北，至福昌殿，又北至延庆楼，游人咸集于此。楼凡二级，东西皆可上下。其前面护壁之间，遍嵌石刻，字迹或篆或隶，或行或楷，无体不备，洵壮观也。

出此楼东行，遵海西岸而北，遇黎公子率童孩二三人，皆布衣如乡人子，观其简约朴质，想见黎公之为人，家训如此，实足为国人模范。再北行，道旁有高楼一所，题额曰"介繁祉"，门扃不得入游，大约为总统眷属所居之地。沿中海岸北行，地方宽阔，古树成林，夹道两侧，皆植蔬菜花草，饶有乡间风味。

又北至紫光阁，按紫光阁，即明之平台，清初始改今名，科举时于阁前殿试武进士骑射，及新岁飨宴外藩，皆在此地。建筑如寻常宫殿，年久失修，中有宝座，金龙盘拿，雕刻工巧，周视摩挲者久之。时已五点馀钟，遂同出福华门而归，归而记之。

（《新游记汇刊续编》第一册，中华书局1923年12月初版）

景山游记

张晋福

景山，都城之一名胜也。山无名，以土堆成，相传前代皇家藏煤于此而备不虞，人因称之曰煤山。辛酉霜降前二日，徐企唐、望之二姻兄，约与同游。进北上门，行数武，即进重门，门额曰"景山"。其后为殿，曰绮望楼，殿后隆然高耸者，即是山也。山作笔架形，上列五亭，瓦盖金碧，高下参差，完好如故，一若王气犹未销沉也者。遂循山麓上，迄其东端，望之指一槐树曰："此明崇祯帝自经之所也。"树老态丑，下干枯裂，仅联以皮，如二股状，一枝伛偻，东向而垂，其西向一大枝，犹叶茂而色碧。闻前清曾系铁链于分股处，以志哀悼而示将来。望之曾登是山，不欲往，约待于山之西麓。余乃与企唐随路迹之，高低盘旋而上。至第一亭，亭中空存方形佛座而已，远眺亭外，都城楼台市廛已收眼底，山多白皮松，叶针细碎如画。上第二亭，所见益远。更上为最高之正亭，中供铜佛一，左缺手而右缺臂，冷然危坐，面永定门谯楼于烟云杳渺间，若正阳、崇文、宣武、朝阳、阜成、东直、西直、安定、德胜各谯门，尤可望而指数。凭栏四顾，东则夷楼，崔巍如昨；西则琼岛古塔，孤立夕阳中，颓丧若睡；北则地安门，车马奔驰，络绎如织；其南殿宇栉比，沉沉静伏，是即神武门内，宣统帝常年蛰居，作小朝廷，日夕望遗老之来朝也。徘徊移时，乃向西而下，望之已抱膝坐第五亭阶以待。于是同赴寿皇殿，循阶而升，瞻仰庙貌，炉内存残馀之香灰缕缕然。殿侧矮屋前，闲坐太监二，问之，则曰："殿内为圣皇圣母，九月九日，皇室犹来上祭也。"折回出寿皇门，门前牌楼三，仰瞻匾额，东曰"继序其皇"，西曰"旧典时式"，中曰"昭始惟馨"。向甬道南行而回顾，其额曰"显承无斁"，正对景山之阴，茂树荒草，徒供蛇虺所蟠，狸鼠所游而已，乃向东南寻道而返。

（《新游记汇刊续编》第一册，中华书局1923年12月初版）

雍和宫游记

彭　康

雍和宫，在都城西北隅安定门内，清雍正之潜邸也，规模壮阔，所住喇嘛约七八百，余屡拟游焉，未果。客岁宫内因盗卖金佛案，又有所谓白喇嘛者，以妖术治病为名，诱污附近妇女，与某王府之福晋格格，尤往来亲密，涉讼法庭，喧腾报章。由是"雍和宫"三字，遂时入吾人之眼帘。民国八年二月十二，为北京宣布共和南北统一纪念，余因约友人田君少勋偕游焉，爰就所见者记之，以当鸿爪。

初入门，有东西坊二，南北坊一，皆系木制。南北坊尤巨，北面署曰"群生仁寿"，南面署曰"寰海尊亲"，字大逾数尺。坊之南有石台一座，上供金佛，周围以铁丝网之。佛前又有一石塔，似系新造者。由坊入，向北曰昭泰门，即宫之殿门也。门之右有售券处，凡游宫者均在此购券，每券售铜元五十五枚。初入第一处曰天王殿，殿前有铜狮二，系乾隆年造，铜色黝绿，制造精细，颇为美观。又有巨碑二，东碑额曰《雍和宫碑》，此系乾隆御笔，略谓雍正皇上龙驭上宾之后，朕心无以展厥孝思，故特筑建此宫，以志景仰云云。西碑则未暇入览。殿中祀一大佛，佛之两侧，悬乾隆御书长联，文云："法镜交辉，六根成慧日；牟尼直净，十地起祥云。"殿两侧有泥塑四大天王像。殿内出售宫中所藏各种照片，一为元朝历代帝后相，价四元；一为宫之全景邮片七十八张；一为宫内各种佛像、供具及每岁喇嘛打鬼像。出殿后，东侧第二处曰温度孙殿，殿中祀小佛甚多，皆铜制镀金者，以玻璃盦盛之，外面罩以帷幔，未获细观。出殿第三处曰雍和宫，宫前巨碑，宽厚约四方尺，高约二丈，额曰《喇嘛碑》，系乾隆五十七年，即平廓尔喀之次年所建立者，碑北面汉文，系乾隆御笔，其他三面为满蒙藏文。略云"喇嘛"二字，不见汉语，惟明代陶宗仪《辍耕录》有所谓剌马者，又毛西河《明武宗外纪》有所谓剌麻者，皆系按音译字，毫无意义；细考蕃语，谓上为喇，谓无为嘛，称喇嘛者，即无上之意也，犹汉语称和尚为上人；又云蒙古佛教，自元太祖封八思巴为国师以来，其势渐盛，故明代亦有国师及灌顶大师诸名号，且人数尤多，本朝为保全众蒙古计，不得已有活佛之设，且代只一人，实为至巧极妙之办法；惟佛本无生，而活佛乃轮回之说，且所指为轮回者，率皆一派，是仍为把持权位，故朕特创金瓶掣签之法，所以救其弊也，云云。愚按兴佛教以怀柔蒙古，近人恒谓为前清愚蒙政策，今观此碑，乃知蒙古佛教并不始于前清，即活佛之设，在前清亦认为不得已之办法。宫内喇嘛约七八百，此碑日陈于大庭之中，竟无一触目惊心，翻然改图者，是则其愚诚不可及也。殿极崇闳，规模略与天安门内之太和、保和诸殿相埒。所供诸佛，大者约七八尺，庄严灿烂，金碧辉煌。佛前陈设之祭器、瓶炉等件，皆绝好之景泰蓝及金玉等制成者，贵重华美，殊非他寺所能及。殿中悬长联二幅，亦皆乾隆御书，余记其一云："法界示能仁，福资万有；净因积广惠，妙证三摩。"字大逾尺，极生龙活虎之观。第四处曰额木齐殿，在宫之东侧，较狭小，内悬画像多幅，有蛇首人身者，亦有牛马首而人身者，怪怪奇奇，不知何名。第五处曰永祐殿，在第三处直后，壮阔亦与之相同，殿中供小佛一尊，佛前陈设藏花、藏果数种，惜不知何名。两傍列长凳极多，并堆积各种经卷，盖宫内之大经堂也。第六处曰东配阁，阁中有大佛五尊，其状貌有马首或牛首而人身者，相极凶猛，且各有缎制袈裟以袭之，未暇细观也。第七处曰法轮殿，殿中塑五百罗汉，工巧绝伦，内有长联二幅，皆乾隆御笔，一云："鬘云彩护祥轮，锦轴光明辉万象；龙沼庆贻宝地，玉毫圆足聚千花。"一云："是色是空，莲海慈航游六度；不生不灭，香台慧镜启三明。"第八处曰照佛楼，无足纪者。第九处曰万佛阁，内供一旃檀佛。据守者云，高七丈五尺，旃檀木系自云南入贡者，外面饰以金玉宝石，盖不止丈六金身也。四围悬对联甚多，其书法皆有巨刃挥天之势，今就所记忆者录之，一云："定中金磬天边落，悟后云关夜半开。"下署张若澄书；一云："雨华庄宝相，湛日朗心珠。"下署汪由敦书；一云："总持兜率三千界，妙湛旃檀五百林。"惜忘书者姓氏。第十处曰绥成殿，殿在宫之最后层，中祀大佛三尊，不知何名。第十一处曰雅克得木楼，楼即宫之西廊，面东，中供一神，其头颅系由无数小头颅所凑成，正中为牛首，与北海三面殿内所供之神相似。下楼迤西，十二处曰关帝殿，殿中祀关帝及关平诸人，两傍有联云："心标日月，义贯乾坤。"又悬关公画像一幅，神采如生，令人观之起敬。据守者云，系明代高手所画者。第十三处曰菩萨殿，内悬朱拓及墨拓各种佛像甚多。第十四处西配殿，与东配阁相对，无可纪者。第十五处札宁阿殿，亦宫中喇嘛之经堂也。第十六处参呢特殿，殿中所祀各神，奇形怪状，面目狞恶，令人不可逼视。余询守者以诸神之名，据云系金刚菩萨。至此，宫之各处，略已游遍，而时尚早。余因询守者曰："余向闻宫中有所谓欢喜佛者，今何以未之见？"据云，在东配阁及温度孙殿二处，皆考据经典，本天公地母之意所创造者，不可作狎邪观也。余聆其言，乃再往东配阁，令守者启袈裟视之，状至猥亵，如世所绘春宫；温度孙殿中，亦有如是者，不过其像较小，乃益信世所传者，非尽子虚乌有。惟近因游人日多，指斥者众，故特制帷幔以掩之耳。抑余曾闻诸吾友某君（亦研究佛学者）云，客岁京中某寺，请青海某高僧所画佛像，其中亦有类欢喜佛者。据云此派出自希腊婆罗门教中，确系考据经典而来者。是则吾辈对于此类欢喜佛，诚不可以狎邪观也，因笔之以告后之游雍和宫者。

（《新游记汇刊》第一册，中华书局1921年5月初版）

白云观游记

彭　谦

白云观，在都城西便门外二里许，元代丘真人处机曾讲经于此，亦都中名胜也。每岁正月一日至二十日，都人士女，联袂嬉游，极人山人海之观。八年元月某日，天朗气清，惠风和畅，余游兴勃发，遂雇车往焉，爰就所见者，掇而记之。

观面南，前有木制牌坊一座，南题曰"洞天胜地"，北题曰"阆苑琼宫"，势颇雄巍。初入观，有东西中三门。正中一门，门内凹，其地约一方丈，底及四面均铺以砖，正中作一半圆桥，四围以白石栏绕之，就桥洞作东西两佛盦，各有道士一人，趺坐其中，观者甚众。过此，北曰灵官殿，殿中祀一神像，极狞恶，殆即所谓灵官者，两傍有联，曰："诸恶莫作，众善奉行。"出殿向北，有殿，额署"紫虚真气"四字，内供一大神，两傍有数小神，因游人过多，未暇细观。再北第三殿，曰丘祖殿，殿前有碑，建于光绪年间，载丘真人事甚详，惜忘撰者姓氏，其略曰："真人姓丘氏，名处机，字通密，长春子其别号也。本金人，幼时有相者，许为神仙中人。年十九，遂弃家从王真君于云溪之昆仑山，习全真之道。真君一见器之，遂传心法。道成，金宋两主，皆有诏往征，未起，若逆知天命有归者。及元世祖定都燕京，遣王仲禄以蒲轮往迎，乃就道。至京说法，大旨谓天道好生，佛门戒杀，人主为政，应以好生戒杀为第一要义。世祖大悦，诏臣工以国语译其言，教诸皇子。年九十馀，蜕遗于此，其弟子构处顺堂，下设幽宫，以藏其仙蜕。"云云。殿中塑真人像，人供奉之。龛前地面一小圆洞，洞口以木作顶，如坟起，外围木栏。询之守者，据云即真人之墓也。出殿再北，曰四御殿，殿中祀四神，各有名号，即所谓御者也。殿上有楼，额曰"三清阁"，可由殿后密室上升。惟密室之门，绕出殿之两傍，门外有竹栏，且各贴"游人免进"四字。余偶步门外，忽闻莺莺燕燕，笑喧语阗，道士奔走承迎，往来如织，再仰视阁上，则见北地胭脂，南朝金粉，鬓影钗光，徘徊檐际，皆京中达官贵人及前清各王公之姬妾也。盖彼所谓游人免进者，乃指一般平民而言耳。游至此，余渴甚，适见殿之东西两庑皆为客堂，遂信步入其西之客堂。忽守堂道士遽前唐突曰："客来此何为者？"余曰："此非客堂乎？余来此思一解渴肠耳，岂有他哉。"道士闻言，局蹐不安，遂以茶进。余坐片时，即转游观之东院（观之正殿至此已尽）。东院初入为斗府宫，尚有火德殿等处，均无可纪者。惟火德殿之东厢，群道之餐堂在焉，适值群道会食，余计其数，约三百馀，所食馒首极大，每一枚之直径约一尺馀，高约四五寸，食时肃静异常。由火德殿往北，其位置适当观之东北隅。有亭一，忘其题额。亭南有华室，惜已封闭，不得入览，门前悬板桥道人联云："咬定一两句书，终身得力；栽成六七竿竹，四壁皆清。"室为前清各大臣捐款所建，有碑纪捐款人姓氏，余视其数，无在五百两下者，后署光绪某年住持高仁侗撰书。由亭向西绕四御殿后，为观之西院。

西院之最北，有空室多间，悬长联数幅，皆署高仁侗撰书。南为后土宫，宫之正中，塑后土像，两傍塑每年值年太岁像，共六十，如今岁己未，则像上署一签曰"己未"。太岁像前一木牌，题曰"传业大将军之神位"。由宫之南，为子孙殿，即愚民求子之所也。再南为该观家祠，内悬由一代以至现今二十一代各方丈之画像，像上似有他人代为题跋者，惟署高仁侗题跋者最多。然余细观各像中，惟二十一代系明侗像，颇清高，无高仁侗像，盖仁侗者，清季宫闱及外交秘史中之有名人物也。尝闻乡先进某公言，白云观所制冬菜极香脆，仁侗持以进于西后，食而善之，因命仁侗入宫作佛事，又大得西后欢，于是京中士大夫争与论交。前驻京俄使某探其秘，遂常往来白云观，与仁侗相结契，以重金赂之，一切中俄秘约之成立，仁侗皆有力焉。又闻仁侗昵城中某寡妇，妇悍甚，人畏仁侗声势，无敢过而问者。余因不得仁侗像，询之看堂道士。道士云，仁侗于龙门宗为仁字派，于华门宗为明字派，实一人也。意者仁侗当日，自知生前污迹太多，故于画像用明侗，乃冀掩其丑欤。出祠堂南，即为老人堂，内有道士三人跌坐，传闻已各有百馀岁，未知确否。室甚污秽，略观之，即由观之西便门而出。

(《新游记汇刊》第一册，中华书局1921年5月初版）

万生园游记

佚　名

万生园为京师近年第一觞咏胜地。其左部动物园中，珍禽奇兽，多不胜纪，如毛类之狮猊虎豹、熊兕猿猱，鳞类之轮𧒒蟒鳄，羽类之雕鹗鸥鹉、五色鹦鹉，都不下数十百种。其右部植物园中，五步一楼，十步一阁，池馆台榭，斗角钩心。而最趣者，为卍字楼；最雅者，为观稼轩、自在庄；最崇闳而壮丽者，为畅观楼，为鬯春堂，则昔日两宫所曾驻跸也。是为一园之大观。其结构，堂为华式，行宫内之陈设，类宫禁物品，守者向以黄幔幂轩窗，不轻予人窥见。楼则西式，陈设皆舶来物。正中设宝座，转后帝后寝室各一，御榻御床，皆用黄绳𣂁罥四周，禁人坐卧。盖当日宸游至此，为信宿焉。游人入园，必另购券，循行瞻仰，而神为之一肃。若是者在辛亥八月以前，吾犹及频年见之，而今则何如也。

民军既起，鼙鼓动地，京师震惊，人以逃死为幸，于是园吏遁焉。而向所谓飞走游泳诸动物，饲养无人，遂先后宛转就毙，圈牢樊栅，为之一空，则悉刳腹存皮，制为标本，以实今所谓标本室，即往所称咖啡馆，物已死而神气强之如生，非复从前令人圜视大骇走矣。传谓成汤革命，鸟兽鱼鳖咸若，今吾国肇造伊始，方务以人道主义，仁覆群生，而此诸标本物，竟不得缓死须臾，一沐休养生息之惠也，亦可哀哉。

卍字楼今直夷为稼圃矣，其原状如卍字形，楼上下每折二楹，面面开轩，四周隙地，则嘉木环荫。吾往携朋挈眷，品茗其上，高瞻遐瞩，披襟当风，曾不几日也，今惟基址存焉。古诗云："生存华屋处，零落归山丘。"其斯楼之谓乎？明远《芜城赋》有云："峻隅已颓，惟见黄埃。"吾抚楼基，心滋戚矣。观稼轩、自在庄通体结构，故用树木朽株，中设几案，悉竹悉藤，外则茅亭槿篱，土墙荆扉，鹿场团焦，纯肖田家风味。尽一园中，皆丹漆金碧之色，至是心目为之洒然。譬之八珍既餍，忽饫蔌蔬；铙鼓方阗，乍闻清磬。此在画家为浓淡相间法，亦文章家所谓忙处着闲笔也。当时作者，实具匠心。故前代极为欣赏，特锡此名。外人亦极称之，以为古雅独出。来者惧其朽，嫌其陋也，拆而改之，今成一墁土闲屋矣。自今以往，有地而无稼可观，入庄而毫不自在，谓之为斫雕为朴、破觚为圜乎？则殊不称，但可慨其觚不觚而已。

若夫畅观楼中，邕春堂里，凡前所置宝座、御榻、宸翰，及一切上方物品，并豳风堂楹联（文曰："千重竹树围宸幄，四面云山敞御筵。"）悉撤换移易，门窗洞然，无复故态。前年伟人宋渔父者，特寓邕春堂中，以其行李书报，变置故物，盖旧时以为禁籞，而伟人特故于是下榻，以示凌轹万乘意焉。彼时浅识园丁，颇为咋舌。曾不知宸游陈迹，已付浮云，而宋君英灵，至今犹凭是奕奕。固知生皇帝之宫，不敌一死伟人之寓也。孟子曰："民为贵矣。"呜呼一行宫，又何足言。

顾此犹未足为异也，所异者，动物园中之禽兽半殄夷矣，乃别有所谓革命马者，跳踉其间，亦不知为何人所贻，但标其马曰"有功南京之役"，畅观楼、鬯春堂中之风物更矣，而别有所谓四大烈士墓者，增置其地，盖此马与烈士，昔皆有大功于民国者也，故赠马者特标木纪事，以彰厥勋。葬烈士者，方以日本浅草合葬十七义士视斯园。今人心已厌乱矣，特未知后之视此马者，将以为麋鹿游于苏台乎？抑铜驼见之荆棘乎？其瞻此墓者，将视如岳鄂王之葬西湖乎？抑未必然乎？此则非所敢知矣。

呜呼！今万生园之前身，固三贝子之故址也。览古者向已不胜今昔之感焉，乃复一变再变，并今园又殊于旧观矣。琼岛依然，春阴已过；圆明难再，劫火成灰。风景不殊，举目有河山之异；人间何世，故宫馀禾黍之悲。访东陵之故侯，种瓜已熟；问宫人于天宝，白发新添。胜地不常，浮云易幻；沧桑一旦，陵谷千年。自吾北来，固及见斯园之成之盛者也。曾几何时，乃今又见其变。念悠悠之天地，而谓感能绝于予心也哉。

（《新游记汇刊》第一册，中华书局1921年5月初版）

游颐和园记

庄梦山

颐和园为吾国园林之冠，规模宏大，风景绝佳，山有万寿，水有昆明，直可与浙江之西子湖相颉颃焉。惟所异者，一则为人功，一则为天然耳。然其供人怡情赏心，游目骋怀，其致一也。其园之建筑费，多出自海军经费，清时园门前悬有海军衙门牌示，可笑孰甚。说者且谓昆明湖畔之白石船，即为吾国海军之无敌舰，其言虽谑，其实至理，是诚吾国海军失败之一纪念品也。清时为帝王游乐之地，虽巨卿大臣，亦罕有至其地者。改革后始开放，与万民同乐，然须收入门资大洋一元，内之排云殿须收费六角，龙王庙则为三角，且远在西山脚下，相去京城约三十里，车马往返，耗费殊甚，每人游园一次，至少五元。故贫穷者，仍不得游其地焉。

余旅居京师，耳颐园之名，蓄志欲游其地者久矣，顾因事牵，卒未遂愿。民国六年四月二十二日，适为日曜日，时当春夏之交，草木敷青，群卉齐放，于是游兴勃发，乃约沈子乐民、杨子兰芳、乐子森玟、沈子禹声、王子宗岳、周子泰奎，合余为七人，作颐和园之游。余等朝八时起程，出西直门外，路旁杨柳，绿叶蔽天，眺望野景，草木际天，行行复行行，旋经海甸，为至西山孔道，市镇在焉。余等下车散步，浏览野景。遥望西山，郁乎苍苍，万寿、玉泉两山，错置于其间，颐和园则点缀于其下，大有可望而不可即之势。未几，车夫复鼓勇前进，行六七里许，始抵颐和园门。购票入门，复雇一长童为余等引导，且为之购半价券焉。入园第一门为仁寿门，内为仁寿殿。殿前有海棠二棵，花大如拳，色红而芬香，与常者略异。此外复有古铜所制之瓮、仙鹤、香炉等，为殿前之点缀品。出仁寿殿，行未及二十武，至玉澜堂，前为光绪帝所居，室前悬有联一，其文曰："渚香细袅莲须雨，晓色轻团竹岭烟。"其西一室名藕香榭，为西太后幽禁光绪帝之所，外围以高墙，使不得与外人互通消息，太后用心之险毒，于此亦可见一斑也。出藕香榭，行于昆明湖畔，岸旁砌以白石，上有石栏，湖水来自玉泉山，清莹透澈，水清见底。岸旁有小楼一，面湖而立，上有匾一，文曰"丹楼映日"，为昔太后批禀之处。

乐寿堂昔为太后所居，室内盛设器具，皆系红木所制。堂前彩柏，昔日为南省所入贡，铜仙鹤亦点缀于其间。此外复有牡丹数种，昔日西太后在时，命太监以猪肠灌花，备受滋养，故其花肥丰，巨大如盆，改革后牡丹停止享受恩沐，非复若当年之丰度矣，亦此花之浩劫耶。过乐寿堂，则为一极长之走廊，直计一里，盖为通排云殿之道也，下铺方砖，清洁非凡，柱上遍有图画，精细罕见，丹臒之工，尽于是矣。

昆明湖中有一楼，名曰海云堂，为昔日太后观湖中水操之所。楼与对鸥舫遥遥相对,此对鸥舫楼名之所由来也。

排云殿宏杰诡美,怪奇伟丽,坚固雄壮,巍高入云,为颐和园巨观之一。排云殿内之佛香阁,清乾隆二十年重葺而成今观者,昔日为太后召见德宗之所,两旁皆有白石梯,余等拾级而登。再上则为宝云阁,全系铜制,其中台椅等亦均为铜制,故价值颇巨,墙上刻有巨字三,曰"众香界"。再上为顶上寺,有角二十四,四围白石梯,内有金制之佛三尊。导养正性室为至高之处,登高俯视,全境在望。前为昆明湖,微风鼓浪,水石相搏,后则众山高崻,草木际天,濯玉泉之清流,挹西山之白云,穷耳目之胜,心旷神怡,诚足快意。导养正性室两旁,各有大转轴一,前藉昆明湖之水力转动,今则坏矣。复有白大理石碑一,高约二丈,上镌有斗大之字六,曰"万寿山昆明湖",为乾隆御笔,笔势挺秀,颇为可观。出排云门,见有一大牌楼,上有四字曰"云辉玉宇"。

一时在昆明湖畔,觅得一清洁幽雅之地,为吾等休息之所。同人等席地而坐,且出饼点作为午餐。

少憩,复前行,至白石船焉,在昆明湖旁,上下二层,可于中品茗。余等未停留,遽急上万寿山。山路为白石所铺,平坦易行,道旁白松老树、嘉木异石错置,大为应接不暇之势。复有假山若干,有洞窈然,余与同人入,入之愈深,其进愈难,而其见愈奇,既而豁然开朗,则已出洞门矣。山上有一庙,名智慧海,门户紧闭,不能入览。惟每年阴历十月二十五日及正月一日、三日,宣统派人进香时开之。庙后有匾曰"吉祥云"。附近复有寺塔等,于义和团一役,为联军所炮毁,昔日宏杰诡丽，坚固而不可动者，今已变为破瓦颓垣矣。

颐和园内之德东殿，即所谓戏房演剧之地也。楼为上中下三层，各悬匾一，上层者曰"庆演昌辰"，中层曰"承平豫泰"，下层者为"骊胪荣曝"，两旁有厢，为百僚观剧之所，太后等则居中。其舞台之巨，为海上各大舞台所不及。龙王庙在昆明湖旁，俨然一小岛，有白石桥通之。桥有洞十七，石桥栏上，复刻有小石狮共一百零八个，一旁各五十四。桥之二块，复有大石狮四个。岸上有铜牛一，色为棕黑，为乾隆年间所制，此亦昆明湖畔点缀品之一也。

余等在园内足有六时之久，尚未遍游胜境。出园时为四时许，复西北行四五里，游玉泉山而归。

（《新游记汇刊》第一册，中华书局1921年5月初版）

游颐和园记

何省疾

颐和园在京师西万寿山，枕山襟湖，形胜天然，清孝钦后以千万海军费建筑之，危楼崇殿，砌玉泥金，巍峨雄丽，并世无双，为孝钦夏日盘桓之所。民国缔造，翠华沉寂，霓旌灭迹，加之旗民生计艰难，遂由内务部呈准开放，纵人游览。入览券一纸，售洋一元二角，票价悉充旗人生计，涸鲋斗水，聊足解嘲，而珠宫贝阙，游屐亦因之渐多矣。

十年四月七日晨，余等雇车出西直门，约行二十馀里，而至园门，向售票所购票，并在门外购是园全图一帧，按图索骥，了如指掌，无须雇人引导（雇人须出大洋四角，另加酒资）。园门额书"颐和园"三大字，闻系光绪亲笔，向例非帝后驾临，严扃不辟。两旁蹲踞铜狮二，高可寻丈。余等由侧门入，入即为仁寿殿，殿书"大圆宝镜"，前列铜造龙凤各二，荷缸二，香炉四。殿北有延年井，用以灌溉花木。西北为德和殿，内有颐乐殿，问而知为德宗寝殿。殿前戏台一，台高三层，两旁厢房各十一间，为赏王大臣听戏处。折而东行，即系山地，道上铺以方砖，旁镶卵石，步行尚不觉困难。

经关城而北，至谐趣园，须另购票，始得入内。曲折而西，亭楼参出，有乐农轩、平安堂、益寿堂、景福阁。阁西南为舍新亭，旁有青黑色石二，厚约寸半，高逾二丈，其形如剑，故称剑石。西北为关城，登临南望，昆明湖全景历历在目。湖作椭圆形，南北径略长，东西两面涯筑以石，东自玉澜堂，西至寄澜堂，皆围以石栏。城西为智慧海，全殿以琉璃装成，壁间遍嵌黄色佛像，工程极巨。又西为湖山真意，有假山点缀其间。南下为画中石坊，前为听鹂馆，即孝钦听戏处，规模较德和园小，而华丽过之。据守者言，除赐王大臣听戏，伶工皆出演于德和园外，孝钦平时则恒在听鹂馆云。守者年逾花甲，白发苍苍，自称服役是园，已三十馀年，孝钦在时，月有颁赐，故尚能自给，近则米珠薪桂，收入大减，度日艰难等语。世之依赖性成，而顾盼自豪，睥睨一世者，鉴此亦可猛醒矣。南有三层圆阁，竖"山色湖光共一楼"七字。南建鱼藻轩，予等暂憩于此，并略进茶点，轩南濒湖，湖水澄清，中浮水藻，游鱼历历可数，投以面包，则扬尾争食，别饶乐趣。

西经清遥亭、金支秀华等，而至寄澜堂。堂西为石舫，舫作南北向，高六丈，长百尺，为大理石所胶成，雪白无瑕，洁净如玉，自外观之，俨然舟也。舱楼两间，可缘梯而上，其地板之绘饰，精美绝伦，前后左右，屏以活动之玻窗，可任意顾盼。堂舫间通以木桥，购票始得入。上有茶舫，游者可以品茗。夏日登此，则熏风解愠，不啻服清凉散入水晶宫矣。堂北有牌坊，题"云岩"、"烟屿"、"霏香"、"蔚翠"等字。渡桥而北，为迎旭楼。折而东，为果木树林，至此则陆地已尽，不复能前。

遂循原道折回，经鱼藻轩、秋水亭而至排云门。门前蹲铜狮二，狮之大小，与园门仿佛，面湖而立，颇壮观瞻。购票（大洋两角五分），入排云殿。前列铜造龙凤各二，香炉四，有摄影者在此招揽生意，然应者绝鲜。殿内悬孝钦后画像，自窗隙窥之，觉栩栩有生气，不知出谁人手笔。夫那拉氏一妇人耳，两次垂帘，擅作威福，视德宗若无物，役臣工如奴隶，复不惜以千万海军费，建筑是园，以供一己之娱乐，遂使中东一役，一败涂地，罪恶滔天，卒得善终，幸矣。殿北为德晖殿，正中及两旁，皆有石阶可登，约百馀级，始造其巅。殿后两旁有假山，曲折有奇致。上至佛香阁，阁凡三层，中供金身佛像三。阁后为众香界，门有三，绕以短垣，与后之智慧海不相通。阁西有宝云阁，作八卦形，皆铜铸。由佛香阁而东，有殿曰转轮藏，旁有数亭，亦八角形，内有转机，推之并不能转，大约此机已失其效用矣。又一亭，中立一大石，碑上题"万寿山昆明湖"六大字。拾级而下，西行复达德晖殿。

排云殿之游既终，遂舍此而出。沿回廊行，经寄澜亭、对鸥舫、留佳亭而达乐寿殿。殿为孝钦寝宫，前列铜造鹤鹿各二，石制日晷一。南行约十步，列石屏一，遍绕藤葛，两旁植翠柏两株，高仅三尺许，而蔓延甚广，叶与常柏异，上覆板屋，以避飙风。更南为山水自亲，东行数武，折而南向，经烟云献瑞、丹楼映月、日月澄辉而至玉澜堂，玻璃窗外，窥见尘封惨暗，阴森可怖，此即光绪幽禁所也。自玉澜堂北数十武，有东西横廊一，前湖后山，或断或续，以亭阁点缀之。至青遥亭，则已廊尽山穷。沿途亭阁榱题，率绘色纹，虽未免过俗，而彩色动人，亦殊美观。

玉澜堂南为知春亭，四而皆水，有桥可通。西为山石，星罗棋布，颇擅山水之胜。由亭折而东南行，为文昌阁，旁为发电所，以供给全园电灯之用。由阁南行，路广约丈半，作牛脊形。临湖之涯，伏纯铜镇海牛一，背镌《金牛铭》，铭书篆文，匆匆未遑辨识。东南行为八方亭，又名廓如亭，规模极为宏敞。时红日高张，体温大增，遂暂憩于此，清风徐来，顿觉凉爽。亭西为玉带桥，桥孔十七，前蹲石狮，工程甚巨。

渡桥即抵南湖，地作圆形，正在湖心，三面有码头，可以停泊游船。船无篷盖，亦少装饰，而索价甚昂，包雇一日，需洋十二元，故问津者绝寡。售票所即在玉澜堂畔。南湖屋宇甚多，首当其冲者，为龙王庙，次为涵虚堂，堂后山石崚崎，幽洞深邃。远眺则排云殿宇，碧砖黄瓦，绿荫依稀。近览则湖水澄清，凫来鸭去，宛若浮萍。湖之西南两面，皆有堤可通，约隔数十步，则间一亭台，并无其他胜景，故未往游。

园游既毕，游兴亦阑，即偕同游者出园，雇车直达寓所，时下午四句钟也。

（《新游记汇刊续编》第一册，中华书局 1923 年 12 月初版）

游玉泉山记

丁鸿宾

民国四年秋节，京张路局同人相约游玉泉山。山在京城西北，万峰连亘，云树苍茫，由西直门而往，约十五里。遂乘人力车诣西直门，既抵车站，同志到者已六人，乃俟八钟馀之汽车至，相偕而登，到清华园下车。各策蹇遵大路西行，经清华学校门首，瞻圆明园之荒墟，绕颐和园之红垣，出万寿山（在颐和园中）阴，至玉泉山门。门前架一石桥，有矾石牌坊一，制作精巧，额镌"山川毞画"四字，颇挺秀。先到者数人，已倚门仗马待焉，乃同购票进门。出假山后，有大厅数间，由此西行，历砖径石磴，西旋东转而上。先至水月洞，无可观者。抵山半之厅，厅东偏三楹，再东则前后各三楹，南面六楹相连，皆有游廊轩窗，足资凭眺，遂休息焉，饮食焉。老松古柏，绕屋横生，秋山新雨，紫翠万状。凭栏远眺，碧水一泓，玉泉也；黄云遍野，稻初熟也。颐和园之山池楼殿，历历如画。穷目力东南瞩，则见树木森鬱，佳气葱茏，接天之际，高出之点十数，细审之，白塔寺之塔也，景山之亭也，太和、中和、保和三殿之顶也，西直、阜成、德胜、安定诸门楼也，此即北京全城之远景也。同来者恐天雨欲即返，予以为未观全山，犹以为憾，乃发议登山巅之塔，观山下之泉。欲行者行，欲游者止，卒至留者仅余及陈君、苏君三人耳，乃贾馀勇以登。先至一殿，塑释迦像。再盘旋而上，山势嶒崚，石齿磷突，着履之处，恒虞颠滑，伛偻跬步，乃抵塔下。守门老翁，启钥秉烛导入，每升一级，景象各殊。既至顶，先以为高者，今俱在足下矣。塔名玉峰，石梯内旋至顶，每一层，三面皆刻佛像，共七级，导者云高九丈九尺也。命小童将茶来，箕坐共饮。更命小童引观玉泉，循原道下，至山足，西向行，遇船坞。坞内艇二，登其一，小童、老翁刺之再西行，约数十武，抵山下。山半一殿，殿前立"玉泉趵突"碑，额曰"永泽皇畿"，下列石碑二，嵌山腰间，左镌"天下第一泉"五字，右文漫漶不可识。见军士数人正揭左碑，而不及右碑（检《顺天府志》，即镌清高宗玉泉山之碑也），其磨灭之故，已不言可喻。俯见泉自石窦射出，宽不满寸，力及尺馀，声淙淙然，潴为池，池水混混，荇藻郁清，游鱼可数，即乘船来径也。览毕，命船工维舟距门最近处而出焉。至门外，来卫系柳下，骑之直趋西直门，绕出颐和园之南，抵蓝靛厂，东转寻御路（即由西直门达颐和园之路，路中心如马路式，两旁砌大云母石三条，其平坦整洁，为京师道路之冠），从高梁桥至西直门，由此换人力车至砖塔胡同寓所，四钟才半。因追忆游踪所及而笔记之。其限于时而不及游者，更不知凡几也。按玉泉山以泉得名，即清高宗所称质轻（斗重一两，见《玉泉山记》）、味甘、益寿，为天下第一者也。泉水出山名玉河，宽二三丈，深半之，东达通县，为旧时漕米入京之路，近畿一带，菜畦稻田，咸赖灌溉，以及昆明湖（在颐和园中）、什刹海（在后门外）、太液池（俗呼三海，在西华门内）皆仰此为源头活水，而玉泉山汽水公司即建在泉南墙外也。其初为静明园，清康熙十九年建，金元遗迹已湮没而不可考（载《顺天府志》），至乾隆时，大加增饰，名若干景，清幽华丽，想见其盛。予今来游，按书索景，不及其半。文人言事，固多溢辞，然亭台圮址，予见者犹二三焉，其存者，又窗穿户豁，丹剥粉摧，荒草没径，朽藻淀池，而游人复满壁涂鸦，秽不可目。名山胜地，遭此荼毒，良可慨已，后此数百载，将一如清初之视金元时也。夫古人题壁，已属恶习，后之游人浪书数字，拟与名山共久，不亦愚乎？其下者，则无人约束，任意作践而已。此山若此，他山可知。窃谓全国古迹名胜，与历史地理诸科，关系极切，教育部应任保存之责。使后之学者，读书之暇，证以实物，则真知灼见，无丝毫疑，且登览凭吊，爱国慕贤之思，油然并起，庶吾国之大好山河，共天地长久欤。

（《新游记汇刊》第一册，中华书局1921年5月初版）

西山纪游

蒋维乔

西山在京师宛平县西三十里，为太行山之支阜，众山连接，著名者甚多，西山其总名也。自京汉、京张铁道通后，游西山者改乘汽车，往返以便利十倍。翠微山离京，不及三十里，朝往可夕返。潭柘距京五十里，戒坛距京八十里，尤称绝胜，则虽有汽车，非在山中信宿，不能游焉。玉泉山在京师西北郭，则策蹇驴半日可至，更无须汽车也。乘京张支路汽车往者，则出西直门，至黄村下车，先游翠微而后潭柘、戒坛。乘京汉汽车往者，则出广安门，至长辛店下车，先游戒坛、潭柘而后翠微。余于民国之初，供职教育部，居京二年，恒以馀暇与师友二三放旷于山水间，凡两至翠微，一至潭柘、戒坛、玉泉。追忆旧游，以文记之。

元年十月二十七日晨七时四十五分，偕锺师宪鬯、袁君观澜，乘京张支路汽车游翠微山。至黄村，各骑驴入山。抵灵光寺，寺后倚石壁。前有归来庵，为清端方所筑，颇清洁，庵前方池，凿石而成，引岩洞之泉入之。寺僧名圣安，余等嘱其备兜子，乘之登山。至大悲寺，略览一周。复上为龙王堂，适及山半，后有龙泉自山洞出，泻入寺之西廊下，寺僧以竹承之，凿石为龙口，水自龙口出，入于方池，池中朱鱼数百尾，见人不惊。又于其上建一阁，曰卧游，登之可以望远。出龙王堂，至香界寺，规模甚宏大，为唐时古刹，本名平坡，清乾隆时始改今名。再上至翠微之巅，有宝珠洞，在观音岩后，四壁幽深，扪之若湿，洞石累累如珠，故名。至此已十一时半，余等出干粮分食之，以当午餐。食毕，从山之东下登狮子窝，下有精舍十数楹，依山构宇，亘以长廊，廊中画《聊斋志异》图，颇有意趣。地非寺观，人非僧侣，实为内监所管理，客至得随意游览，仆人具茶享客。余与观澜，直造山巅。下山过涧，渡石桥，迤逦至卢师山之秘魔崖，证果寺在焉。寺僧名宽广，导余等游览，直至崖下，坐石磴稍憩。崖横出数丈，岩腹空洞，可容数十人。下为卢师像，外塑二童子侍其傍，相传隋末有卢师至此，伏二青龙，为二童子，故名。是山与翠微相对，不如翠微之高，而秘魔崖之奇特，则过之。三时回王村，乘四时二十分晚车而归。半载在京，尘俗鞅掌，今日入山，顿觉心神清旷。山中树木葱郁，浓绿之中，杂以红叶，晚秋景物，飒爽撩人。山农用二马，或三马，相并耕田，多已种麦，麦苗之出土者，已三四寸。盖北方刈高粱后种麦，犹南方之刈稻后种麦也。

二年六月一日，休沐之辰，锺师、袁公约往游玉泉、碧云、卧佛三处。七时出西直门，至海淀，时方九时，在市楼小饮，食面饼以当午餐。各雇一驴，望玉泉山迤逦而行，一鞭得得，风最至佳。行五六里，即闻水声淙淙，自山泻入昆明湖。

至玉泉寺门,有人导入游览。过石桥,拾级而上,至龙王庙,有石碑一,题四大字,曰"玉泉趵突"。泉自山根涌出,以勺取一杯饮之,清冽异常,山石上刻曰"天下第一泉",清乾隆帝所书也。泉汇为一池,池面水泡喷涌如沸,常午尤甚,故名趵突。盖水底物质化合,发为炭酸气而上出,日光烈时,化合益盛也。拾级登山,至华严寺,甚庄严,惜已破坏。再上至伏魔洞,有方亭一。再上为玉峰塔影,有高塔一,为玉泉最高处。从山后下,出寺门,方十二时。骑驴赴香山,山中寺宇,以碧云、卧佛为最有名。行五六里,至碧云寺,门前有狮二,雕刻之精,世鲜其匹,碧云所谓以狮名也。过石桥,历一佛殿,两旁偶像,绘塑甚工,惜皆倾圮。至大殿旁,有方丈及客室,陈设颇精,盖备游客寄宿者。殿后为金刚宝塔座,白石为基,座凡三层,上列石龛,顶建七塔,塔凡十三级,建筑雕刻,极其精妙。俯视玉峰塔影,已出其下。自宝塔座而下,至方丈稍憩。寺僧复导观罗汉殿,有罗汉像五百尊,为明代古物,以檀香木为身,黄金为外饰,完好如新。明代阉宦,如于经、魏忠贤辈均于寺后营生圹焉。既出,复赴卧佛寺,遥见山巅到处有碉堡,为清乾隆时用兵征金川,健锐营在此练习攻守者。约行三里至焉,寺前有五色琉璃坊,进坊为驰道,长里许,古柏夹道。进山门后,有一石桥,桥下有池,中畜金鱼千尾,大者长七八寸,以所携饼饵分裂投之,群聚争食,泼剌有声。正殿之后有卧佛,长丈六尺,范铜为之。正殿两旁有东西院,基督教青年会赁之为夏令会友聚集之地。余等以时将暮,未及遍览,出寺骑驴,归绕玉泉山而行。至海淀,易车归家,已昏黑矣。

余以西山之最胜处，为潭柘及戒坛，仅至翠微，未足以尽西山之奇也，乃于是年九月六日，复约锺师、袁公往游焉。午后一时，仍乘京张支路汽车赴王村，至灵光寺，因时已暮，宿于寺之归来庵。是夕寺僧出山肴野菜供客，晚间新月一钩，为翠微峰半掩，夜景苍然，各坐庵前荷池边纳凉。十时后安卧，秋虫之声，唧唧入耳，尘俗襟怀，为之涤尽。

明晨五时即起，六时早餐毕，各乘兜子，离灵光寺赴潭柘，途中两次渡浑河。浑河即桑干，今名永定河，源出边外，流过西山间，为两山所束，水声湍激，闻于数里。渡河之舟，为长方形，舟首竖一圆木，空其中，贯以轴。两岸立木架，架以铁缆，横过河面。舟人手转圆木，缘铁缆转之，舟即前行，复至彼岸，并不用篙。盖因河底皆沙，用篙不便欤。一路所过村落，乡民男妇，正刈黍稷及玉蜀黍，堆积场上，妇女或磨玉蜀黍为粉，即北俗所呼为棷子面者。过罗睺岭（俗称西峰），势甚陡峻，乱石为路，颇难行。至十二时，约行五十里，始抵潭柘寺。寺在罗睺岭平原村，距京西北九十里，燕人谚曰："先有潭柘，后有幽州。"其寺之古可知。峰巅有龙潭寺，前多柘树，故名，清代改名岫云寺。寺中殿宇，金碧辉煌，颇为壮丽。凿石作沟，上承龙潭之水，淙淙下注不绝，故入潭柘者，墙壁阶础，殆无往而不闻泉声。余等在寺午餐毕，寺僧导观各处。正殿中有大青、小青二蛇神，以龛供之，相传出入无常，闻钟声即至。乃谛视之，大青龛中不见有物，小青龛中则一蛇蜿蜒，长一二尺，粗如大指。安知非寺僧捕一蛇畜之，故神其说以炫人者？又观殿旁之帝王树，有清乾隆帝题额，大略言康熙帝时，树为一株，至乾隆时复生一株，后两树合抱，以为瑞应。其实即银杏树耳，银杏之生，往往多干，后即合抱，其生理本如是。而寺僧则讹为每一帝即位，此树即生一株，后必合抱。其传述之荒诞，更甚于乾隆帝之题额矣。殿后有毗罗阁，阁之东有舍利塔，塔为西藏式。最高处为观音殿，殿中有元代妙严公主之拜砖。公主元世祖女，削发此寺，日就是砖顶礼于大士前。砖厚三四寸，长方形，四周有花边，尚完好，惟中间两足痕处，砖已磨穿，可知其拜跪之久矣。殿旁有倚松斋，斋前有巨松，斋下为猗玗亭。亭内铺石，凿石成槽，屈曲为龙首形，由亭畔石沟引潭水灌之，水流入曲槽，浮以酒杯，杯随水流，名曰流觞曲水。虽雕凿甚工，然刻画亦太过矣。三时后，乘兜子赴戒坛寺，仍过罗睺岭，从狮子岩盘旋取道，凡十八转，皆乱石为磴，登降之险，更甚于前。至五时后，行二十里，始抵万寿寺。寺在马鞍山高处，建于唐武德年间，至明正统间，改名万寿。戒坛即在寺之北，白石为之，凡三级，四面皆列戒神。每岁四月八日，集僧众听戒于此坛。又有毗卢千佛阁，阁两层，登阁望浑河，水势浩浩，极目无际，盖是时正值河水泛溢，漂没田庐也。阁前有古松，以卧龙松为最奇，根可合抱，横卧侧出石栏外，其枝盘曲如龙。又有所谓活动松者，相传动其一枝，则全树皆动，清乾隆帝题诗刻石其旁，惜此松已毁于火，不得见。阁之东，又有白松九干，互相纠结，势如游龙。故潭柘以泉名，戒檀乃以松名。是日宿于寺，寺僧招待殷勤，供具极丰。

明晨六时，盥漱、朝餐毕，寺僧导观各处。余等复登山，历览岩壑之胜。闻寺后有太古、观音、化阳、庞涓、孙膑五洞，以归时局促,未及往。九时半骑驴赴长辛店,午后一时乘京汉铁路返京。此次同游者,锺师、袁公外,尚有胡绥之、伍仲文、严练如、汤爱理、汪波止诸君。

(《新游记汇刊》第一册,中华书局1921年5月初版)

大房山记游

蒋维乔

大房山在京兆房山县西二十五里，其相近有小房山，故称大房以别之。其山绵亘数十里，随地立名，最著者曰上方山、石经山。今之游人，亦恒至此二处。余既与冯大稷家（农）、冯三稷雨（涛）游盘山毕，因有再游房山之约。乃于民国八年五月三十一日，约会于正阳门京汉车站。是晨七时，车开行，八时五十分抵良乡县之琉璃河。下车，逾轨而北，有天泰客栈，在此雇驴，各乘驴向西北行。过牤牛河，至琉璃镇，镇尚繁盛。再西北过李庄，至东营休息，时十时半也。复行过小磁窝，至天开山，路即不平，皆系乱石，盖凿山石所成者。群山环抱，曲折幽深，居民屋上结茅，以石片作瓦，石块筑墙。行三十里，至孤山口，是为上方入口处。再行十馀里，经下中院、上中院，而至接待庵，已午后二时矣。上方山之丛林，名兜率寺，环寺有七十二庵，僧众均属一家。此接待庵在山下，专为招待游客者。与方丈名止蓬、知客宝珠谈，据云各庵苦行僧人，每年皆向兜率寺领口粮，一人铜子二十吊、米一石二斗，现在口粮不敷，故供养之僧，仅有三十馀人。在此午餐毕，四时从庵后升兜率寺。两壁峭削，中通一径，石磴狭而曲折，看似无路，一转又是一境。过天王洞，登筏汉岭，岭不高而陡绝，俗讹为发汗岭，言至此者必发汗云。自岭而下，再登山，得一平台，名欢喜台。登岭甚艰，至此平处，可以休息，因生欢喜，故以名台。台之四周，奇峰环之。自台而上，则为云梯，就石凿磴，约二百级，两旁铁絙，长及百尺。四大曲，四小曲，依山盘旋而上，高入云天，云梯庵在焉。当天雨时，庵下为雨，庵上为云，甚为可观。行五里，至兜率寺门。门前有桥，名款龙桥。有亭名所见亭，康熙丙辰仲春建，下署智眼募造。其上有瓣香庵，西有延寿庵，东有药师殿，皆七十二庵之一也。自瓣香庵而上，过塔院庵，再上有红桥庵，庵面临东涧，流水有声，以桥通之，桥为红栏，故曰红桥，惜无人住。五里至兜率寺，寺在锦绣峰下，居上方之中央。知客宝林出而招待，住于殿旁东院中。山名上方，以其高也。寺名兜率，取上方六欲天第四天宫之名也。各庵皆在兜率门内，错落于悬崖间，环拱此寺，出寺一览，可以了了。宝林和尚曾在红螺山讲经，通《楞严》、《法华》，与之谈，颇能贯串。晚八时，进小米粥，九时后睡。

六月一日，阴。晨五时后起，拟赴云水洞。七时出寺，同游者皆竹杖布鞋，向西而行。经文殊殿，下听梵桥，桥跨西沟之上。此山有东西二沟，在兜率东者为东沟，西者为西沟，至兜率寺门前款龙桥始合流。过地藏殿，山石层叠峭上，突兀怪伟，莫可名状，其罅多生柏树，石磴高下不平，而柏树则夹道成行。且玩且走，不觉其艰。在兜率寺望摘星坨，高耸天半，至此则巍然在望，如平地特起者，盖已抵坨之后面矣。坨之东，一岩独立于群山中央，四无所倚，大石垛叠，根窄顶阔，黝黑奇秀，名天柱岩。坨之南有三峰连接，若向坨拱揖者。自此再上，石层壁立，益觉怪异，上坡下坡，忽高忽低。八里至摘星坨，其下有弥勒庵，庵后可上坨。坨之形下削上陡，斩绝不易登，疑无路可通。问寺中引路者，亦有难色。余与冯氏昆仲，鼓勇先登，过朝阳洞，至一陡壁下，仰望坨顶，尚在半空，始知此陡壁，乃小摘星坨也。因诘问引路者，则云摘星坨虽有路可上，然须折回，尤艰于行。余等问曰："汝能行否？"答能。则云："汝既能，余等何独不能？"乃令之前行。未及半，石壁悬绝，乃舍杖，徒手攀树，以胸贴壁，效猿猱之升，路旁遍生荆棘，手皮刺破，流血亦不之顾。升陡壁十馀尺，乃得石级。未几，又遇陡壁。如是四五次，方得至绝顶。顶有摘星庵，庵东南向，已仅剩废基。以升高计测顶之高度，得五百五十粆，加以京师平均海拔三十七个半粆，不过合营造尺一千七百六十馀尺。惟其险阻，故登者绝少。此即上方山最高处矣，从顶回望房山外之天开山，周围环绕如宫墙，仅有孤山一口，正如大门，房山包含于中，正如重闱绣闼，自天开山外望之，不可得见，此其所以名房欤。自坨山下坡后，复上坡，再上再下，无虑十数次，方至云水洞。洞口有大悲庵，其左右有云水峰。余等在庵稍休，取干粮作午餐。洞中黑暗，各人皆持电石灯，又令庵人持炬引路。十一时半进洞游览，洞门高可丈馀，洞壁皆石钟乳，右壁就石镌西方接引佛，至此再入，即漆黑无光。昔人有就洞之曲折，分为十三洞者。今之庵人，则恒分为九洞。

余细察洞中，扼束形势，当以自如和尚《上方山志》所分四进为适当。洞中景物，约有百馀，皆石钟乳结成，所定物名，皆一一逼肖，今就其最奇者述之。由第一进入，路渐窄，仅容一人，初尚低头可过，后渐屈身，最后则匍匐蛇行，肘膝着地，肩背摩石，数十武，忽由卑而高，旷然如大厦，内有卧虎山、马蜂窝、云彩山、半悬山之胜。以炬烛之，皆洁白之石，质如冰雪。卧虎则一一蹲伏壁间，酷如真虎。马蜂窝则如蜂窝之攒簇。云彩山则白云朵朵，涌现空中。半悬山则大石矗立，一半凌空，有孔上通，燃爆竹置其中，可发大声，名曰通天池。一半上与洞石接，名曰上天梯。第二进尤窄，名为油篓门，亦须蛇行入，然较第一进为短。中奇异景物则最多，曰长眉祖师，独立岩畔，修眉下垂。曰狮子望莲，山石片片如莲花瓣，对面一狮，仰首望之。曰钟鼓楼，巍然高耸，石多中空，左右叩之，或钟声，或鼓声，或磬声，木鱼声，声声逼真。曰云锣，叩之则铿铿然。曰石筝，则石乳削长，垂下数尺，密若栉齿，拨之则铮铮然。曰白龙潭，则深不可测。曰仙人桥，则略彴难行。曰观音说法台，则崇台层起，菩萨高坐其上，仰瞻不见其顶，对面即南海落伽山也。曰玲珑塔，大可数围，层层而上，其半折断倒地者，则塔倒三节及塔倒二节也。曰象驼宝瓶，则石象背负一瓶，虽人工雕刻，亦不过是。曰净水瓶，则石壁中嵌一瓶，似类人工所为，以手扪之，乃天然石乳也。此外芍药山，则满山朵朵芍药。葡萄山，则满山颗颗葡萄。灵芝山，则满山灵芝。牡丹花山，则满山牡丹。以及石心、石肝、石肺、石肠、帽盒山、米山、盐山，随举一名，无不皆肖。目眩心悸，未暇悉观。第三进为一窦口，窄如井，深丈馀，仅容一人，后人足蹑前人之背，如履扶梯，俯伏而下。及半，则翻身向前，足方履地，故名鹞子翻身。既进，复极空阔。见一大山，层峦重叠，名千层万层山。白石圆绽如棉花者，名棉花山。石纹丝丝如面者，名白面山。更有佛拳头、牛心、牛肺、石蘑菇等名。至此，则水气蒸腾，滴沥而下，衣服湿润，石滑不受履矣。四进为南天门，石壁下离上合而尖。门旁有一石，长二尺馀，酷似耳，名有耳无象。须弥山绵亘甚长，将军柱、通天柱，特然而起。石猴山则大小猴儿若跳跃。金鱼山则数百尾金鱼若游泳。更有石龟、石瓜、酱山、姜山等。到此处处水滴如雨。直穷洞底，则为十八罗汉，圆石矗立，如罗汉形，修短欹正，状貌各异。其上有石幡、石幢、宝盖，从顶悬垂，庄严似道场。余等三人，立于罗汉之间，用暗室照相法摄一影。洞底尚有门，水滴益密，其下亦多水。自来好奇者至此，恒不能入。庵人云，即勉强再进数里，亦无奇景可观，乃自此而返。此洞之深，约三四里。所经之路，则六七里。在洞中虽仅三小时，然已若长夜漫漫，昏黑不晓者。将出洞时，偶见射入天光，晃耀眼目，几不能开眼，惊喜之情，恍如隔世。洞内气候阴森，至洞外则大热，同游者皆衣服泥污，手足涂炭，余预着外衣一件，出洞脱之，俨若开矿工人，工毕而易衣也。仍在大悲庵饮水休息，三时后由原路迤逦而回。至兜率寺，为时尚早，乃不入，再由寺南行约五里，至华严洞。洞虽不大，然亦石钟乳所成，内有莲池、鹦鹉、舍利等形，一一酷肖。若移至他山，则必著名，今为云水洞所掩矣。僧人就洞口建楼，名华严楼。住持一山，颇能阅经典，与之略谈，即回寺，已六时矣。复流览本寺一周，至殿后最高处大钟楼，登眺久之。回院休息，洗浴换衣服。

六月二日，晨五时起，六时后出寺。先向西行，至毗卢庵，在毗卢顶下。庵西有大松，高数十丈，房山柏多松少，偶见一株，异常可爱。过听梵桥，西北上坡，至普陀崖下观音殿。殿前有小桥，亦横跨西沟之上，桥左亦有二大松，此皆昨日路过，未及细览者也。自此下坡，复回兜率寺。由寺东侧门出，沿东沟行，隔沟望见观音洞。洞深六七丈，内有天然观音石像，在象王峰阴岩石之下。自此登山，两旁山石，巉岩层叠，作黝黄色，绿树茂密，旭日照之，如一线天。未几，至胜泉庵。庵已颓废，其后倚千仞陡壁，翠柏生其罅，盖即峭壁峰也。又至一斗泉，泉旁有庵，亦已废。此泉在象王峰腰，其上多大石钟乳，乳端滴水，汇成一穴，又杖度之，约深四五尺。相传昔有毒龙，盘踞此山，东汉时华严慧晟禅师驱龙开山，龙去时竭山泉以行，华严祖师以锡杖掷之，令留水，仅得一笠，泻而成泉，故名。自象王峰西下，路极险仄，乱石塞途，荆棘刺肤，或细草贴地，滑趺不能着足，乃攀藤抚葛又行，屡下屡上，至旱龙潭。潭口与底，皆为形圆而小，中腹则颇膨大，深十余丈，潭壁石层作黑色，下有钟乳，底皆为泥。夏日大雨，水虽骤满，顷刻即干，故曰旱龙。相传即毒龙所居也。自潭向西南而下，过普贤殿，殿踞象王峰之鼻。再逾东沟，至红桥庵旁小坐，自此出兜率门下山。山环水曲，古树奇石，各极其妙，一步一回顾，有徘徊不忍去之意。至云梯庵，有峭壁作凹形，夏雨时，欵龙桥下之水，自壁倾泻而下，有似龙湫，俗呼为流水湖，意义不合，因名之曰云湫。再下，仍回接待庵午餐，餐后休息。三时一刻，乘兜子赴西峪寺，七时后至下庄，见一大溪，遥望石经山，卓立如笔，溪水即自此山流下，到处有泉穴，至下庄而水势极大，两岸白杨，行列整齐，间又杂树，树影溪声，俨若西湖之九溪十八涧，令人心清目爽。北方之山，雄壮少水，此则山明水秀，与他处迥然不同，可谓痛快矣。八时半，至西峪寺。自上方至此，四十馀里，若从间道，逾鸡脚岭，则不过二十五里，惟山路难行，只能步，不能舆骑耳。寺中尚有德国敌侨，收容于此，内务部之保安队，戎装守门。清净之境，变为官廨，殊令山灵减色。九时半，始进晚餐，方丈、知客等，亦全仿官场仪式，迭来拜会，作无益之谈，令人厌倦。十一时始得安睡。

六月三日，晴。晨六时起，七时三刻出寺东行，八时至石经山。山色秀逸，望之如画图，奇石斧削，松生其隙，疏落有致。山巅石屋长廊，山半石亭翼然，大类庭园。比诸上方，又别是一境矣。昔北齐南岳慧思大师虑东土藏教毁灭，发愿刻石藏，閟封岩洞中。其徒静琬法师，承师傅嘱，始刻经，自隋大业迄唐贞观，《大涅槃经》始成，历唐至明，代有增修，故名石经山，今亦称小西天。山顶有雷音洞，就洞筑堂，高丈馀，深九步，奥之横亦九步，阔十三丈，如箕形，有几案炉瓶之属，皆石为之。三向之壁，皆嵌以石刻佛经，东北壁为全部《法华经》，西壁为杂编，共有百四十八块，故又名石经堂。堂中供奉三宝，四隅有白石柱，柱八角形，各雕佛像，每面两行，每行十六佛，数之得一千零二十四佛，皆为小圆光，而庄严以金碧，故又名千佛洞。堂前石扉八扇，可启闭。外有露台，纵仅八尺，横与堂称，三面为石栏，其下有八角石亭。堂之左有石洞二，右有石洞三，堂下复有洞二。其内皆藏经版，层累相承，洞顶涂石灰，使燥而不湿。洞口以石楥闭之，自楥隙可窥见经板，有完整者，有破损者，所刻字迹，多隋唐体。所刻之经，自隋至金，前后纳于洞中者，凡七百馀石，有石幢记其目甚悉。今堂上下之石楥，似皆略有破损。据闻某国人用药炸毁，窃取经板，有保存古物之责者，不可不注意及之。洞北有石池、石井，池广七尺，井深浅不一，此山共有九井十八洞云。自此登云居东峰，有云居上寺废基，其前石塔尚完好，塔方形，以石为之，高九级，塔旁有唐金仙公主碑。自塔登绝顶，有巨石，后广前锐，平出于虚空者数尺，名曝经台。在此以高度计测之，得三百三十粎，加以京师平均海拔，不过一千一百馀尺耳。对面云居南峰，亦有小方塔。盖山有五顶，号五台，金仙公主各筑白石小塔于其上，今存其二也。游毕下山，山半有半山庵，已圮，仅馀废基。其旁有数块大石，纹横色绀，名张果老骑驴石。山下有东西峪，就地建东西云居寺，今东峪寺已废，仅存西峪，至前清时，改称西域云居禅林，即余等驻足处也。十二时回寺午餐，在本寺略流览，规模宏大，有殿三所，依山建筑，其西有罗汉塔，东有压经塔，闻石经藏板，半在石洞，半在塔下云。午后二时，往探石经山之水源。出寺东行，过古刹香树庵二里馀，至水头，即溪水发源处。两岸石罅，皆涌清泉，溪底处处有趵突泉穴，掬而饮之，味甘冽异常。余与冯大恣意弄泉，临流濯足。冯三本学海军，善泅水，乃择水深处，脱衣游泳，如凫如鸥，升沉自在，乐甚。距水头里馀，有水头村庄，居民凿沟通水，引入庭园，取之至便。三时有雷声，乃回寺，即大雨，洗浴更衣。傍晚，雨止天晴，余等出寺，沿溪散步，绿树阴浓，蝉鸣不绝，水流石上，激越作声，流连不忍去。未几，又有馀雨，急趋回寺。

六月四日，晴。晨六时半，整备行李，仍乘驴起程回京。八时至下庄，访拓碑人王大义，购唐碑数纸，即跨驴行。道经顺承郡王墓，进内一览，即出。又过六间房、盐村、北务、韩子河、西董、起新各村镇。至李庄，即与来时赴上方之道合，再前即琉璃河矣，时午后一时也。至车站旁和兴居待车，饮水，取干粮作餐。天又起大风，尘沙扑面，与盘山归时无异。三时四十八分火车开行，六时三十一分到，七时归家。此行得摄影数十纸，云水洞中之暗室照相片，尤为自来所未有，将与盘山各片，同付珂罗板。友人或问余曰："房山与盘山，二者究孰优？"余答曰："京东盘山，京西房山，二者派别不同，各极其妙，实无优劣可分也。盘山四无依傍，轩豁呈露；房山联属不断，不入其门，不见上方之奇伟，其不同一也。盘山秀润，其胜在松石泉，令人生优美之感；房山雄奇，其胜在屺在洞，令人起壮美之感。而西峪之溪流，又与盘山之泉，景物各别，其不同二也。"冯大之言曰："譬之书法，盘山，篆书也，结构圆，用笔圆，乃至无处不见其圆；房山，魏碑也，结构方，用笔方，乃至无处不见其方。"嗟乎，斯言良得之矣。

（《新游记汇刊》第一册，中华书局1921年5月初版）

游昌平明陵记

张肇崧

夙闻燕京北山水雄奇，昌平前明诸陵，形势尤美，欲游久矣。民国三年五月十六日，特邀梅县萧隐公，由他山别墅往京张铁路登早车。时风日暖和，青葱郊影，迅至沙河站小歇，约历五十馀里。投店雇骡舆，向昌平进行。站北有万历敕建朝宗桥，水自西山四角庄来为右流，左则源于龙王山，至此合赴通州。东有旧城，土人适集，演剧媚祀杂神。过桥，陇塍曲折，麦色欲枯，陂路轧摇，昼曝渐烈。小驻树旁观音庵，舆夫谓东向龙王、凤凰山，林泉擅胜，愿纡道御游，允之。

自朝宗桥至龙王山麓，约十五六里，原隰连邨，间植杨柳。东有溪绕龙泉寺，门蔚古槐，僧广义延入，升层磴，睹扁曰"第一山"，曰"清静禅林"。左碑有道深撰文，纪景泰间敕赐宝藏圆融显密宗师事。右则崇祯壬午重修，樊师孔奉敕撰文。僧留啜茗，谓此乃历来祷雨处。

随登山顶龙王庙，空寂无人。出望西北崇山环缭，东南旷如，京城仿佛在烟气苍茫里也。下寻泉源至麓，林东石墙，搁溪作兜束样，内涌散珠，滚涡八九处，激出曲隙，潏沸流响。漱濯试尝，味甘冽。闻在隆冬，独不沍冰，反带温煦，美哉。

沿溪多浣女，绿树荫浓。既玩泉，登舆西北行，荦确扬簸，可五六里，抵昌平城。入南门，睹沟濠堙塞，庐舍荒凉，商廛甚稀，人烟亦尠，似惨经离乱者。街多坎磊，楼堞倾颓，其景物萧条，反不如吾乡濒海一村市。而前明乃就此设防，置巡抚重镇，迥殊今矣。迤西投六合店，土床草室，食品粗粝，臭味难闻，驴骡满前，嘶鸣溲溷。土人被服褴缕，形状狞野，犹见回教相安。

晚陟城隅，频遇崩崖缺厌，迻观北巘，横云联崿，内疑明陵。是城方广三四里，前清沿设官署，大小仍有廿馀，现但一县知事耳。似此瘠区，交通闭阻，生计尤难，非得循良，岂易代谋生聚，谋教养，甦苏其元气，发达乎新政耶。瞰北堞根有深洼，下玩至吕祖庙，内藏怪石，住持谓昔人移自汴京，曰石机子。上有毗源、绍派、紫极、迎真诸阁院，颇多匾联，悉宗道教。流览移时，回寓已暮，预备翌早游明陵。

是夜，予溯日间所历，别有关怀。念自沙河以至昌平，皆古名镇，畿辅重区，应先起化。孰意察访所及，现状凋敝，竟似世外荒隅，实业无闻，校舍几绝，习成塞虏，俗狃妖邪，鄙陋劣顽，莫能罄述。语云："君子之道，行远自迩。"其谓之何？以证列强国都近地奚若，不觉感喟弥深，展转不寐，寖至天晓。

晨出西门，转向北，入山岰深道中。约五里，有明建白石坊，巨柱崇隆，雕物怪玮，左勒端方《修陵碑》。接砌跸路，约三里为大红门。又一里起巍楼，中竖《大明长陵神功圣德碑》，南面刻洪熙记，字甚冗繁。东刻乾隆丁未御笔诗，附注派员修葺明陵，用帑金廿八万两馀，及支取户部颜料、工部木植各节。西刻嘉庆临谒御笔，文多引经传祖宗训词。北复刻乾隆五十年御笔《哀明陵诗三十韵》，颇堪考证事情，特录如左。

"北过清河桥，遥见天寿山。胜朝十三陵，错落兆其间。太行龙脉西南来，金堂玉户中天开。左环右拱实佳域，千峰后护高崔巍。昌平（州名）黄土（山名）诚福地，永乐曾以亲临视。英雄具眼自非常，岂待王（贤）廖（均卿）陈其艺（《日下旧闻》载，永乐初卜陵，众议欲用潭柘寺，永乐独锐意用黄土山，即天寿山也。又《西京求旧录》称，明陵择地，或云山东王贤，或云江西廖均卿，所闻异辞，难以悬定，据此则永乐卜考说较可信）。或云十三气数尽，朱明祚以此为准。是盖形家惑世言，承天造命惟君允。后嗣果能继祖烈，朱氏宗社那遽绝。君昏国事付貂珰，瞻乌久矣于谁暬。向闻颓废应修治，工巨无敢发其辞。汤山驻跸一往阅，胜朝旧迹当护持。祾恩制肖皇极建，虽存已剥丹青烂。宣德曾颂祛奢丽（《明宣宗实录》载，宣德驻跸陵下，语侍臣云，皇祖尝言，帝王陵寝有崇奢丽及藏宝玉者，皆无远虑，云云。今观长陵享殿，曰祾恩殿，九间重檐，石城明楼，规制巍焕，虽丹青剥落，而榱栋闳壮与皇极殿相肖，为自古所无，岂所云祛奢崇俭者乎），此而非奢奢孰见。石城明楼依然巍，三杯手酹拜如仪（今春驻汤山，取道昌平，谒明永乐长陵，酹酒三爵，如锺山谒孝陵之例。论明成祖事，虽非予所景仰，然既为古帝王，自当下拜如仪）。明臣屡咏衣冠阒，底须重订传讹词。栋柱如旧椽木朽，檐瓦落地狐兔走。以其初建工力观，未修盖数百年久。永陵制乃如长陵（明世宗永陵规制，一如长陵，而外多一周垣，享殿、明楼皆以文石为砌，壮丽精致，长陵不及。其后神宗定陵制，亦如永承陵，而侈饰又过之），定陵效之侈有增。忘其前世艰开创，徒计身后胥堪轻（《日下旧闻》载，永陵成，世宗顾谓工部臣曰，朕陵如是止乎？部臣仓皇对曰，外有周垣未作。乃筑重垣，定陵效之）。长陵一碑功德记，馀皆有碑而无字。泰山以后唐乾陵，此典何出竟为例（明诸陵，惟长陵有圣德神功碑文，馀俱有碑无字。检查诸书，惟徐乾学《读礼通考》载，唐乾陵有大碑无一字。明诸陵效之，以为例实不可解）。思陵乃就妃园葬，赵一桂曾记开圹。有殿三间复九间，寝床供案皆雄壮（崇祯思陵，乃因田贵妃园寝营建未果，而都城失守，遂以帝后梓宫移至昌平州署，吏目赵一桂率士民敛钱安葬，记圹中隧道长十三丈馀，石门内香殿三间，陈设器用衣物。又开二层石门，内通长大殿九间，寝床供案备具。一妃园寝如此，其馀诸陵侈费可知）。一妃之费已如此，馀诸帝者可知矣。即今虽为禁樵苏，松柏郁葱屋倾圮。屋圮犹可龛帐无，并其神主全失诸。尺木值几亦盗去，汝祖独非厥民乎。不忍再视命修葺，怅然悚然欲垂泣。此意弗更再三言，读召诰文示详悉。"

录讫，度碑楼。见前后排雕柱六，北隔数丈，递列石质虎，跪者跱者，相对各一双，狮驼象麟马皆然。次则武将戎装，文官冕服，并立整肃，形或微伤（闻是修陵某员故使微伤，以免迁用），而庞伟如生，共廿四个。

石像北近接小红门，环睹群山，从西南来，转北趋东，盘穹成一椭窝回抱状，内容旷奥，植物葱蒨，原崖沙砾坦陷，纵横犹存。昔汇涨痕，源尽竭涸，断桥屯塌，辇道荒湮。迤望幽树丛簇间，台垣隐约，以询土人，谓思陵因是妃园，潜藏西阿，此弗可睹。馀则由麓东而指数，往南为景、为永、为德；由麓西而指数，回北为昭、为定、为康、为泰、为茂、为裕、为庆、为献诸陵，罗列累累，俱附斯崇峦秀缀天寿山际之明成祖长陵，而统摄全势。

长陵面前可廿里，即大红门，巨石人兽，各坊楼历历在目，俨列仪仗，护此森严。左峙蟒山，右盘虎峪，若昌平城后曰昭壁、曰金、曰影诸山，屏障南隅，与陵北倚近居庸之笔架岣崖各峰相映垮，猗欤佳哉。惟山多石体，麓遍浮青，身至顶数十里，骨立秃童，涧壑荒枯，绝无流水。只觐三五农妇，古妆刈畴，或一二牧樵野人，疏散行动而已。

云阴昼静，蝉禽秘音，游者适归，陵丁独钥。吾辈方至，复启导观。历长陵垣门，睹广坪，左有碑亭，刊顺治上谕及乾隆、嘉庆诗，石坊间道旁，设琉瓦小屋二，耀炫黄光，乃祭焚冥币所。再进门坪，松柏秾稠，有蜷伏起盘地上者。北罗石槛，磴级镌龙，上有殿曰祾恩，构造崇闳，犹著古艳。香楠之梁柱，径大二三尺，高五六丈者，架撑斑驳，栋榱尚馀六十馀，阅数百载，圆直粹坚，完质不腐，真好材料也。巨础下盘，苍润如玉，滑砖垫贴，漆色凝成。中安小龛，木主题径寸字曰"明成祖文皇帝"，供案简朴，是殆鼎革劫乱馀，草草修复者乎。

壁背折达周廊，又有坪，递设坊，列石炉五，右竦枯松，槎枒向空际，其生者含风浓翠，杂映玻璃，树百株北矗，高十数丈。层台剥蚀，匾名恍是"长陵殿"三字，拱门下启，陟通隧道，履声跫应澈岩墙陕陕然。左右二径，斜分贯后山。陵丁谓相传里殿宫闱，宏深精致，盛充实物，裹护金棺。果尔则昔当北兵闯贼，屡至劫焚，应贻掘攘（按文秉《烈皇小识》，谓北兵陷昌平，将陵殿拆毁，退后，督抚奏，怪风吹坏，有旨修理，上下相蒙，枢臣、阁臣反叙功加恩。又谓崇祯十七年甲申三月，昌平兵噪焚劫，巡抚何谦以闻有旨，带罪供职。十五日，闯贼至，军民争降，总兵李守鑅自刎，何谦南奔。十六日，上始知贼破昌平，将十二陵享殿焚毁也）。否亦续被权强，涎觊假修，阴行盗取。观于永定陵殿，并遭前朝拆换，土木变移，可为明证（陵丁述，相传永、定二陵，中间大殿以材具繁华，比长陵加美，并经前朝因修拆易。予与隐公审观，果逊旁筑者远甚）。况密审壁间，粗饰红泥，显与旁墙迥别。益悟此经穿凿，后乃弥缝。迨视景、永二陵，隧痕皆然，他陵计亦不免。内藏被掠，吁复何疑。

然升览长陵之明楼，叩堞砌砖，犹逊永陵工程，侈用文石，莹辉斑质，滑泽厚齐。但中勒朱碑，广约七八尺，高可二三丈，有径大盈尺之九字，曰"大明成祖文皇帝之陵"。此式样俱为附近各陵所仿效，即馀碑除镌神功圣德及亭碣外，亦皆全然无字也。

壁产白松，斜盘根干，迤垂台后，阜突起坟，草木密蒙，与他陵若，而亦不殊寻常。峰顶古冢尖堆，一拳逼立。往者旧清遗例，岁二、八月辄遣奠祀，牲醴薄陈，看管悉付陵丁。每陵三人，分收近地租税，率依厉禁，山土勿瘗人民，今尚沿昔。

随记梗概，行颇依迟。隐公捷步登攀，趱越丛莽，密探山脉，别有会心，意态甚乐。既出垣，陵丁高某引至东村，茗毕，随往左近视景陵，规模亦壮，惟太半颓圮，满目蘼芜。回步至永陵，附堞园场，更睹坦敞，而砖甓零碎，砢块迷漫，与景、长二陵，敝旧恍同，独台隧故形，则各呈判别。据闻他陵，并复如是。但此殿材美，虽胜长陵，后亦为定陵所胜，久遭改易。而定陵昨复遇烧（本年三月间，定陵大殿忽自火起，延烧几尽，陵丁诿为电气使然，尚留疑案，未能判决），焦土堪怜，益无足览矣。

（《新游记汇刊》第一册，中华书局1921年5月初版）

居庸游记

苏　莘

壬子新历十月，同孔子和、夏蕴生赴昌平，小作憩游，由保定抵京。翼日，由西直门外登京张车，汽笛一声，辞京北驶，宿雨初霁，木叶半苍。凭窗东望，京北一带，地势展阔，陇塍罫画，树林茂郁。在昔金源蒙古，也先捣燕京后路者，几次据为战场。过清河镇，清河东流入于潮白河。至沙河车站南，沙河上承居庸榆河之水，亦蜿蜒东流入之，清浅蔓流，泄畎亩间之积潦耳。站东北望沙河镇，约三里。北路厅驻城名巩华，明谒陵往来驻跸地。复西经昌平州南，距城约五六里，铁路过此，渐趋直西，避榆河北一带之低洼地，绕成大弯，北折抵南口车站。寓井儿客栈，站北二里即南口。

南口者，居庸关之南口城也。城周数里，镇扼山口，两翼分接山坡，西依绝壁，仰视颓垣斜挂，东濒碉水，即榆河也，亦称温榆河。城基已泯，铁路沿河填修。城内街狭如巷，乱石砌路，马驼粪杂石子平铺，行须举足择隙。屋舍矮而固，壁砌以石，白灰涂缝，各成不正方圆形。石累短垣，上插刺棘。门絷驴待赁，驼骡店多沿街开。睹山邑景况，回想津京隔数百里，而华朴相悬乃若是。揭橥衢口，映射眼帘者，为各种纸烟之招牌、仁丹中将汤之人标。北行约三里，至花园村，人家三五，背水面山，引水灌畦，傍屋栽树，羊枣半熟，红实累累可爱。忽声惊泙湃，如风雨至，乃榆河勺水，激流乱石间。蕴生笑诵："流到人间无一语，在山作得许多声。"傍晚返南口站。

由南口雇驴东行，过碉河二三道，河床满铺石子。行五里，至龙虎台。元时往来上都，明成祖北征，皆尝驻此。坡陀间荒草迷漫，白石隐现若羊羝。土人择地耕垦，亦肥沃宜稼，岭坡山腰，梯田斜挂，远望如刀薙痕。地下水泉极深，井凿石盘深十馀丈至二十丈。村概一井，亦有无井取饮碉水者。又东过太平庄碉头村，至大石坊，明成祖长陵之正门也。十三陵中，长陵工程最大。驴夫云，西距南口三十五里，东南距昌平州五里。石坊高六七丈，广开五斗，左侧有前清端方《修坊东泊岸碑》，宣统己酉立。北望诸陵，居山环间，天寿山诸阜，两翼合抱，形势绝佳。北行数武，数长石散横涧渎，当年石桥也。又进为大宫门，黄瓦红墙，脊檐零落，左侧树"官员人等至此下马"碑。又北《大明长陵神功圣德碑》，洪熙元年立，龙头龟趺，高约三丈，碑阴乾隆刻《哀明陵三十韵》。华表四隅分立，周各三抱，高约四丈，云龙蟠绕。再进石像对列，林接数里，计豹虎狮象诸石兽十二对，剑甲冠笏等翁仲六对。更过石坊，大河前横，水流淙淙，宽约二里。石桥已圮，尚馀三四空。更北行，始抵长陵，去大石坊已十馀里。当年御路，仅馀乱石残砖；左右禁园，禾亩树林无隙地，不禁发盛衰之感。然汉寝唐陵，即半碣片瓦，搜寻安在？帝王自尊，怒视之丛，凭吊人来，概居发丘郎将、摸金校尉之后，而此幸得免于二百馀年间。继今而往，中华既永无皇陵寝园之名，则此自列诸古迹保存之例。维扬雄鬼，无哭秋风，汉族帝魂，长留硕果，亦云幸已。

长陵背依天寿中峰，松楸葱郁，红墙外绕。由大门内进，过祾恩门，祾恩殿九楹宏敞，重檐四张，阶石满镂盘龙。甬道两侧，松椽等树连荫。更进，享台岿矗，洞道内进，分左右级道。登台四望，诸陵环列，状如朝拱。台顶明楼，丰碑巍立，书"明成祖文皇帝之陵"，字大径尺。楼前俯享殿，后接宝城，楼壁欧文汉字，垩画墨抹殆遍，细览既某年月日某某游此等字样，间有俚鄙诗句，都如梦呓。闻外人公园旅邸，画墁污壁，科定罚金，以示珍护。向见村店祠庙，壁多涂鸦，尝恨为恶习。何外洋游客，亦来效颦。陵仆无知，只识索取启门值。朱袭侯岁时扫祭，想亦无暇顾此。此虽琐事，而胜迹不珍之习，当早登外人游册，为识者齿冷矣。宝城周数里，松楸密罨，荒草弥漫，当年四犁朔漠，奠基燕都，功昭一世之英主，长寂夜台，已五百年，历数兴亡，感慨系之。然有明一代，政纲棼紊，法纲峻酷，即令十三祀后，帝祚仍绵，而革命潮流，积今益烈，机启自发，势乌能遏，一姓帝制，亦绝难保存。不过续史者于君民政体更替之交，少一家之帝纪已耳。

长陵迤东为景、永、德三陵，望之松柏蔚焉。遂西行，过献陵、定陵，西北望诸陵掩映林间，天寿山之西峪也。迤逦行数里，至悼陵村，村北即庄烈帝之思陵也，亦称悼陵。门垣颓圮，草深没膝。享殿三间，柱欹甍塌，大类破庙。殿前有清顺治《敕建明思陵碑》，奉旨撰文者，金之俊也。享台碑书"明庄烈愍皇帝之陵"。台北土阜孤露，转甓圆坟，周只数丈。记览某书，为昌平士民敛钱募夫，开田贵妃墓而厝葬者，国破君亡，千秋馀痛。陵左侧为殉难王承恩墓，墓前有顺治旌忠碑，文略云："烈士殉名，贞臣卫主。臣之怀二心者，幸图苟免，甘心事雠，乃在平日侈谈诗书、高拥爵位之人。无论生无以为人，死无以为鬼，对若人其何地置足耶。"不知当时迎新蒙爵者，读此曾否赧颜？大凡新朝延纳降臣，类诡徒之诱娶人妇。初诱之固极恐其守贞，既娶之则又恐其贰己，遂嗾诱呵詈，两术交施。君主视臣，畜为私奴，千古一辙，固无足怪。归途过虎峪村南，北望有峰特高，询土人，名绛屏岭。顶有砖台，望测京张路线时所筑者。

南口以北，峡开地险，铁路随山碉弯转，成蛇曲线。右侧傍山，绝壁陡立。左临深碉，划石成防。旧时大道，更在碉左。路轨渐渐隆高，某云每三丈约高一尺，车行甚迟，轮轨激轧，响彻山谷。山岚横迎，寒风料峭，同蕴生凭窗四瞩，意至快。子和在南口因事回京，未同来。行十馀里，至居庸关。开窗右视，古居庸关城，如在谷底，大道中穿，堡堞半圮，驼店数家，依墙筑屋。城两翼分跨山顶，铁路由右旁山腰穿通，名居庸关洞，长约二里馀，黑暗如夜，约行二分钟，出洞。路折西向，右侧山峰撑云，石骨豁露，岩层直立，尽黄褐色泥板岩。左望人家聚伏山坳，屋顶石板鳞鳞，概临大道售水浆，憩饲驼骡者。过五桂头山洞，复趋西北。再次过石佛寺山洞，长约半里。仰视山头长城连亘，路急趋东北，及抵青龙桥站，直入山口，峻峰前迎。站设山隈，轨路前断。乃车至此改向倒行，退出山口，而直趋西北矣。记昔某报载南口至岔道城，四十里间，崎岖峻险，路基难修，原测居庸关一带，拟筑石桥，跨山飞渡，因斜度过陡，始改工凿洞。又石佛寺一段，若直行趋向西北，过八达岭，须凿洞六千馀尺，遂东北斜行就青龙桥设站，再西北逾八达岭，洞只三千五百八十尺。工巧费省，欧美游人，咸惊为绝技。

出青龙桥站，沿铁路西北步行，约一里馀，至八达岭山洞。洞东为旧时大道，南下经轨路铁桥下，北上则达八达岭。岭上北口城，城垣倾颓过半，关门向西北，署"北门锁钥"四字。由关侧梯道登长城，城上隔三四十丈，则有一望楼。西南行，逐步增高，拾级奋登，进望楼五，停憩焉。城沿山斜筑，斜度有达七十馀度处。城高三丈馀，顶宽约二丈。方石垒基，炼砖筑墙，中填块石。砖长约二尺半，宽尺馀，厚四寸，质坚如石。远望城垣跨山落谷，蜿蜒如蛇，每遇隘口，则重线联络成环，如张大纲，以笼罩军都带山。伊昔胡骑南下，居庸当冲，太行八陉，此为首险，节节屯防，随地可守。当年陆战之伟画，历历犹在目前。然何以蒙古、鞑靼、东胡之历次长驱，卒莫能限，则地利又安足恃哉。执远镜北望延庆州北之大海陀带山，峰头积雪皑皑，北风扑来，冷侵肌肤，与南口气候，已觉大异矣。大道出张家口，通内外蒙古，商货运输，专恃驼骡，关城石道，践踏圆坎，已无尺许平坦，可想交通之久且繁。铁路既通，今后驮运当为夺矣。

居庸一带山脉，概石骨土肤，岩石棱露较少，细草丛棘，生满坡谷。然除道隅数株榆柳,村圃几处柿林,此外少见林树,岭冈迢递,尽濯濯如头陀。《元史》:铁木真攻居庸不下,札八儿行居庸东松林数百里,寻得间道。郦道元《水经注》:军都林鄣邃险,路才容轨。足为昔有森林之证,后世樵牧无禁,林业扫地,地利荒弃,殊可惜也。本拟复出关赴张家口,睹来人多着裘,因仅服夹衣,未果行。

(《新游记汇刊》第一册,中华书局1921年5月初版)

后　记

我生长江南，就北京来说，只是一个匆匆过客，去的次数也算得清楚。我的童年是在二十世纪五六十年代，从小对北京就充满了向往。进入大学后，北京更让我心醉神迷，要了解中国，哪能不了解北京，即使不想如何了解中国，北京也是应该了解的。也就从八十年代开始，我陆陆续续找了不少书来读，如"北京古籍丛书"（起先没有这个名儿，只是封面划一，有个北海白塔图案）、"北京旧闻丛书"、"北京通丛书"、"北京文史资料精华"等，各种零本也有百来册，直到最近还在买，除了前人旧作，也有今人著述，如赵珩先生的《故人故事》《百年旧痕》《二条十年》等，另外还有不少摄影集，如果将它们集中堆排起来，总得有满满一大架吧。北京读得多了，才知道一个外省人是很难深入到它骨子里去的，像周作人、张恨水、纪果庵等人的写北京，虽然已很有"京味"了，但确还不及齐如山、老舍、傅芸子、金受申们那样来得原汁原味。

就这一点来说，这本《北平往事》应该有更合适的选家，但确实不容易找，有能力做的或不屑去做，想做的或也做不了，因此只得由我来滥竽充数。虽然心惴惴然，希望不要遇上齐潜王,但那三百吹竽人,南郭处士大概不仅我一个,况且我总算还是在尽力吹的,正如《淮南子·诠言训》说的,"自信者,不可以诽誉迁也;知足者,不可以势利诱也"。于是就费时三月,将书编定,既已木已成舟,成了客观存在,只能让读者来评说了。

编选民国北京旧文,姜德明先生用力最多,先后有《北京乎》(全两册,三联书店一九九二年二月初版)、《如梦令——名人笔下的旧京》(北京出版社一九九七年八月初版)、《梦回北京》(三联书店二〇〇九年八月初版),各本篇目,有增补有删落,所收均一九一九年以后写的,且都属"美文"范畴,自具特色。近年赵国忠先生又编了《故都行脚》(南京师范大学出版社二〇一六年十二月初版),篇目与姜编三种均不重复,以游记为主,兼及风情,自然别开生面。不佞此卷,所选篇目,则又与两位先生所编不重复,或更注重文章的人文地理价值,就写作时间来说,也兼顾民国各个时期。

关于民国北京的零篇散章,可谓浩如烟海,就目前的选本来说,大概仅是一粟,正希望不断有人来做荟集的事,让更多的读者了解旧时北京的方方面面,同时也为研究北京提供更多资料,以丰富陈平原先生提出的"北京学"这个学术课题。

王稼句
二〇一九年十一月二十七日

九州出版社好书推荐

【历史现场】

《中国近代史》，蒋廷黻 著

《激荡的中国》，蒋梦麟 著

《1911，一个帝国的光荣革命》，叶曙明 著

《1919，一个国家的青春记忆》，叶曙明 著

《山河国运：近代中国的地方博弈》，叶曙明 著

《千古大变局》，曾纪鑫 著

《喋血枭雄：改变历史的民国大案》，张耀杰 著

《沈志华演讲录》，沈志华 著

《周恩来在巴黎》，[日]小仓和夫 著，王冬 译

《生命的奋进》，梁漱溟 熊十力 唐君毅 徐复观 牟宗三 著

《高秉涵回忆录》，高秉涵 口述，张慧敏 孔立文 撰写

《人间世：我们时代的精神状况》，余世存 著

《危机与转机：清末民初的道德、政治与知识人》，段炼 著

【历史与考古】

《中国史通论》，[日]内藤湖南 著，夏应元 钱婉约 等译

《历史的瞬间》，陶晋生 著

《玄奘西游记》，朱偰 著

《瓷器与浙江》，陈万里 著

《中国瓷器谈》，陈万里 著

【钱家档案】

《楼廊闲话》，钱胡美琦 著

《钱穆家庭档案》，钱行 钱辉 编

《温情与敬意》，钱行 著

《两代弦歌三春晖》，钱辉 著

【饮食文化】

《中国食谱》，杨步伟 著，柳建树 秦甦 译

《故乡之食》，刘震慰 著

《旅食与文化》，汪曾祺 著

《南北风味》，王稼句 选编

【怀旧时光】

《北平风物》，陈鸿年 著

《北平往事》，王稼句 选编

《人间花木》，周瘦鹃 著，王稼句 编

《把每一个朴素的日子都过成良辰》，晏屏 著

《读史早知今日事》，段炼 著

《念楼书简》，锺叔河 著，夏春锦 禾塘 周音莹 编

【书话书影】

《书世界·第一集》，Bookman 主编

《鲁迅书衣录》，刘运峰 编著

《中国访书记》，〔日〕内藤湖南 等著

《蒐书记》，辛德勇 著

《学人书影初集》（经部），辛德勇 编著

《学人书影二集》（史部），辛德勇 编著

《学人书影三集》（子部），辛德勇 编著

《学人书影四集》（集部），辛德勇 编著

【JNB 笔记书】

《红楼群芳》，〔清〕改琦 绘

《北京记忆》，〔美〕赫伯特·怀特 摄影

《鲁迅写诗》，鲁迅 著

《胡适写字》，胡适 著